織られた町の罠

エンミ・イタランタ　　末延 弘子 訳

西村書店

装画：Jussi Kaakinen
装丁：小出真吾

KUDOTTUJEN KUJIEN KAUPUNKI
(English title : The City of Woven Streets)
Emmi Itäranta

Original edition published by Teos Publishers

Japanese edition published by agreement with Emmi Itäranta and
Elina Ahlback Literary Agency, Helsinki, Finland and
Japan UNI Agency, Inc., Tokyo, Japan

This translation has been published with the financial support of FILI.

FILI FINNISH LITERATURE EXCHANGE

1

私はいまでも島の夢を見ている。

島には、海を渡って近づく時もあるが、たいていは鳥のように翼を広げて大きな風に乗っていく。海岸は夢の地平線で虹色に隆起し、その静かな環に囲まれて建物が立ち並んでいる。水路に沿って、家や彫り師たちの工房や天井の低い食堂がある。「言の葉の家」は高い塀の向こうにあった。迷路のように結ばれた糸は「織《おり》の家」からあらゆる方向に張り巡らされ、空中ゴンドラは死体のようにケーブルにぶら下がり、通りを見下ろしていた。

島の中央に「塔」がある。つるりとした目の眩《くら》むような塔だ。石の太陽が塔のてっぺんでくすんだ光を放ち、尖った光の指を広げている。どの窓にも魚の鱗のような火がちらちらと燃えていた。あたり一面には海が広がっている。大気はこれ以上私を運んでくれない。私は塔へ向かった。

塔に近づくにつれ、窓の光が消えていく。その光はたんなる反射にすぎなかったことに気がついた。塔の中はがらんとしていて、人の気配はない。島全体が、砂の上に打ち上げられ、時間に抉られた貝のようで、今にも砕かれてしまいそうな殻でしかなかった。

他にもわかったことがある。

私が漂っている大気は大気などではなく、水だった。目の前にある景色は海底で、記憶のような、ずっと昔に葬られた事柄のように深いところにある。

それでも私は呼吸をしている。事もなく。そして私は生きている。

島の海岸には琥珀《こはく》が打ち寄せられることがある。琥珀は集められ、船で海を渡って運ばれていく。子どもの頃、細工師が市場の隅で琥珀を磨いている様子を眺めていたことがある。それはまるで魔法のようで、古代の賢者たちがただの霧から糸を紡いだり、はたまた動物に人間の言葉を与えたりする物語の一つのようだった。琥珀から甘い香りが立ちあがる。細工師はときおり砥石を水に濡らした。その手の中で、くすんだ表面は滑らかで曇りのないガラスのように変わった。細工師はオレンジがかった黄色の塊を私に差しだした。その中に、その場に固まってしまった一匹の昆虫がいた。それは私の小指の爪よりも小さなカゲロウだった。手足の一本一本、翅《はね》の一枚一枚、触覚の一本一本が動いている様子が自然と目に浮かぶ。カゲロウはまだ生きているように思えた。この固い覆いが割れて、今にも飛びたってしまいそうだった。

後になって、琥珀の中に囚われた生物たちは解放できないことを知った。それらは過去の形であり、時間の外に落ちてしまったものだった。彼らにとってそれが生存しつづける唯一の方法だったのだ。私は目の前で過去をひっくり返しながら、カゲロウのことを思った。カゲロウを守りながらも歪めている半透明の輝きのことを思った。翅は震えず、触覚はぴくりとも動かない。それでも新しい角度から琥珀に光が差しこむと、カゲロウは別のものに変身していくように見える。ずいぶん前に時が止まった形の中には、これからのことがすでに書かれていた。

同じように私の過去の中にも、彼女を見つける最初の夜のことが、この現在が息づいていたのだ。

彼女は顔を地面にうつむけて滑らかな石の上に横たわっていた。彼女が生きているとわかるまでしばらくかかった。

そこらじゅうにとまでは言わないが、かなり多量の血があった。少女は事切れたように微動だにしない。頭の下には赤く光る池が広がっており、毛先がその中で泳いでいた。錆《さび》色の一本の筋がワンピースの裾に走っている。隠れて見えない前の部分を私は想像した。口もとと同じように生々しい跡が、べったりとついているのだろう。空気に触れて固まってもいない。血に隠された痛みを思うと、内臓が捩《よじ》れてしまいそうだった。私はそんな考えを、いつもの場所に押しやった。そこに私は見せられないものを閉じこめることにしていた。

作業場にはまだ織り子はそれほど集まっていなかった。織り子たちが私に場所を空けようと脇へ避《よ》けたとき、彼女たちが手に持っていたドーム型の藻灯《もとう》が傾いて薄闇に光が漂った。青白い光が、織り子たちの手の平の皺や、首に下げたサンゴのお守りをとらえた。手の上のほうまで光は届かず、怯えた顔をしているのか、知りたそうな顔をしているのかまではわからなかった。おそらくどちらの顔もあっただろう。彼女たちは皆、私よりも若く、織り子になって一年目と二年目だった。自分よりも大きなものが近づきすぎると、するりと逃れるしなやかな体をした海の生き物のようだと私は思った。

「アルヴァを呼びに行ってくれた人はいる?」

私は訊いた。

誰も何も言わない。誰か一人でも名前がわかる人はいないか、探るように皆の顔を見わたしたが、見つからなかった。地面に横たわる少女のそばに跪《ひざまず》き、私は手を握った。彼女の手は血にまみれており、私の手もべとべとしていたが気にしなかった。後で洗えばいいことだ。月に一度は血を見ている。自分のだけではなく、他の人の血も見る。一つ屋根の下に何百人という女性が暮らしているのだから、いつも誰かが血を流している。ここでは出産はしない。少なくとも頻繁ではない。しかし、それ以外の流血はいやというほど目にしている。

その肌は冷たく、腕はぐにゃりと重たかった。治療師がここに来るまで、彼女に触れるべきではないことはわかっていた。

「アルヴァを呼びにいって」

私は言った。

織り子たちはおしだまり、落ちつきなくうごめいたが、誰一人として呼びにいこうとする者はいなかった。

不意に、私の手の下で彼女が身じろぎした。横向きになると、顔をあげて口から血を吐きだし、奇妙な声を発した。鮮やかな赤い雫が私の上着に滴りおちた。それは富豪の男性のマントにつけられた血赤サンゴの装飾のような模様を作った。

「行きなさい、今すぐ！」

私の命令に、二年目の織り子がくるりと背を向け、石造りの建物に囲まれた広場の反対側へ向かって駆けだした。時間はゆっくりと流れ、まわりの囁き声は渦巻く海のように大きくなった。私が握っている手首は細く引き締まっている。青白い光の球が、共同寝室と小部屋のほうから暗闇を横切って、つぎつぎとこちらへ漂ってくる。その向こうに手や顔がいくつも浮かんで見えた。何人かの織り子が藻の池で藻灯を満たそうと、広場の中央で立ちどまる。池の光る水面はわずかに波だち、ふたたびおさまった。今や全員が目を覚ましているはずだ。ようやく、白い服に身を包んだアルヴァが広場をつっきってこちらに近づいてくるのが見えた。彼女は担架を脇に抱えている。後ろについてくる背の高い人物は「織り手」だとわかった。光が石の上にこぼれ、夜着や髪や手足の襞に染みこんでゆく。アルヴァと織り手が織り子たちを脇へ避けるように言った。場所が十分に確保できると、二人は担架を下ろした。

「もう手を放してもいいわよ」

アルヴァが言った。

私は握っていた手を離して立ちあがり、立ち並んでいる織り子たちのほうへ引き下がった。アルヴァと織り手が彼女を担架に載せて診療室へ運んでいく様子を、目で追っていた。

どこかで海面の上昇を知らせる町の鐘が鳴りはじめていた。

洪水の夜、私は小高い丘から町を見下ろして、水の行方を追う。水は高く、猛々しく上昇し、膨れあがりながら中庭を突きぬけてゆく。人々が積み重ねた椅子や机は今にも崩れる脆い橋のようにあっけなく水に押しやられるが、海は織の家まで届くことはない。織り子たちは鐘が鳴っても気に留めず、寝返りを打っていた。

だが、今夜は違っていた。眠りが浅いのは、広場の石の上で見知らぬ血痕が乾きつつあるからだ。砂時計の砂がゆっくりと流れおち、咳払いや足音や密やかに交わされた言葉はしだいに消えていった。瞼を閉じるたびに目の前に彼女が現れる。襲った人は遠くにいるはずだと知ってはいたが、壁に映るどの影もいつもより濃かった。

夜の見回りのときの最後の共同寝室のドアを、私は後ろ手で閉めた。もっと私は眠らなければならない、と弟は言うが、目を覚ましていることにも利点はある。織の家の廊下は長いため、誰かが夜通し見回る必要がある。各共同寝室を見て回り、一つひとつの小部屋の様子をドア越しにうかがう。これは「理事会」が決めたことであり、したがって織り手の命令でもある。織の家の外部から入ってくるものを警戒するための見回りではない。一杯引っかけた織り子たちのことをうたった戯《ざ》れ歌が、巷の食堂で流布していることが私たちの耳に入ってはきているが、しょせんは歌詞にすぎない。この家に侵入するには、島でいちばん険しい丘をのぼらなくてはならず、さらに一面に張り巡らされた糸の壁の迷路を誰の目にも触れることなく通ってこなければならない。見つかれば厳しく処罰されるだろう。つまり、夜に見回りをするのは、壁の内側に住んでいる者たちを見張るためなのだ。

直管藻灯の細長い光が冷ややかな煌《きら》めきを廊下に放ち、すり減った石の歪みをさらけ出していた。水路の流れは激しく、水は管の中を勢いよく流れている。その流れの中で藻は目覚め、皎々《こうこう》と輝く。どこかでドアが開けられたかのように風が私を通り過ぎたが、人の気配はない。自分の小部屋に戻って、眠ってもいい。もしくは、藻灯の薄れつつある光の中で、このまま朝を迎えてもいいだろう。

私は踵を返して外へ出た。

空中ゴンドラが着く港が好きだ。そこからだと塔が見えないからだ。あのくすんだ色の高い塔は塀と織の家の陰になる。ここにいると、束の間でも自分が理事会の目の届かないところにいると想像することができる。ゴンドラのケーブルがまだ軋みはじめていないこの時間の港が、いちばん好きだ。船は空中に吊られたままか、波止場に停泊しているか、水路に浮かんでいる。門は音を立てずにわずかに開いた。鍛鉄《たんてつ》が肌に触れてひやりとした。鉄の表面に集まった湿り気が手の平にくっついた。空路のケーブルは石造りの波止場から急傾斜しており、ケーブルの下に町が広がっている。私は波止場の縁まで歩いた。そこは壊れた橋のような絶壁だった。はるか眼下の「中つ水路」が水の輪郭を描きながら島の内部に鋭く切りこんでいる。水の色は、夏の眩しい光の中ですら黒い。

空が煙とバラの色に薄れはじめた。最初の日の光はすでに屋根や窓にふりそそぎ、はるか彼方の「ガラスの木立」を輝かせている。ようやく水位の上昇がおさまったものの、町の下の方の通りや広場は水浸しだった。穏やかに夜が明けようとしている中で、水面は完璧な静けさを保っている。奇妙な鏡――まるで町の影を幾重にも内包した黒いガラス盤のようだった。

目が重い。私は目を擦った。このまま自分の小部屋に戻れば、朝の銅鑼《どら》が鳴るまで一時間ほど眠れるだろう。時間はそれほどない。だからこそ安心して眠れるかもしれない。

私はその場から動かなかった。

門が後ろでキィと音を立て、私は振り向いた。

「門には鍵がかかっているはずですが」

織り手が言った。

「私が来た時は、鍵はかかっていませんでした」

「あなたを責めているわけではありません。あそこで何が起こったのですか？」

織り手は、ガラスの木立の北側にある水平線の一片を指さした。私にはいったい何を指しているのかわからなかった。織り手が指したのは目に見えている何かではなく、見えていないものだったからだ。

「空中高速道路ですね」

私は言った。

島の北部は空中ゴンドラの航路で占められている。軽い船体は複雑な網目を縫うようにあらゆる方向とあらゆる高さで移動している。ケーブルは西の貿易港と北西の彫り師たちの工房の間を縦横に走っていた。だが、空中の様子に変化があった。

「いちばん大きなケーブルはどれも切れていますね。事故が起きたのでしょう」

織り手が言った。

「洪水ですか？」

「おそらく」

洪水で空路が被害を受けることはない。しかし支柱のうちのどれかが倒れれば、ケーブル全体に影響がでるかもしれない。

「水報が復旧すれば詳しいことがわかるでしょう」

織り手はそう言うと、私の方に顔を向けた。織り手の顔は黒っぽい木の色をしていた。

「でも、このことであなたを探していたのではありません」

織り手は間を置いて、こう続けた。

「アルヴァが私たちに会いたいそうですよ」

「アルヴァが？」

その知らせに私は驚いた。

「その理由をアルヴァは言っていましたか？」

「二人一緒に患者を見にきたほうがいいそうです。何か見せたいものがあるんだとか」

倒れていた少女との再会を思うと、私の中に冷たい石が落ちたみたいにぞくっとした。

「朝食までに一眠りできると思っていたのですが」

空が明るくなっていくなかで、織り手は思いを深く巡らせているようだった。

「いらっしゃい」

織の家の主《あるじ》が言う言葉は絶対だった。


最初に感じたのはドアからなだれこんでくる熱気だった。それから、いくつもの香りが束になってどっと押し寄せた。織の家では、診療室は台所を除けば本物の火を使うことが許されている唯一の場所だった。洗濯ですら冷たい水を使うことが多い。アルヴァはコンロのそばに立ち、火の粉を散らしている金属の口の中へ木をくべている。コンロでは薬缶《やかん》が湯気を立てていた。その隣には、焦げ茶色の液体が三センチほど入っている別のものが火にかけられていた。私はすうっと息を吸いこんだ。リコリス、ラベンダー、ホップ、トケイソウの匂いはわかったが、残りは嗅いだことのない匂いが混ざり合っており、よくわからなかった。机の上には、天秤、乳鉢、ハーブの袋がいくつも並び、その隣に金属トレーが置いてある。トレーの上には、熱を冷ますために針が整然と並べられていた。

アルヴァはコンロの扉を閉じると、湯気の立っているタオルでしっかりと手を拭いた。

「ゴンドラが必要なのよ。ここに彼女を置いてはおけないわ」

「できるだけすぐに彼女を病院街に連れて行くようゴンドラを手配しましょう」

織り手が言った。

「水報の配管が浸水したんですよ」

「また？」

アルヴァは、机の後ろを占めている背の高い棚からガラス瓶を一つ手に取った。その中で涙の雫の形をした大量の翅が震えたり、かぼそい肢《あし》が動いているのが見えた。何か丸くて黒いものが光っているのも見える。それらは私をまじろぎもせず見つめる目だった。

「待つほかありません」

織り手が言った。

アルヴァは瓶を持ったまま私たちのほうを向いた。

「彼女は目を覚ましているんだけど、言葉が話せないの」

「なぜ話せないの？」

私は訊いた。

「直接会ってみて。それがいちばんいいわ。いずれにしろ新しいウタクラゲに取り替えてあげなくちゃ」

アルヴァは部屋を横切ってクラゲの入った水槽のところへ歩いていった。水槽は壁一面の大きさで、石の土台でしっかりと据えつけられていた。つるりとした楕円形のガラスの水槽は、丸く縁取られ、蓋がかぶせてある。蓋の端には狭い穴が空いていた。ウタクラゲは水の中をゆったりと漂っている。白みがかった緑と青い色をした半透明の傘は、水の宇宙の中でふわふわと浮いていた。アルヴァはガラス瓶の蓋を回して開け、口を穴に向けた。翅と肢と目が動いた。最初は瓶の奥にいたが、アルヴァが瓶を振ってしばらくすると外へ出た。

ウタクラゲは、水の中へ降ってくる昆虫に細い触手を伸ばし、くすんだ丸い傘で甲虫やハエの黒緑色の輝きを閉じこめた。アルヴァは粘着性のある肢を持った最後の一匹を水槽の中へ落とすと、ガラス瓶を水面下に浸し、水をすこし汲んだ。壁に取りつけられたフックからたもを取り、水槽の中へつっこんだ。群がっていたウタクラゲは散り、風に吹かれて切れた糸のように触手を揺らしながら遠のいた。しかし、アルヴァは一匹すでに捕まえていた。小さくてつるんとした青緑色のウタクラゲは、小さく縮こまり、水から揚げられると、たちまち色や滑らかさを失っていくように見えた。

アルヴァはウタクラゲをガラス瓶の中へ滑りこませると、クラゲは花のように傘を広げたものの、捕らえられては喜びはなかった。私たちがじっと見ていると、ウタクラゲは傘を開いては閉じ、開いては閉じた。すると、水槽の中のウタクラゲの群れも同じ動きを繰り返した。水中で、低音のかすかな歌が反響する。歌はガラスの壁に反響し、天井に向かって大きくなり、ついには私たちの骨にまで響いているような気がした。

アルヴァはふたたびたもを壁のフックにかけた。たもから水が滴りおち、壁に黒い筋を引きながら床に落ちる。アルヴァは、奥の部屋の幅のある出入り口を覆っているカーテンをわずかに開けて、中へ一歩進んだ。織り手と私は後に続いた。背後で鳴っていた歌はゆっくりと止んで、悲しみのように濃密な、あるいは言葉を交わさない別離のような静寂となった。

部屋にはベッドが六床しかなかった。薄暗い明かりだったが、そのうち五床は空いているのがわかった。奥の壁際のいちばん遠いベッドに、身じろぎもせず横たわっている細い姿が見える。目の粗い毛布に覆われているが、体の形は見てとれた。長い手足と、角ばった骨を守っているしなやかな体。鉄のコンロが発する熱が私の首を温めた。

私たちの影は濃く、まとまりなく降りてきて、藻灯の儚い光の輪が重なり合うところで一つに絡み合い、私たちがベッドに近づくにつれその周りを取り囲んだ。奥の壁に明かりはなく、窓は厚いカーテンで覆われていた。

壁には、明かりの消えたドーム型の藻灯がいくつかかかっていた。織り手はそのうち一つを手に取ると、揺さぶってベッド脇のテーブルの上に置いた。ドームの中で青い光が目覚めたように灯《とも》る。光はじわじわと広がり、彼女の顔を照らした。そのとき、テーブルの上に空のカップがあることに気がついた。

彼女は私の年くらいに見えた。二十歳から二十五歳の間といったところだろう。赤い髪には、いまだに乾いた錆色の血の塊がもつれていたが、身につけている服は真新しかった。最初はそう思ったが、後からその胸元に小さな斑点がいくつも飛び散っていることに気がついた。まるで誰かが、はるか彼方の星々の印象を描いたような、空全体を一つにまとめて煌めく「世界の網」を絵にしたようだった。

彼女はやっとのことで体を起こし、マットレスに腰かけた。藻灯に照らされた目は灰色を帯び、憂いを湛えていた。肌は生気がなく、口をぎゅっと真一文字に結んでいるせいで老けてみえ、自分の殻に閉じこもっているように見えた。アルヴァが気分を落ち着かせるハーブティーを飲ませた理由がわかる気がした。お茶がもたらした一時の気だるさの向こうに張り詰めたものがあった。濁った水の中に沈められた短刀のような、最初に肌に触れてくるものに切りつけかねない刃が隠されていた。

「あなたを助けるために、あなたが誰なのか私たちは知る必要があります」

織り手が言った。

彼女はゆっくりと頷いた。

「この子は島民じゃないのよ」

アルヴァが言った。

織り手の顔に刻まれた皺がいっそう深くなったように見えた。織り手はアルヴァを見た。

「なぜもっと早くに話してくれなかったのです？」

「見せたいものがあったのよ。いいかしら？」

彼女は目を閉じて、ふたたび開いた。アルヴァの問いかけが一文字ずつ意識に浸透していくように見える。ようやく彼女は頭をゆっくりと上下に動かした。ゆっくりと頷くのは痛みのせいなのか、意識がぼんやりとしてこれ以上速い動作ができないのか、私にはわからなかった。

アルヴァは彼女の上半身を反らせ、顔を私たちから背けるように促した。そして、彼女の髪をやさしく掻きよせると、上に持ちあげた。露わになった襟足には、入れ墨の跡が一切なかった。島で生まれた者なら、太陽の形をした入れ墨が施されてあるはずだ。ちらりと見やった織り手の額に影が差しているのが見えた。島の外で生まれた人間は多くない。船乗りや商人の出入りはあるが、島の多くは彼らとの接触を避けていた。

「腕を見せてもらえますか？」

織り手が少女に尋ねた。

アルヴァは髪から手を離し、少女はふたたび私たちのほうに顔を向けた。動きは依然として水中にいるかのように緩慢としていた。彼女はもう一度頷いた。

「あたしはもう確かめたんだけど、この子はきっと小さい時に島に移ってきたのよ」

織り手は少女の両方の袖をまくり上げた。片方の腕には何もない。つまり「匠《たくみ》の家」の者ではないということだ。もう片方には短い黒い線が青白い肌にできた傷のように並んでいた。織り手は線を数えた。

「二十一」

私より二つ少ない。

織り手が少女の腕から手を離すと、彼女は枕に半ばもたれかかるように座りなおした。

「生まれは大陸ですか？」

織り手の質問に少女は頷いた。

「ご両親が島の出身なのですか？」

彼女は返事をためらい、織り手は溜め息をついた。おそらく雑婚だろう。珍しいことではあるが、ありえないことではない。もしかしたら両親を知らないのかもしれない。だが、捨て子であっても生まれたときには入れ墨を入れられる。彼女にはそれがなかった。

「いいでしょう。この話はまたにしましょう。ペンと紙を持ってきたんですよ」

織り手はポケットから薄いメモ帳を取りだした。革の表紙は擦れて染みができ、ページの端は焼けていた。織り手はメモ帳を少女に持たせ、ペンをその上に置いた。

「もし読み書きができるなら」

織り手が言った。

「自分の名前を書いてください」

少女は白紙のページを見つめていた。私たちは待っていたが、しばらくして彼女はかぶりを振った。ゆっくりと、そして苦しげに。

そのことに私たちは驚かなかった。言葉の技能は言の葉の家でのみ教えられている。女性は言の葉の家に入ることは許されておらず、島の女性の多くは読み書きができない。

「あなたの出身地はどの辺りなのか、絵に描いてみせてくれますか?」

織り手はもう一度尋ねてみた。

彼女の表情は壁に映る影のように少しずつ変わっていった。そしてついに、どこか魚を思わせるような楕円形の塊を描きだした。

「島?」

織り手が訊くと、少女は頷いた。手が小刻みに震えている。ペンが重たすぎてつかんでいられないようだった。塊の北西の隅に×印をつける。

「彫り師街ですか?」

織り手が言った。

私がそこを訪ねたのは二度しかない。彫り師街の狭い通りには、刺激臭がこもっていた。水路の水は異様な色をしていて、大きな高い建物の窓は黒く塗られていた。ゴンドラは、いくつもの大ぶりの籠に入った血赤サンゴを染料工場へ運んでいた。サンゴは工場で粉末にされて赤い染料になる。この染料は大瓶に詰められて、工場から港へ運ばれていた。

彼女はふたたび頷いた。

「あなたを襲った人について、何かお話しできますか?」

織り手が訊いた。

彼女は指を二本立てた。

「襲ったのは二人だということですか?」

彼女は頷こうとしたが、痛みが顔に走り、動きを止めた。

織り手は何か言おうとしていたように見えた。だが、彼女の唇から赤い雫が数滴、ページに落ち、血がつーっと伝い流れた。アルヴァの顔が強ばり、織り手と私を脇へ押しのけた。アルヴァが持っているガラス瓶の中には、引きちぎられた花びらのようにクラゲが静かに浮かんでいる。

「口を開けて」

アルヴァが命じた。

そのときになって、彼女が話すことができない理由がわかった。口が見えたのは一瞬だったが、それで十分だった。舌があるはずの場所にあったのは、切り裂かれた黒ずんだ肉の塊だった。傷口はまだ塞がっておらず、血が流れている。私はしばらく顔を背けなければならなかった。アルヴァは彼女の顎の下にタオルを添えて、ガラス瓶からクラゲを釣りあげると、彼女の口の中に滑りこませた。すると彼女の表情が和らいだ。

「この子は激しい痛みを抱えているのよ。休ませてあげなきゃいけないんだけど、最後に一つだけ」

アルヴァはガラス瓶をナイトテーブルの上に置くと、藻灯を手に持って、私を振り返った。

「あなたはこの子のことを本当に知らない？」

なぜそんなことを聞くのか私にはわからない。必要はなかったが確認のためにもう一度少女を見た。その目は閉じられ、呼吸は整いつつあった。筋肉がぴくっと引きつったが、彼女は目を開けなかった。

「もちろん知りません」

織り手はアルヴァをじっと見つめていたが、やがて私を見て、ふたたびアルヴァを見た。

「なぜそんなことを訊くのです？」織り手は言った。

アルヴァは少女に近づいてぴったりと寄り添うと、その手を握った。彼女は抗うことなく、ゆるく握ったままの手をアルヴァに開けさせた。

「このためよ」

アルヴァはそう言うと、彼女の手の平を表に向けた。藻灯の光に照らされた手の平に、印《しるし》がくっきりと浮かび上がってきた。それが何を表している文字なのか私はすぐにわかった。

エリアナ。

私の名前だった。

2

アルヴァに握られた少女の手は青白く、指の付け根は鋭く骨張っていた。アルヴァと織り手の視線が私に注がれ、網のように覆いかぶさり、張りつめているのがわかった。だが、私は数えきれないほど何度もこうした事態に備えて訓練してきたのだ。目の焦点をどこか近くに合わせたかのように変え、遠くのものをあらゆる輪郭が霧みたいにぼやけるようにするのだ。その文字がたんなる景色の輪郭や色にすぎないかのように、あるいは家の壁にできた亀裂か、水路に生える黒緑色の藻であるかのように、私は見た。

私は織り手を振り返り、表情に何も表さないように気をつけながら言った。

「何て書いてあるんですか?」

織り手はすぐには答えなかった。薄闇の中の織り手の眼差しはどこまでも執拗だったが、私はそれに屈しなかった。

「弟さんは何も教えてくれなかったのですか?」

「弟は必要ないと思っていたようです」

「エリアナ、だれかがあなたの名前をこの子の手の平に、見えない入れ墨で入れたのよ」

アルヴァが答えてもなお、織り手は私から目を離さなかった。

私は、この場にふさわしいように顔と体をぴくっと反応させた。織り手はそこから、驚きと戸惑いとちょうどよいくらいの不安を読みとるだろう。

「私は彼女を知りません。以前に会ったこともありません」

「エリアナという名前はそういません」

織り手の言うことは正しかった。島には他にもいるだろうが、織の家ではエリアナという名前は私だけだった。

「彼女の名前ということはないですか？　尋ねてみましたか？」

アルヴァは溜め息をついた。

「もちろん訊いたわ。でも、違った。名前はエリアナじゃない。この子が言うにはね」

「偶然にしてはできすぎていますね」

織り手はアルヴァの方に向き直った。

「これは普通の入れ墨ではありません」

「ええ」

アルヴァはタオルで藻灯を覆うと、窓のほうへ手を伸ばしてカーテンをわずかに開けた。白い光が部屋の中へ漂い、彼女の肌に射す。すると文字は見えなくなった。そこにあるのは何本かの皺といくつかの胼胝《たこ》だけで、私の手の平となんら変わりないように見えた。

「おもしろいですね。こういうのを目にしたのは初めてですよ」

織り手が言うと、アルヴァも続けた。

「あたしもだわ」

アルヴァは窓のカーテンを閉めなおして、藻灯を覆っていたタオルを取りはずした。私は、じわじわと輪郭が現れてくる文字に目をやった。文字は彼女の手の平に浅い皺を走らせていた。私の名前をとりかこむかのようにその指が閉じていく。アルヴァは彼女の手をふたたび毛布の上に置いた。

「この子を眠らせてあげなきゃ」

アルヴァは断固とした声で言った。

織り手が私のほうを振り返った。

「あなたは部屋へ戻ってもいいでしょう。この件については、水報が復旧したらすぐに市警備隊に私のほうから届け出ておきます」

私は織り手の言いつけを理解したことを示すために軽くお辞儀をした。

「少女の容態については速やかに報告するように」

織り手はアルヴァに言った。

彼女はうっすら目を開けたが、ふたたび閉じた。呼吸は穏やかで落ち着いている。痛みは一時的に治まり、血は止まっているようだ。アルヴァはなんとかして口を開けさせると、タオルとガラス瓶を彼女の顎にあて、クラゲを取りだした。死んだクラゲは瓶の中へドボンと落ち、水中に真っ赤な血が筋を引きはじめた。

アルヴァはナイトテーブルの上のカップを拾いあげ、私たちは背を向けた。

診療室の暖かい部屋を出て、朝の冷気に触れる。数歩先を歩いている織り手が立ちどまった。

「作業場には午後になってからいらっしゃい」

織り手が覚えていてくれたことに私は感謝した。もう少しで朝の銅鑼が鳴る。私はお辞儀をした。

織り手は頷くと、そのまま作業棟の方へ向かった。これから私よりも短い睡眠をとるのだろう。近づきつつある今日が地平線上に明けていく。私はひとり織の家の空の下にしばらく立ちつくしていた。

小部屋はひんやりとして静かだった。窓にかかった厚手のカーテンの端から、糸のように細い長方形の光が漏れている。私は鍵をかけて、テーブルの上の藻灯を揺さぶった。ドームの中の水が動いて、藻が目覚め、てらてらと輝きだした。おぼろげな明かりのもとで、いつもより念入りに頭から爪先まで自分の肌を見た。鏡がないので、背中がいつもいちばん見づらい。指先と足裏にもともとあった胼胝を除けば、他に何も見つからなかった。清潔な服を探し、着ていた服は畳んで、後で洗濯場に持っていくものの上に積み重ねた。服にアルヴァが作ったハーブティーの匂いがかすかに残っている。夢と休息をもたらすハーブだ。自分にも同じものを煎じてもらうようアルヴァに頼むべきだったのかもしれない。最初は断っただろうが、どのみち作ってくれただろう。

朝の銅鑼が石壁に反響し、糸の壁が震えはじめるまで、私はベッドに座っていた。

私は、糸を解く作業に向かう織り子たちと同じ道を歩いた。織り子たちは日中、糸の壁の迷路へ出かけて仕事をする。島では、織の家の町の一部は地図に記されていないと言われている。形がつねに変わるからだ。不用心な旅人は深く入りこんでしまうと糸の壁の迷路から出られなくなるが、織り子たちは道を心得ていた。織の家の三棟を取り巻いている一帯は、通りや建物が石柱の間にかけられた糸の壁でできている。ぱっと見た感じでは気まぐれな狭い通路や袋小路のようだ。不慣れな人はまさにここに迷いこむ。道がどんなふうに形成されて、変化しているのか、まだ覚えていない織り子たちも迷う時がある。壁はできあがると解体され、取りはずされると別の場所へ織りなおされる。すべては事前に合意された通りに行われるが、把握しておくためには要所をしっかりとおさえておく必要があった。

織の家の中心から遠ざかるにつれ、石塀がほとんど気づかないうちに視界に入ってきた。町はもはやゆらがず、あたりに光をもらすこともなく、いっそう揺るぎない形となった。端から解かれつつある糸の柔らかい光景の中から、黒ずんだ藻に覆われた階段と湿気に蝕《むしば》まれた壁と、織られた部分が一切ない家々の全貌が現れた。迷路がいよいよ行きついたところに、織り子たちの手の及ばない、通行人を呑みこむ石の町がある。茶色い水は家々の間の溝を流れ、ゴンドラは水と空の間を行き来する。私について町までくる織り子は一人もいない。

中つ水路の岸にはいまだに波が打ち寄せている。歩道は浸水していた。私は、高い建物の外壁に打ちこんだ踏み板を伝って、洪水のときに屋根から下ろされる吊り橋の一つへ上った。橋は歩くたびに足もとで揺れる。橋の向こう側には、渡る順番を待っている人々がいる。橋の下では、水の中を歩いて渡っている人々がいた。油を塗った革の長靴を履いている人もいれば、素足の人もいる。彼らはそろってだらりと垂れた葉っぱのようなものを腕いっぱいに掬《すく》いとり、半ば水に浸かった手押し車や、小ぶりのボートや、大きな籠の中へどさりと入れていた。最初は、藻灯に使われる糸のように細い藻だとばかり思っていた。だが、それらは葉っぱのように広がっていて、もっと深い場所に生えている種類のものだった。洪水が起きると、島の周りによく打ち寄せられている海藻だ。

橋を渡り終えて、つぎの橋へ向かって上りはじめた。これから高い屋根を越えなければならないが、私は足を止めた。ここではたいてい人々が押しあったり、言い合いになったり、とにかく我慢強さが試されるほど混みあう。今日は屋上で立ちどまっている人が他にもいた。人々はじわじわと岸を呑みこんでいく海と満ち潮をじっと見つめていた。

最初に見た時は、波は泡立っているか、柔らかい鱗のような半透明の丸いものを生んでいるように見えた。水面はますます乱れて、荒くなっていく。死骸を運ぶ最初の波が岩に打ち寄せられても、私は確信が持てなかった。つぎの波が打ち寄せられた時、私は間違えたくても見間違うことはなかった。籠とボートを携えた人々が、掬うように手を動かしている理由がわかった。

海は死んだウタクラゲを島へ運び、陸に打ちあげたり、水路へ押しやったりしていた。死骸は、水に揺らされるまま、ひっそりと生気なく横たわっている。死骸は何千、何万とあり、どれも孤独で、けっして歌いだすことはなかった。

アルヴァの水槽の中で柔らかにうねるクラゲたちのことを思った。あのクラゲたちはこのことを知っているのだろうか。死んだクラゲたちへ別れの歌を歌っているのだろうか。私は屋根の反対側の端から降りて、つぎの吊り橋の不安定な板に足をかけた。


屋上も浸水した通りも人でごった返していた。入れ墨の日はいつもそうだ。塔から聞こえるホラ貝の音が町の人々を呼び寄せ、屋根を越えて響きわたる。人々はホラ貝の音に包まれて博物館へ向かって揺るぎなく流れるように動いている。私は回り道を選んだ。そっちのほうが静かだということを知っていたからだ。途中で回廊に囲まれた広場を通り抜けなくてはならない。ここはわずかに海抜が高く、石は霧と細雨《さいう》に濡れていた。広場には黒服を纏った小さな集団が集っていた。せいぜい五、六人といったところだろう。彼らは地平線に降る雨のようにもの悲しくひっそりと立ち並んでいる。喪服だとすぐにわかった。多くの「夢みる者」の家族は恥をさらそうとしないが、失ってしまった者たちを忘れずにいようとする家族もいる。

広場を横切っていると、集団から一人が抜けでて、私に向かって歩いてきた。私は目を伏せて、彼女に気を留めないようにした。女性はあまりに近くを通り過ぎていったので、触れるというよりも突きおされたような感じがした。女性は地面に何かを落とした。かすかな金属音が聞こえ、何の音なのかわからないまま、私はそれを見もせず、足で踏んでいた。

すぐさま警備官が駆けつけてきたが、私はそれまで警備官がいたことに気がつかなかった。予想以上に大きな危険を背負ってしまった女性のほうも、気がついていなかっただろう。警備官は私が着ている織の家の海緑色の上着を見て、女性の黒い服装を見た。そして結論を下した。警備官は女性の腕を力をこめてがっしりとつかんだ。

「おまえは行くんじゃない」

警備官は女性にそう言うと、私のほうを振り向いた。

「この女があなたにご迷惑をかけませんでしたか？　何かを渡そうとしたり、不適切なことを言ったりしませんでしたか？」

私は女性をよくよく見てみた。その顔は無表情で、仮面のようだ。もしここで私が頷けば、窮地に陥るだろう。彼女だけではなく、私の背後で無言のままじっと立っている彼らも全員そうなるだろう。彼らは私たちをまじろぎもせず見ている。もし私が否定して、警備官が彼女の落とし物に気がついたら、私が織の家の者であろうとなかろうと、私自身が窮地に立たされるかもしれない。平べったい何かが薄い靴底を通して伝わってくる。それは、私が動かないかぎり、十分に隠し通せる小ささだった。だが、それが何なのかまでは私にはわからなかった。

「いいえ」

私は言った。

「彼女は何もしていません。私は前を見て歩いていなくて、気づいたら彼女の方へ歩いていたんです」

私はつぎの言葉を女性に向かって言った。

「すべて私が悪いんです。申し訳ありません」

女性はこくりと頷いた。もしも彼女が驚いていたとすれば、それを上手く覆い隠していた。

警備官はつかんでいた手を離した。

「今度からはもっと気をつけるんだ。おまえのような者が匠の家の人たちに迷惑をかけるとはとんでもない」

女性はその場から動かなかった。

「行け」

警備官は言い放った。

女性は仲間のほうへ向かって歩きだした。最初はゆっくりと、しだいに歩を速めた。警備官はその後ろ姿を見ながら、こう言った。

「私だったら、あいつらを親族ごと『汚れた者たちの家』へ送りこんでやりますよ。清らかかどうかなんて誰も知らないんですから」

警備官は私をちらりと見た。

「織り子の方、良い一日を」

私は警備官に軽く頭を下げた。警備官は一礼して、踵を返した。彼が広場の向こう端まで行って、持ち場に戻って柱の陰に入るまで、私は待った。

ベルトにつけた革の小袋を結んでいる紐を、私は引っぱった。袋は地面に落ちて、コインが袋の中でぶつかりあった。私はわざと警備官のいるほうを見ないようにした。警備官が見ていたとしても、私はしっかり結んでおかなかったために地面に落ちた小銭入れを拾っているとしか思われない。足をずらして踏んでいたものをとる様子も警備官には見えないはずだ。それを小銭と一緒に袋の中へ滑りこませたとき、指に冷たい金属の感触があった。私はそそっかしいと思われただけで、疑われなかったと思う。

広場の端にいた喪服の集団には何か別のものが見えていたはずなのに、誰も語ろうとしない。私も語らない。

清らかな眠りの博物館は、子どもの本に描かれるような海の怪獣をいつも思わせる。博物館の屋上には、空を背景に彫像が立っている。軟体動物の触手のような彫像は、目に入ってくるものなら何にでも手を伸ばし、吸いつき、深みへ引きずろうとしているみたいだ。丸窓はオレンジや青い光をちらちらと放っている。ときおり瞼のような影がかかって眠りに誘うが、夢に誘うことはけっしてない。

私は人の流れに潜りこんだ。足もとの階段の踏み面は滑りやすく幅が広い。その端は角がとれ、これまで上ってきた人々の足に踏まれて磨り減っていた。人の多さにはやくも息が詰まりそうだった。密着せざるをえず、人々の体温や動きや匂い、そしていら立ちを感じた。前を歩く博物館の客たちが柱廊へ姿を消していく。柱は入り口の手前で白々と輝いている。まるで建物の黒っぽい石でできた肌を背にして並んでいる歯のようだ。

私は怪獣の口に呑みこまれるように進んだ。

入ってすぐの所はいつも薄暗い。私は四つの列の一つに並んだ。制服姿の男性たちがゲートを監視している検問所へ、皆がぞろぞろ歩いている。明るくなるのは、高い天井からまっすぐに下ろされた鉄格子の向こうに行ってからだ。団体客がサンゴのような赤い色の階段の踊り場で立ちどまっているのが見えた。天窓は彼らの頭上を明るく照らしだし、私たちを隔てていた。

私は視線を鉄格子へ戻した。じっと見ていると巨大な糸の壁の縦糸に見えてきた。巨人が縦糸の間に横糸をくぐらせている様子を想像した。

私の番になり、警備官に誕生の印である入れ墨を見せた。冷たい風がさあっと襟首に吹きつける。朝、自分の肌を点検したにも関わらず、袖をまくり上げて待っていると息が苦しくなった。毎年のことだが、腕の入れ墨の線の他にも何か見つけられてしまうのではないかと不安になる。警備官はおなじみのうんざりした表情を浮かべて入れ墨を数えると、頷いた。さらにもう片方の腕に入れた匠の家の入れ墨も確認すると、私の名前を名簿から探して、その隣に印をつけた。警備官はゲートを開けて私を通し、つぎの人を点検する前にゲートをふたたび閉じた。新しい三組の団体ははやくも階段下のガイドの周りに集まっている。指示されたグループに私は加わった。

血赤サンゴ、琥珀、染色した糸で織られたタペストリーは私たちの周りで煌めき、天窓から注がれてくる光を燃えあがらせた。前の団体が階段を上ったところにある部屋に入ってしまうまで、私たちは待っていた。ガイドがついてくるように声をかける。行き先はわかっていた。

私たちはロビーを通りぬけ、階段の途中まで上ったところで足を止めた。案内係が話を始めながら、上の踊り場にかかっている大きな壁画を指さしている。私たちはそちらに目をやった。表面がでこぼこして、雨風で汚れている窓ごしに見ても、どんな絵が描かれているのか、私にはわかる。この壁画はもう何度も見ているからだ。子どもの頃からこの絵が好きではなかった。中央に立つ高い塔も、その前に立っているマスクをつけた八人の姿も怖かった。あれはお化けだと母に言うと、母は私の口に手をあて、黙りなさい、と言った。今でも案内係とそこにいた人々の目を覚えている。

あのとき母がどれだけ恐怖を感じていたか、後になってようやくわかった。私の言葉から、私たちの家では理事会のことをいつも悪く言っているのだと思われかねなかったのだから。お化けというのは私がイメージしたもので、両親の会話から出てきたものではなかった。黒いマントとのっぺりした血の色のマスクをつけた壁画の理事会のメンバーは、死の絵のように子どもの目に映った。

案内係は、毎年同じ話をする。理事会がどんなふうに覚醒革命に終止符を打ち、島の夢みる者たちを清め、平和と豊かさを町に取り戻したのか。いくつかの断片は空でも言える。

私たちの中から夢死病は駆逐されました。それに伝染した者たちはコロニーに送られたか、もしくは幽閉され、そこで感染を防いでいました。夢魔は自由に出歩くのをやめ、もといた暗がりへ戻り、血液感染した呪われたわずかな者を除いて、二度と現れることはありませんでした。

グループは、案内係が話している間、壁画から目を離すことはなかった。私はちらりと周りに目をやった。二人の子どもを連れた若い母親がいる。三人のうち誰が入れ墨を入れるために来ているのか考えた。どちらの子どももそうでないといい。しかし、たとえ今日でないとしても、いずれはその時が来たら痛みに耐えることになる。三人の他に灰色のベストと茶色の上着を着た年配の男性もいた。男性のズボンには白い粉の汚れがついている。おそらくパン職人だろう。もう一人の男性は明らかに彫り師街の人だ。黒と赤の染料にまみれている手を見てわかった。グループの中には若い女性が大勢いた。ちょっとばかり上等な生地のボンネットやドレスを纏い、職人技が光る骨サンゴの首飾りをつけている。おそらく彼女たちは商人の娘だろう。

私は、何かを探しているかのように入り口のホールをちらちらと肩ごしに見下ろしている男性に気がついた。若くはない。見た目からどんな職業なのかは判断できなかった、灰色のズボン、フードのついた茶色の上着、履きくずしたブーツ。指は汚れていない。髪は革紐で襟足のところできっちり結わえ、背中で手を組んでいた。男性は壁画に視線を戻した。頭上の空が移ろい、光がガラスの天井を突きぬけてもっと深くまで降りてくると、私から数歩しか離れていない男性の手に当たった。

男性の手の平のくぼみに奇妙なゴンドラの形をした傷痕が見えた。真ん中のあたりが膨らんで、両端に向かってすぼまっている。

見入っているのを誰かに見られる前に、私は視線を上げた。

私たちは階段を上って、つぎの部屋へ進んだ。男性がまた何かを探しているふうに周りをちらちらと見ていることに、私は気がついた。気づいたことがもう一つあった。男性は警戒しながら見ているということだ。視線を移そうとする前に、男性は案内係に細心の注意を払って、ほんのわずかな一瞬だけ目を逸らしていた。誰かに見られているとは思ってもいないだろう。

壁際に短い槍《ランス》を携えた警備官が立っている。警備官の制服には、理事会と市警備隊の太陽のシンボルマークがついていた。男性の目は警備官をとらえ、案内係が話している壁画に視線を戻した。この壁画についての話は前にも聞いたことがあった。

かつて島は、獣が棲みつく雑木林でした。迷いこんだら二度と出られない残酷で危険な場所でした。ところが私たちの祖先が獣を追い払うために松明《たいまつ》と剣を持ちこみました。勇猛果敢に挑み、大損害をこうむりながらも、今日私たちの知る町の礎《いしずえ》を築いたのです。海の懐から絹藻《けんも》と血赤サンゴを集め、船に乗って広大な海を渡り、ここにある地図が語っているように交易航路を切り拓いたのです。

私たちは過ぎ去りし日々の絵で埋められたいくつもの部屋を歩いて回った。仕事についている織子たちや書記官たち、塔の建築、年一回の「言葬《ことそう》」のために広場に広げられた写本の数々。手の平に傷痕のある男性から私は目を離さなかった。どの部屋に入っても、男性は案内係に顔を向ける前に、まず周囲に目をやっていた。

つぎに入ったのは、いつ来ても好きになれない部屋だった。天井から吊り下げられた藻灯が、窓のない空間を照らしている。案内係が、夢死病で死んでしまった死者を燃やしている絵を指さした。この部屋に展示されているのは絵画だけではない。ガラスケースの中に、骨のように白いサンゴと血のように赤いサンゴから作られた医療器具が展示されていた。どの器具の先端も刃も鋭く、器具のあごの部分は幅広で硬質だった。その隣のガラスケースの中には、真ん中から開かれた厚い本がたくさん並べてあった。損傷した皮膚や、手足や胴体の関節にできた瘤のような腫瘍の絵が描かれてあり、皮下でたぎる闇のようだった。

手の平に傷痕のある男性が、若い女性の絵の前で立ちどまった。女性は目を閉じてベッドに横たわり、片手はベッドの縁から床へだらりと垂れている。口はうっすら開いて、苦しげに歪んでいる。彼女の胸の上には黒い影が乗り、女性の首に向かって手を伸ばしていた。夢みる者のところへやって来た夢魔だ。男性はポケットから片手を出して、頭を掻いた。

その時、見えたのだ。一瞬ではあったが、自分の目に狂いはない。

男性の手の平の傷のある場所に入れ墨が白く光っていた。細部までは見わけがつかなかったが、傷痕と同じような形をしていた。両端が先細った楕円形。

男性はふたたび手をポケットにつっこんだ。

映像が水のように私の中に立ち上がる。私の名前が印された、傷ついた彼女の手。

他のすべての部屋と同じように、ここにも警備官がいた。案内係が前に進むように私たちを促すと、警備官がグループに近づいて話しかけた。

「そこのおまえ」

警備官が言った。

「止まれ」

男性は体を強ばらせた。顔に焦りの色が浮かび、口を開けたものの、声は出なかった。

「どうぞ先へ進んでください」

警備官は案内係に言った。

「この男は私と話をした後、合流しますので」

案内係は一礼した。私たちは案内係についてつぎの部屋へ進んだ。ちらりと後ろを振り返ると、警備官は声を落として早口で何か話しかけていた。何を話しているのか聞きとれないが、顔つきは思っていたよりも緩《ゆる》んでいる。二人は私の視線に気づいた。警備官の口の動きがぴたりと止まる。部屋はつぎからつぎへと入ってくる人でいっぱいになりはじめ、私は前を向いて、グループの後をついていった。

最後の部屋を出て階段を下りた後は、誰も話す人はいなかった。まず怪獣に呑みこまれ、つぎに消化され、最後に反対側の出口から汚らわしい自分を感じながら出てくる。そうなるように順路は考えられていた。

出口のホールは入り口に似ていた。私たちはふたたび鉄格子のあるゲートに並ばなければならない。ここでは列はさらにゆっくりと進み、それが外まで続いている。年一回の入れ墨を入れるために来ている人々に私は目をやった。彼らの多くが家族や友人を連れてきており、なかには今日パーティを開く人もいる。だが、そういう人たちもまずは入れ墨を入れるためにここへ来なくてはならない。入れ墨からは島の誰も逃れられないのだ。

あたりを眺めていると、手の平に傷痕のある男性がふたたび目に入った。男性は別の列に並んでおり、私よりも少し先に進んでいた。天井に吊り下げられた何十もの藻灯があたりを青く染めあげている。男性は手を後ろで組んでおり、手の平を表に向けていた。私は、もう一度男性の入れ墨が見えるのを期待した。

だが、それは消えていた。

男性とかなり距離があるから傷痕の線までは見てとれないかもしれない。だが、光る入れ墨は確実に見られるはずだ。男性と離れていると言っても、最初に入れ墨に気づいた時にいた部屋とたいして変わらない。しかし、露わになった男性の手の平には、印がなかった。

私は男性と同じ列に並びそうになった。話しかける理由を探したが、列が前へ進んで、私たちの間に越えられない広い海のように、どっと人が入りこんできた。

出口は広場に面していた。向こう側の端には塔がそびえ立っている。青い空を背にした塔は、嵐の時のくすんだ色をした柱のようで、記憶していたよりも大きかった。太陽に照らされた石の表面は鈍く光り、通りにかかっていた霧は晴れていた。列は検査場と彫り師の机に向かってじわじわ進んでいる。それを過ぎると列の一部はうねるように進む人の群れにまぎれていた。

私は、思わず目を向けずにはいられない方向へ目を向けた。私たちの誰もがそちらを見ずにはいられなかった。

夢みる者たちが広場の真ん中の壇の上に立っていた。女性と男性が四人ずつ。どの人も若くない。女性の一人は眼帯をつけ、男性の一人は手首を骨折していた。彼らは皆、裸足で、灰色の服を着せられている。額には汚れた者たちの印がくっきりとつけられていた。壇の四隅には槍《ランス》の取っ手に片手を添えている警備官が一人ずつ立ち、壇の下では勢揃いしていた。

列は伸びて動いていく。秋の衰えていく太陽の淡い光が人々の顔に降りそそいでいた。囚人たちはじっと黙って立ったまま、もう何時間も立っている。それなのに、水や食糧を差しだす人は誰もいなかった。

いよいよ私の番になった。私は彫り師の前に座り、彫り師は入れ墨の針を拭いて墨壷に浸した。私は袖をまくり上げて、これまで入れられた黒い線を露わにした。

ホラ貝の音が止んだ。群衆が揺れ動き、もう一度揺れた。いよいよその時が来た。皆はこのためにここに集まって待っていたのだ。塔の上部にあるバルコニーの幅広の扉が開いて、その向こうから理事会が姿を現した。サンゴでできたマスクが日の光を浴びて輝いている。まるで石の色のマントについた鮮血のようだ。群衆から沸きおこる声は、ヒューヒューとうなる風に似ていた。

彫り師が針を私の皮膚の上へ持ってきて、針の柄を石で小刻みに打ちはじめ、肘の内側すれすれに新しい印を入れていく。私は顔を背け、ぎゅっと拳を握った。痛みで目が滲む。痛みを伴いながらの機織《はたお》りは少なくとも一週間は続き、墨が皮下へ沈んだ場所の針が残した疼《うず》きはけっして消えることはない。

鐘の音は冴え、午後の影の輪郭のように鋭い。

私はふたたび壇上へ目をやった。太陽のシンボルマークがついた、ゆったりとした上着を纏った一人の男性が塔の足元を離れた。男性はおもむろに壇に近づくと、そこに上がっていった。彼は八本の木の棒を入れた不透明なゴブレットを両手で運んでいる。男性は最初の夢みる者の前で立ち止まった。

壇上に立つ日がもし来るなら、私はゴブレットの中のどの棒を引けばいいのか、何度も考えている。そして、毎年、私の考えは変わっている。

夢みる者の一人の女性が、ゴブレットの中からおよそ彼女の手の平ほどの長さの木の棒を引きあげた。これほど距離があると、女性がどんな表情をしているのかわからない。だが、女性が隣の夢みる者に顔を向け、木の棒を引く様子は見てとれた。ゴブレットを運ぶ男性が三人目の夢みる者の前へ移動した時、最初の二人が同じ長さの木の棒を手に持っているのが見えた。二人の顔に浮かんでいるのは失望なのか安堵なのか、私にはわからない。

その時、震えが走った。彫り師は私の腕の血の雫を拭っている。彫り師が使っている布は、それほど清潔そうには見えない。私は袖を下ろして、腕に入れられた二十四本の線を隠した。これで正式に一歳年を取ったことになる。服が傷口に触れると痛んだ。私は立ち上がって、検査場のゲートから人の群れの中へ入っていった。

ゴブレットを運ぶ男性が、最後から二番目の夢みる者の前まで進んだ。他の六人は同じ長さの棒を手に持っている。観客は息を潜めており、誰も話そうとしない。どこかで子どもがわっと声を上げて泣いた。

夢みる者が片方の手をゴブレットの中まで入れて、そこからゆっくりと二本のうちの一本を引きあげた。それは他の棒よりも倍の長さがあった。観客から呻きに似た声が沸き起こった。男性が皆に見えるように棒を高く掲げると、人々は拍手をしたり、足を踏み鳴らしたりしはじめた。男性はどこか笑顔に似た表情を浮かべていた。口角が上がり、顔に描かれているかのようにぎこちない。形式上、最後の夢みる者は最後に残った短い棒を引いた。

ゴブレットを運ぶ男性が観客のほうを向いた。

「理事会は、大いなる公正のもと、この夢みる者をお赦しになりました。この者はこれから自由に世界を進み、夜明けに島を去るのです。理事会の名の下に！」

「理事会の名の下に！」

群衆は応えるように声をあげた。

私の口からも、気づいた時には同じ言葉が放たれていた。

「さあ、あらゆる嵐を越え、賢しく島を導く理事会に、われわれは今、ともに忠誠を誓おう」

ゴブレットを運ぶ男性が言った。

誓いの言葉が声の合唱とともに私の中から流れだした。

その手で塔を持ち上げ、その頂から町を見下ろす彼らに。彼らにわれは忠誠を誓う。

長い棒を引いた夢みる者は壇上から下ろされ、先導されながら博物館の裏手へ姿を消した。警備官たちは他の七人の夢みる者たちを車輪のついた檻に入れた。檻はそのまま汚れた者たちの家の大きな黒いゴンドラへ向かって運ばれていく。誓いの言葉は水のようにさらさらと流れた。

われらに食物を与え、われらに衣服を与え、われらを強くする彼らに。彼らにわれは忠誠を誓う。

檻の車輪が広場の石畳の上をガタガタと音を立てて進む。

島から病を追放し、われらの夢をとこしえに清める彼らに。彼らにわれは忠誠を誓う。

檻の中の夢みる者の一人が鉄格子にぶつかってきた。眼帯をつけている年配の女性だ。

「嘘よ！　すべて嘘よ！」

石畳が足もとから崩れようとも、水路が水底から逃げようとも、わが命を彼らの手に委ねるだろう。

われは彼らに忠誠を誓う。


二人の警備官が飛びつくようにして檻の扉を開け、女性を外へ引きずりだした。

「嘘よ!」女性はもう一度声を上げた。「みんな、自分自身に聞いてみて、なぜ――」

警備官の一人が女性を力まかせに殴ると、女性は静かになった。やがて女性が痛みに泣きはじめ、警備官は女性の口をスカーフで塞いだ。スカーフに赤い染みが滲んでいくのが見えた。


海がわれを越えてゆこうとも、彼らの船にわれの安全を委ねるだろう。われは彼らに忠誠を誓う。


女性は市警備官たちに連れられて群衆の中へ消えてしまった。どこかでもう一台のゴンドラが待機している。もう一台に比べて狭くて近寄りがたい。デッキの上には黒い布で覆われた檻があった。女性はその中にいるのだろう。私は、女性が引くかもしれなかった長い棒を、男性が引くことになったあの棒を思った。夜が白む頃、男性は船に連れていかれ、どこかへ運ばれていく。そこでは未知の言語が話され、なじみのない仕事が男性を待っている。男性は、これが最後であることを、もう二度と島へ戻ってくることはないことを知りながら、デッキの上から島のほうを見ているのだろう。

あらゆるものの上に、理事会は黙して立っている。手も上げず、動きもせず。

誓いの言葉を言い終えても、私の口はなおも動いていた。だが、私の声は消え去っていた。

3

私は織り手の書斎の硬い木の椅子に座った。この椅子は、織り手が個人的にだれかを叱りたい時に差しだされる。客人用の椅子はもう一脚あった。背もたれが高く、詰め物が施され、数年おきに生地を張り替えている椅子は、部屋の奥の隅に押しやられている。織り手は自分自身の椅子に座っていた。

二人の市警備官が、長い机を挟んで私の向かいに座っている。この部屋は、織の家の中でも作業場を含めて普段は日当りがいちばんいい。だが、今日は、大きな角窓の格子からは、濃い灰色とほの白い光しか漏れてこない。眼下の町の隅々に霧が深くたちこめており、水の流れは速いにも関わらず、直管藻灯から放たれている光はほんのわずかだった。乏しい光のせいで二人の警備官の顔がうつろに見える。顔を剝ぐと、下から別の何かが現れてくるような気もするし、何もないかもしれない。

「つまりこの少女のことを知らないのですね」

警備官の一人が訊いた。これで三度目だ。

部屋の冷気がまとわりつき、骨身に沁みてくる。壁にかかった大きな絵から理事会が私たちに目を光らせていた。私は警備官たちの背後に吊るされたタペストリーに目を凝らす。そうやって自分と質問の間に壁を築いた。タペストリーの聖織女は無数の手に一本ずつ糸を持ち、雲の向こうの波や雲や星は彼女の意志に従っていた。

「知りません」

私は繰り返し答えた。

二人の警備官は顔を見合わせた。一人はバイロス隊長と名乗り、もう一人はラザロ隊長と言った。どちらがどちらなのか私にはわからない。片方はがっしりとした体格なのだが、二人ともほぼ同じ身長で、目は落ちくぼんでおり、濃い眉毛をしていた。

バイロス、もしくはラザロが頷いた。ラザロ、もしくはバイロスがノートにメモを取っている。

「少女が家にやって来た日の夜、あなたは見回りの当番だったのですね？」

「はい、そうです」

私は答えた。またしても。

「あなたは目を盗んで見回りの途中で町へ抜けだしたということはありませんね？」

この質問は初めてだ。

「もちろんありません。それにそれは不可能だったでしょう。空中ゴンドラは音を立てすぎたでしょうし、歩いてそこまで行くには遠すぎたでしょう。真夜中に糸の壁の迷路で気配を感じたら、織の家の誰かが警報を鳴らしていたでしょうから」

「まさしく。特殊なシステムについては聞いております」

バイロスが言った。もしくはラザロが言ったのかもしれない。

「調査を進める上で、それがどのように機能するのか知ることができればおおいに助かるのですが……」

「それは機密情報です」

影の中から織り手の声が聞こえた。囁くような言葉だったが、迷いなく空気を断ち切った。

「当然です」

バイロスは口を閉じた。ラザロはペンを走らせている。もしくは、バイロスがメモを取っているのかもしれないが。

バイロスでないならラザロが、あと少しで埋まりそうなページの端から顔を上げた。ペンの音が止んだ。

「少女が迷路を抜けて織の家に向かってきている時、誰か警報を鳴らしましたか？」

「最終的には鳴らしました」

織り手が言った。

「ですが、発見される前に彼女は織の家にたどり着いていました。ここまでの道のりを知っていたかのように。とは言え、彼女は私どもの織り子ではありません、ラザロ隊長」

バイロスとラザロはふたたび視線を交わした。二人はおそらく空中ゴンドラでやって来たのだろう。客人はたいていそうする。歩いて迷路を通ってきたなら、案内人が必要だったはずだ。彼らはそれを知っているのだ。

「バイロスです」

バイロスが言った。

「おもしろいですね」

「興味深いですね」

ラザロはそう言って、私のほうを向いた。

「つまり、あなたはこの少女のことを知らないし、見かけたこともない。そして、なぜあなたの名前が少女の皮膚に入れられていたのかもわからないというわけですね？」

風が部屋を通り抜けた。聖織女の眼下で、タペストリーに織られた波が揺れている。

「知りませんし、見かけたこともありませんし、わかりません」

「見えない入れ墨で」

バイロスが言った。

彼女の皮膚の上で煌めく文字と、清らかな夢の博物館にいた手の平に傷痕のある男性のことを考えた。男性の入れ墨は、現れて消えた。

「私にとって、それは何の意味もありません。見えない入れ墨があることすら知りませんでした」

バイロスとラザロは待っていた。私がそれ以上何も言わずにいると、バイロスはラザロに何か耳うちした。ラザロも何か耳うちを返すと、二人は声を落として話しはじめた。ひそひそと囁く声に混じって、「夢みる者」という言葉だけが聞き取れた。

私はぞくっとした。彼らの頭上で聖織女が全方向に手を伸ばしている。一本の細糸すら取りこぼさず彼女は握っていた。

バイロスとラザロはお互いに頷きあって、私のほうを向いた。

「興味深いですね」バイロスが言った。

「おもしろいですね」

ラザロはそう言うと、ノートを閉じて、ペンと一緒にポケットに滑りこませた。

「引き続き調査します」バイロスが言うと、ラザロが続けた。

「またご報告します」ラザロが言った。

二人は席を立った。私も立ち上がる。彼らは私にさっと会釈し、私も軽く頭を下げた。それから二人は織り手に一礼し、数歩で部屋を後にしたかと思うと、足音は壁を覆う布の中へ消えていた。十二人の聖織女が、タペストリーの中からこの部屋とこの瞬間をはるかに越えた彼方を見つめている。彼女たちの手は世界の網に新しい目を黙々と紡いでいた。

私は部屋を出ようと踵を返したが、織り手の声に引き留められた。

「私もあなたと少し話がしたいのです」

織り手はそう言って、ドアを閉めた。私たちは影に包まれ、部屋の両端からお互いに見つめあった。

「私にまだ話していないことがもしあるなら、今、この状況を正しておくのがいいでしょう。そうすればあなたを助けることができるでしょう」

「何もありません」

織り手は私を食い入るように見た。

「私が誰にでも同じように接していることは知っていますね」

織り手が言った。

「ですが、私は他の誰よりもあなたのことを信頼してきました。あなたも私を信頼しているものだと思っていたのですが、そうでないとしたら悲しいですね」

織り手の言うとおりではあった。彼女は何度も私に水報を送らせたり、送られる記号の意味を教えはしなかったが見せてくれた。私が数年間で数多くの記号を覚えたことを織り手は知らない。しかしながら、その能力はたいして役に立っていない。というのも、織り手から頼まれたのは、野菜や魚介を市場に注文したり、織の家がこれまでにオークションに出した数々のアンティークの絹藻織物について商人に知らせたり、といった取るに足らないメッセージばかりだったからだ。

織り手は、私が小部屋を長いこと自分一人で使っていることを見逃してくれていた。多くの若手の織り子たちは他の織り子と小部屋を共同で使うことになっている。私が一人で住んでいる理由は、同居していた織り子が何の前触れもなく一年前に織の家を出て行ったからだった。彼女は妊娠していたのではないかと思う。

「お話しすべきことがあればお話ししたいのですが」

私がそう言うと、織り手は気づかないくらい小さく笑った。

「ええ、そうでしょうね。仕事に戻る前に、アルヴァへ伝言をお願いできますか？　明日、患者を病院街へ連れていくためにゴンドラを呼ぶと伝えてください。病室の空きがなくなりかけていますからね」

私は軽く頭を下げた。ドアへ向かって半分ほど歩いたあたりで、織り手が私をもう一度呼び止めるかもしれないと待ち構えていたが、織り手はそうしなかった。私はちらりと後ろを振り返った。織り手は水報機のそばに立っており、私が行ってしまうのを待っていたので、私はそのまま立ち去った。


アルヴァは顕微鏡のレンズの下へ試料を置き終えたところだった。顕微鏡は高価な装置だ。島には三台しかないとアルヴァは言っていた。私が中へ入ってくると、アルヴァはちらりと目を上げた。机の上には二基のカンテラが赤々と燃えている。病室と診療室を仕切るカーテンは閉められていた。カーテンの向こう側から咳が聞こえる。私はベッドで寝ている彼女を想像した。長い手足、顔にじっとりと浮かぶ苦痛、彼女の手に記された呼び声のような、私には理解することのできない入れ墨。

「軟膏は秤と口の開いたカモミール袋の間にあるわ」

アルヴァはそう言うと、片手で丸い小さな反射鏡を動かした。

「その軟膏はあなたが来るのを日がな一日待っていたのよ」

私は机の上からガラス瓶を取って、上着のポケットに押しこんだ。

「どうして私が必要だってわかったの？」

「毎年、入れ墨の日の後、きまってもらいに来てるでしょ。この二つ、同じに見える？」

アルヴァは反射鏡の上の灰色の細長い二片を指した。そこから泥と海藻の匂いが立ち上がる。もっと近寄って見てみると、薄く切られたクラゲの体のように見えた。

「まったく同じに見えるけど。どうしたの？」

私は言った。

アルヴァは反射鏡を顕微鏡のレンズの下へ動かすと、片方のカンテラを手もとへ引き寄せた。顕微鏡を覗きこみ、側面についているつまみを回して調節した。

「これはどう？」

私は机の反対側を回ってアルヴァの隣に立ち、顕微鏡を覗いた。私の目には、奇妙な木の幹か、幼虫の塊か、芽が出ている見たことのない海藻の枝に見えた。

「今あなたが見ているのはウタクラゲの体の一部よ。その部分であのクラゲたちは光を感知しているの。そこの細胞は薬としても使えるの。そこで痛みを和らげる化学物質が作られているのよ。この二片は二つのクラゲから取ったもので、同じものじゃないの」

違いは明らかだった。左側の木の幹と芽吹いた枝の模様の一片は半透明のように見えたが、右側の一片には黒っぽい筋があって、少しずつ流れ落ちていく墨の中へ浸されたみたいだった。

「これは何？」

私は訊いた。

「できるだけ死んで間もないクラゲを海岸から一体持ってくるように頼んだの。それが右側。左は私の水槽のクラゲよ」

「ポリプ熱でクラゲは全部死んだと思っていたわ」

洪水から一週間が経つ。最初のクラゲの死骸が波打ち際に打ち寄せられたのは、洪水から数日後のことだった。理事会は水報で町に知らせた。その言葉は瞬く間に広がった。ポリプ熱。人間には害のない珍しい病気ではあるが、蔓延しかねない。不運としか言いようがなかった。クラゲの個体数が回復するまで何年もかかるだろう。島の近海で養殖するために、何隻もの船が健康なウタクラゲを集めに公海へ出ていた。

「あたしもそう思っていたわ。でも妙に思いはじめたのよ。ポリプ熱は寒い季節には発症しないものだから。これまでに島に蔓延したと伝えられている伝染病は三つだけ。どれも夏の終わりに発生しているわ」

人々が黙して動かないクラゲの群れをなおも通りや海岸から集めており、廃船の周りは悪臭が漂っていたことを私は思い出した。密度を増していく夜に聞こえるクラゲたちのかすかな歌声と海岸に広がった静寂を考えると、息苦しく感じた。

「だとしたら何なの？」

「わからないわ。でも、ポリプ熱ではないわね。何か別の病気だと思う」

アルヴァはサイドテーブルへ手を伸ばして、ガラス瓶を二つ取り上げた。どちらの瓶にも水とクラゲの死骸が入っていた。二体の傘には切り取られた跡がある。

「他にもまだあるの」

アルヴァは部屋を横切って水槽のところへ歩いていくと、片方の瓶を水槽のガラスに押しつけた。水槽の中のクラゲの群れが死んだクラゲの近くへ集まりだし、水中にかすかな歌声が広がった。クラゲたちは輪になり、傘はゆらりと揺れるベールのようにガラスの向こうで波打っている。しばらくして、アルヴァは最初の瓶を引っこめると、もう一瓶を水槽に押しつけた。水槽の中のウタクラゲたちは輪になったままだったが、そのうち何匹かはそわそわしながらもっと近づきさえした。やがて歌声は止み、しんと静まり返った。数秒後、大きなシャボン玉が壊れるように群れが弾け飛んだ。クラゲたちはあらゆる方向へ飛び交い、水槽の端から端まで猛烈な速さで飛んでいった。

「ウタクラゲのこんな動き、見たことある？」

アルヴァが訊いた。

「ないわ」

「あたしもよ」

アルヴァは回れ右して、机に戻った。しばらくすると、クラゲたちはものうげに水中世界を泳ぎはじめた。

「どうするつもりなの？」

「まだわからない。もう少し詳しく調べてみる必要がありそうね」

作業場にもうすぐ戻らなければならない。少しの間なら席を外す時間を延ばすことはできるが、慎重に行わなくてはならない。

「織り手から伝言を預かっているの。明日、患者を病院街へ移したいそうよ。あの……彼女を」

私の指は知らず知らず口よりも先に動いており、アルヴァはそれだけで話をのみこんで頷いた。

「よかったわ。予備のマットを使うことになっちゃって。織の家でひどい咳が流行ってるのよ。それと一緒に発疹も広がってきているみたい」

「移るの？」

「おそらくね。最後に挨拶しておきたい？」

私は作業場のほうをちらっと見やった。

「織り手がもしあなたを探しにきたら、あたしがすべて責任を持つから。医療上の緊急事態よ」

アルヴァが言った。

「そうするわ」

私はどんな理由でもいいから作業場から少しでも長く離れていたいという思いに駆られていた。もしくは、そう自分に言い聞かせた。

アルヴァは死骸の入った二つのガラス瓶を机の上に置き、私たちはもう一つの部屋に向かった。

部屋の中はこの前よりも明るく、ざわついていた。狭い空間に大勢の人が入れられるとこんな音がするものだ。皆、安静にしているように言われているが、そうするには居心地が悪すぎる。ベッド同士の狭い隙間に予備のマットが二枚押し込まれていた。部屋には若手の織り子が三人と、私よりも年上の織り子が四人いた。そのうち二人は眠っているように見えるが、他の五人は落ち着きなく寝返りを打っていた。彼女たちの呼吸は押し潰されたみたいに途切れがちで、咳のせいで重たかった。皮膚は発疹に覆われており、まるで赤か紫のインクに浸されたみたいだった。燃えているハーブの強烈な匂いがする。そのなかに汗と病の匂いもまじっていた。

少女は起きていた。部屋の奥で枕にもたれて座り、パズルを解いていた。きっとアルヴァが与えたのだろう。彼女が私たちのほうを振り向いた。アルヴァがその顎の下に瓶をあてると、少女は口を開けた。死んだウタクラゲが瓶の中にぽとんと落ちた。

「残念だけど、新しいのをあげられないの。いつまたもらえるのかもわからないのよ。だから数匹はとっておかなくちゃならないの」

少女は頷いた。

「でも良い知らせよ。やっとあなたを転院させられるようになったわ。この前まではそれができなかったの。北部で起きた事故のせいでね」

そう言えば、洪水の日の夜、空にはケーブルがかかっていなかった。

「あなたが着いた日の夜、重要な空路が崩壊したの。その後処理にずいぶん時間がかかって、ようやく復旧したってわけ」

彼女は何か悩んでいるように見えたが、もう一度ゆっくりと頷いた。その表情はなぜだかわからないが曇りはじめた。

「ゴンドラが明日ここに来るわ。あなたを病院街へ運ぶためにね」

アルヴァが続けて言った。

「そこだとウタクラゲがここよりもいるわよ。もしいなくても、痛みを和らげてくれる何か別のものがあるわ」

少女の表情は沈む一方だった。そして、深く息を吸いこんで、アルヴァを見つめた。

「どうしたの？」

私が尋ねると、彼女は私の手首をぎゅっとつかんだ。私は面食らったが、手を引っこめなかった。その指は細くて暖かく、指先は肌に深く食い込みそうだった。私はアルヴァに目をやった。

「大丈夫よ」

私は言った。

「病院街のほうが広いし、ここよりも良く看てもらえるわ。家族を探すのも手伝ってくれるわよ」

彼女の瞳に私は釘づけになった。雨のように曇った灰色の瞳、もしくは朝の光を浴びた洪水の色の瞳。じわじわと震えがきた。まるで彼女が私の中のどこかにある透明の糸を引っぱっているみたいだった。口角が一度だけ小さく震え、彼女はふたたび息を吸いこんで、つかんでいた私の手を離し、床に視線を落とした。ぴくりとも動かず、深い震えを自分の中に抑えこんでいるかのようだった。

「さよならを言おうと思って」

私が言うと、彼女は顔を上げてゆっくりと頷いた。

「早く治るといいわね」

中味のないありきたりの言葉だったが、それ以外に思いつかなかった。

私が背を向けようとした時、彼女の目の中に何かがよぎった。私の中の結び目がきゅっと締まったが、よぎったのはただの影にすぎなかったのだと思うことにした。それがあったところでたいした意味はない。

私は作業場へ足を踏み入れた。作業場では織り子たちが仕事に取りかかっていた。私は聖織女の像と理事会の絵の前で跪《ひざまず》き、床に額ずいた。そして立ち上がり、自分の作業場まで歩いていくと、横糸を通すための杼《ひ》を手に取った。指が手順を覚えている。いつも変わらないものを間違えようがない。糸の壁は、どしゃ降りの雨や海を吹きすさぶ嵐にも十分に耐えられるくらい丈夫でなければならない。その一方で、糸をもう一度使えるように解きやすくなっていなければならない。ゆっくりと目を作っていると、時間は指の間を不揃いに滑っていく。

杼を置いて、夕飯を食べて、自分の小部屋に戻ったら、今夜はあっけなく眠りに落ちるだろう。眠りが私をドアの向こうへ連れていく。そこは糸の壁の迷路でありながら、そうではない。壁は透《す》けた絽《ろ》の織物のように細い糸でできており、ドアは堅牢な木でできていた。ドアはわずかに開いていて、その向こうに深くて濃い闇が覗いていた。ざわざわとした音が聞こえてくる。だれかが息をしているみたいだ。私は振り返った。糸の壁は私の目の前で行き止まりになっている。近寄るとざわめく言葉が聞こえたように思った。その言葉の合間から、糸の壁の向こうにあるいくつもの孤独を感じとった。だが、これは夢だということを私は知っている。自分の夢は自分の意のままだ。私は空気よりも軽くなると念じる。風がドアの隙間から吹いてきて、私の肌を渡り、軽やかな指で迷路から私を持ち上げ、空高く揚げていく。星で満ちた夜空は私を風と光になるまで引き寄せ、私を抑えこむものなど何もない世界を現わすために引き裂かれるのだ。

そうして私はふたたび自分のベッドに横たわる。背中にあたるマットレスは硬く、呼吸は荒い。私の体は、つらい仕事に力を使い果たしてしまったかのように疲弊している。小部屋の壁はすぐ近くだ。

何が私を目覚めさせたのか、はっきりとはわからなかった。

カーテンの端から差しこんでくる光はまだない。藻灯の青い輪がおぼろげに輝いている。織の家は、物音一つしない夜の深遠に触れて固まっていた。見回りの織り子たちが廊下を歩いているとしても、私の小部屋からは離れている。

　ふと自分が夜の見回り当番だったことに気がついた。

　藻灯を揺さぶって明るくしようと手を伸ばした時、あやうく床に落としそうになったが、机の端から滑り落ちる寸前でつかむことができた。毛布をはねのけ、ベッドの足もとからナイトガウンを取って寝巻きの上に引っかけた。ドアの横に置いてある砂時計の砂は一粒も落ちていない。寝る前にひっくり返すのを忘れていた。私は革底の靴に足をつっこんだ。

　ドアが思いもよらず大きな音を立てて閉まった。

　長く続く物静かな小部屋のドアの前を、私は小走りで通り過ぎた。突き当たりで曲がろうとした時、物音がした。

　それは静寂の壁にできた、あるかないかの亀裂のような、針先で掻いた一筋の線よりも細い音だった。かすかな呻き声がアーチ型の天井や石造りの寝室の壁に共鳴しながら膨らんでは縮んでいく。この音に聞き覚えがあった。私の足どりは速くなっていった。

　洗濯室と反対側の最初の共同寝室の入り口までやって来たが、音は消えてしまった。中を覗いてみたが、異常はない。寝ぼけた三年目の織り子が顔を上げ、ふたたび枕に顔を埋めた。つぎの共同寝室もいつもと変わりはなかった。だが、ドアを閉めると、また音がした。その音がどこから来ているのか、今度は特定できた。

　一年生の共同寝室では、皆、とっくに目を覚ましていて、ささやいたりひそひそ話す声で部屋は溢れ返っていた。部屋の奥のベッドには最年少の見習いたちが眠っているが、そのうちの一つのベッドの周りには少し距離を置いて人だかりができていた。音の発生源に対する恐怖で近づけないのだろう。輪になった誰もがサンゴのお守りをしきりに指でまさぐっていた。ベッドからくぐもった苦しげな呻き声が聞こえてくる。

私は自分が間違っていることを願いながら、出口を求めて疲れ果てた幽霊のように部屋を巡っていた。それは、共同寝室を横切ってベッドのほうへ歩いていった。

呻く少女を目にする。彼女にしてあげられることは何もないとわかった。

彼女は仰向けになったままじっとしており、唇はわずかに開いていた。たしか名前はミレアだ。十歳にも満たないと思う。ミレアは苦しそうに息をしていた。まるで喉が塞がりかけているような呼吸だった。だが、最終的にはその目がすべてを物語っていた。開かれた黒い穴。ミレアの瞳孔は黒い水のように広がって、あらゆる色を洗い流していた。目の縁と怯えたような白目の間には何もない。まさに怯えているのだ。恐ろしさのあまり、他の人には何もないように見える空間を凝視している。彼女に何が見えているのか私は知っている。低く、あからさまに呻き声をあげる奇妙な歌を私は知っていた。夢魔に乗られた人間が、そんなふうに歌うのだ。他人にその歌を聞かれたら、即座に烙印を押される。

私は自分のサンゴのお守りを握りしめ、彼女の名前をそっと呼んだ。

「ミレア」

ミレアは激しく体を震わせて、私の腕をつかんだ。腕に痣《あざ》が残りそうなほど力強く。

「あたしを助けて」

ミレアが言った。

「大丈夫よ、ミレア」

私はそう言った。だが、それは真実ではない。

「ここに影がいたの。あたしを絞め殺そうとしたのよ」

ミレアにとってつまり今回が初めてだったということだ。何が起きたのか、彼女はまだわかっていない。隠し方を知らなかったのだ。今やどうにもならないだろう。私たちは周囲の視線にさらされていた。中にはひそひそと囁きあっている織り子たちもいる。こういうのは手に負えない。

「夢魔憑《っ》きについて聞いたことはある?」

私は尋ねた。

不安の影がミレアの顔に落ちた。無論、彼女は聞いたことがあった。島民は皆、知っている。

「そういうのじゃなかったわ」

ミレアは自信なく言った。

「本当に気の毒に思っているわ、ミレア」

私は言った。彼女の目の縁は赤くなり、頰はビクッ、ビクッと引きつった。

「皆が見ていたわ。あなたの目の色は夢魔の黒だった。あなたは夢死病の感染者よ」

「夢魔は目に見えないってお母さんは言ってたわ」

ミレアは必死だった。彼女の声はうわずり、裏返った。

「でも、ここにいたの。見た人は他にもいるはずよ」

一粒の涙がミレアの顔を転がり落ちた。

周りの少女たちはいまわしげに顔を歪ませている。くすくす笑っている者もいる。白熱のガラスのような怒りが喉にこみ上げた。

「夢魔は感染者にしか見えませんよ」

織り手のすらりとした姿が入り口に現れるより早く、その言葉が部屋中に響いた。

ミレアを見ると、すすり泣きながら身をふるわせていた。

「夢みる者と同じ部屋で寝たくありません」

そう言ったのは金髪の少女だった。その顔は磨きをかけられた白い石のように滑らかで、こわばっていた。

織り手は彼女を見た。織り手の表情がいら立ちのせいでわずかに崩れた。その亀裂のさらに奥深くに葬られた何かがあった。一瞬、織り手は何かまったく別のことを言うのかもしれないと私は思ったが、彼女はこう言った。

「もちろん感染を避けたいと思っています」

織り手はポケットから小さな手帳を取りだして、一枚引き裂いた。そこに三つの記号を書くと、私に差しだした。

「エリアナ、至急、このメッセージを送りに行ってください」

ミレアは泣きつづけている。彼女の鼻から濡れた大粒の雫がシーツの上にぽたぽた落ちていた。やわらかな幼い顔は恐怖で歪んでいた。サンゴのお守りは夢魔を払うこともできず、役に立たない死んだ海底の欠片としてミレアの首にぶら下がっていた。金髪の少女がミレアをいかにも嫌そうに見ているのがわかった。私は頷いて、ゆっくりと踵を返して部屋を出た。今にもミレアの手を握って元気づけたい自分を制しなければならなかった。それではうそになってしまう。彼女にはこの先、元気づけられることなど何もない。

織り手の書斎のドアが音を立てずに開いた。ドアに鍵がかかっていたことは一度もない。藻灯がかすかな光を放っていた。部屋の隅の窓を通して常に焚かれている塔の火がはるか向こうに見えた。それはまるで暗闇の鋭い目がまばたきしているようだった。

夜の見回りを忘れてしまった。

ミレアのために何かできたとしても取るに足らないことだろう。だがもし私が廊下を歩いていて、それぞれの部屋の寝息に耳を澄ましていたなら、他の誰よりも早く彼女の声を聞いていただろう。そっと、誰にも知られずに、ミレアを起こすことができたかもしれない。永遠ではないにしても、今回は隠し通せたかもしれなかった。共同寝室で過ごす数年だけではなく、夢魔のさらなる訪れもないまま小部屋をわかちあい、誰にも知られずにすんだかもしれない。

水報機は、部屋の隅で堂々と立っていた。石の柱にはめこまれたガラスの容器に映る私の顔は、近づくと黒くひしゃげて見えた。汚れた者たちの家の印が付いているレバーを選んだ。キィと金属音が鳴り、汚れた者たちの家へ続く伝言管が開く。弱い光のもとでは、容器内部にある針も記号が刻まれた目盛りもぼんやりとしか見えない。織り手から受け取った紙は必要ない。なぜなら、織り手が何の記号を紙に書いたのか、私にはわかったからだ。

織の家へ夢みる者の迎えを請う。

針が最初の記号を指し示すまで機械の側面についたハンドルを回す。容器の中の水位が上昇し、針が目盛りに沿って動く。汚れた者たちの家にある水報機の水位も同じ高さに変わり、同じ記号を指し示しているだろう。

三つの記号をすべて送って、私は待った。伝言の反対側でメッセージが受信されると、チリンと小さな鈴が鳴った。私は踵を返し、部屋から出ようとした。その時、私の足が止まった。私は耳を澄ました。廊下は夜のしじまが広がっており、自分の衣擦れの音しか聞こえない。建物の中には他に誰もいなかった。

私は織り手の机の後ろへ回った。引き出しをそっと開けて、ふたたび耳を澄ました。一筋の光すら目覚めることなく、床をひたひたと歩く音もしない。メッセージブックは引き出しの奥に押しこまれてある。この部屋のドアのように、引き出しにも鍵がかかっていたことはない。私は分厚い本を取りだして、両手で抱えた。ページの端は黄ばんでいて、すぐにも破れてしまいそうだ。どのページも織の家では織り手にしかわからない——ただし織り手の知る限りにおいては——水報の記号で埋めつくされていた。

織り手は日付を書き留めることはしないが、月の満ち欠けのことはきっちりと記録している。つまり、どんなふうに聖織女は空の向こう側で銀貨を手の平に隠し、それを少しずつ見せてはふたたび隠しているのかを。最後の満月から二日経っていた。ということは、それを意味する丸印を探して、少女が織の家へ着いた日まで遡って計算する必要がある。

その日のスペースに印はなかった。そして私は思い出した。洪水だ。水報は使えなかった。洪水の二日後に書き込まれた三つの印を見つけた。一通目は糸の追加購入を貿易港へ依頼するメッセージだった。二通目も一通目と同じありふれた内容で、「ハーブ」と書いてある。最後の三通目の印は受信者の欄に記されていた。念のために、私は織り手が終わりのページの間に挟んでいる記号の意味を示す一覧表で確かめた。

「博物館が侵入された」とメッセージには書いてあった。送信者は市警備隊だった。

清らかな眠りの博物館で見かけた手の平に傷痕のある男性を思い出した。

石のように冷たく、身を切るような隙間風が、不意をつくように鋭く肌に吹きつけた。金属がかすかに軋む音がかろうじてきこえた。振り返ってみたが、目にしたものを理解するまでしばらくかかった。部屋の隅にあるタペストリーが、風を孕んだ帆のように膨らんでいる。その後ろに壁を断ち切るように深くて濃い暗闇があった。

壁にはこぢんまりとした木のドアがついていた。これまでにそれに気づくことがあったなら、物置のようなものだと想像していただろう。私は今それに気づいている。

私が部屋に入ってきた時、ドアは閉まっていた。それは確かだ。

織り手のメッセージブックを引き出しの奥へ戻しいれた。

今度は蝶番の軋む音がはっきりと聞こえる。空気が流れ、ドアがゆっくりと動いている。私は近寄った。耳を澄ますと、誰かが闇の中で息をしているような音がしばらく聞こえた気がした。もう一度しっかりと聞き取ろうとすると、消えてしまった。

ふたたび風が隙間から吹いてきて、肌に触れる。鳥肌が立った。向こう側の見えない手に押されたように、ドアが大きな音を立てて閉まった。私は一歩、さらに一歩後ずさった。織り手の書斎の見上げるようなドアに向かって歩きながら、胸骨を勢いよく圧す自分の胸の鼓動を聞いていた。それは、自由になろうともがいている動物の鼓動のようだった。

長い影の落ちる廊下を半分過ぎるまで、私は歩を緩めなかったそして、目の前に別の景色が広がる。今にも崩壊しそうな、もしくは変わってしまいそうな世界が。

ある場所についての黒い夢を夢みる。そこでは手足が重くなり、窓ガラスが曇っていく。そこでは思うがままに走り、顔に海水を感じたい思いに駆られ、息をするのが苦しくなり、恐怖が床を隙間なく這っていく。塀は深い水の中へ静かに落ちていく。どのドアにも鍵がかかり、窓は硬い枝で十字に塞がれている。もし十分に近寄れば、ざわめく言葉が聞こえるかもしれない。その言葉の合間から、壁の向こうにあるいくつもの孤独を感じとるかもしれない。もっと近寄れば、時々は叫び声を聞きとることができるかもしれない。だが、それはきっとカモメの声だろう。

顔に印のある者たちと、部屋に閉じこめられた者たちが、爪が割れるまでドアを引っ掻いている。彼らの夢の重みで町は沈み、亀裂が走る。柱や建物の下の基礎はずれて崩れ、海岸と水路の縁は海に浸食されていく。だが、インクは他のものを束縛する。それは皮下を流れ、島の地下を流れる。それはあらゆる生命の深部を傷つけ、その傷は徐々に大きくなり、見られることを意図しているものを覆い隠す。

手は眠りの糸へと伸び、触れようとする。糸はそれを避けることはない。糸ははるか昔に動きはじめたのだ。糸は逃れ、応え、止めることはできない。闇へ続くドアは閉まり、闇へ続くドアは開く。空気が流れ、空気を伝って

4

早朝、ミレアを連れていくためのゴンドラが到着した。船が近づいて、崖の上空で一旦停止し、港の丘の頂上にある港へ向かってゆっくりと登ると、金属ケーブルの軋む甲高い音が私たちの耳に届く。この目で見たわけではないが、作業場の壁にあたる音の一つ一つが私の耳の中で大きくなっていく。織の家ではめったに聞かれることのない重々しい足音、はっきりと聞き取れない織り手の声、最後にミレアの泣き声。無口な黒い二人の人物が、ふたたび空を通って町へ降りていく市警備隊の記章の入った黒いゴンドラへミレアを連れていく様子を私は想像した。船底が水に下ろされると、空路から留め金が外される。船は下の水路に浮かび、汚れた者たちの家へ舵を取ると、最終的には閉ざされた鉄門の前で止まる。私はミレアのことを想像した。ボートに揚げられたぬるっとした魚のようにのたうち回りながら足掻いているか、口を閉ざし、顔を伏せ、言われるままに従っているミレアのことを。

私たちは誰一人として動揺しない。仕事の手を遅らせることも、休めることもない。

暖かい季節になると、作業場の折りたたみ式の戸が広場に向かって開かれる。織り子の多くが手織り機を外へ——織の家を室内と屋外に区切れるのだとしたら——壁の紡ぎ糸で織られた天蓋の下へ運びだす。ここでは部屋がよく移動するのだ。共同寝室と小部屋は石に埋めこまれているので動かない。眠りに勝手な行動をさせないために、固定された壁の内側へ囲っておかなければならないからだ。しかし、石造りの建物の周りの部屋や、壁や、通りは膨らんだり消えたりして、じっととどまっているわけではない。これは聖織女の意志だ。

秋も深まったというのに、めずらしく暖かかった。太陽が壁に描いた穏やかな影は、織りかけの糸の壁を通り抜けて床へ落ちている。光の端は雲にさえぎられていた。織り子たちは部屋から広場まで長い列になって並んでおり、横糸を縦糸の間に通し、枠の中に同じような糸の壁を織りあげていた。例外は許されない。作業場に響くのは、衣擦れの音と風を切る糸の音と何十人もの女性の息遣いだけだ。粗い海羊毛が指に刺さって皮膚が割れる。それでも横糸は思うようにならず、むらができる。

織り目を密に整えるために、私は木製の筬《おさ》で横糸を打ちこんだ。縦糸が私の手前で高く上がる。隣に座っているシルヴィは、私より三ヶ月遅れて織の家へやって来たが、すでに倍の長さを朝のうちに織っていた。私の横糸は絡まって、糸の壁に大きな結び目を作ってしまった。必死になって解いていたせいで、ひそひそと話す声がいつしか部屋中に広がり、機を織る手は止まっていることに気づくのにしばらくかかった。シルヴィは広場と折り戸から目を逸らし、作業場と廊下の間にある石造りのアーチ型のドアのほうへ目を凝らしていた。

見えない入れ墨のある少女が作業場の入り口に立っていた。彼女は白い患者衣から灰色の長いウールのワンピースに着替え、髪を後ろで結っていた。口の周りはまだわずかに腫れており、痣は引いていないようだが、彼女は迷いなくまっすぐ立っていた。彼女の目は作業場をぐるりと巡り、私のところで止まった。

私は杼《ひ》から手を下ろした。少女が私に向かって歩きだす。疑わしそうに見つめる目と緊張して身構える織り子たちを、私は目の端に捉えた。部外者の作業場への立ち入りは禁止されている。それでも私を含めて誰も彼女を止めようとしなかった。雲が切れて、突如として作業場に光が差しこんだ。半分まで織られた糸の輝く森があらゆる方向へ伸びている。少女は私のところまで歩いてくると、首を傾げて、ほんのわずかに口角を持ちあげた。私は自分がどんな表情をしているのかわからないが、何かしら反応したに違いない。彼女は私が座っている幅の狭い長椅子に腰を下ろし、ぴたりと私に寄り添った。隣に座った少女は石鹸の匂いがした。しばらくの間、私たちのどちらも動かなかった。私は彼女の匂いを深く吸いこんだ。

少女は私の膝に置かれた杼の先端に手を下ろした。その前に一瞬、彼女の指が、滑らかな木の表面に触れた。この形は彼女になじみのあるものなのだろう。触れそうなほど顔を近づけ、私を見た。そしてふたたび首を傾げ、もの問いたげな顔をしている。

作業場はしんと静まり返っており、百人の織り子たちが呼吸を合わせる音すら聞こえてきそうだ。織の家では、選ばれた実習生だけが機を織ることができる。それ以外は許されていない。織り子たちは私たちを食い入るように見ていた。

私は頷いた。

少女もそれに応えて頷いた。その息遣いを首に感じる。彼女は杼を手に持つと、縦糸の隙間に通した。素早くて確かな動きだった。糸は絡むことなく滑り、なめらかに緊密にまとまっていくのがわかる。枠の中に糸の壁ができあがると、私から彼女へと杼が受け渡された箇所が現れた。でこぼこしていたり、ときには締まったり、緩みすぎたりしていた布が、技によってなめらかになっていた。

長椅子は私たち二人には狭すぎたが、私はじっと座ったままだった。少女はぴたりと私にくっついている。入り口から足音が聞こえた。アルヴァが顔を真っ赤にして息を切らしながら作業場に入ってきた。

「ごめんなさい。あたしが井戸に水を汲みにいっている隙に、この子がいなくなっちゃったのよ。すぐに連れて帰るわ」

彼女の機を織る手、指の間を滑り、果てしなく織り合わされていく糸を私は見た。

「彼女が戻りたがっているとは思わないわ」

私は言った。

あの夜、病院街のゴンドラが到着し、体中に発疹があって激しく咳きこんでいる六人の織り子を連れていった。少女は六人の中には含まれなかった。私が杼を譲ったつぎの日、彼女は織り手と作業場へ現れた。二人は作業場の隅に縦型の手織り機を新しく組み立て、縦糸を上から下へかけて張っていく。彼女は手織り機の前へ長椅子を運んで腰かけると、杼と糸の束と筬《おさ》を隣に置いて作業に取りかかった。織り手はその様子をしばらく見ていたが、やがてその場を立ち去った。誰も何も言わないが、私たちはみな彼女をこっそりと見ていた。彼女が一度、ふりかえってちらりと私を見た。斜め後ろから顔が見えただけだったが、私のほうに向いた頰は笑っているように持ち上がっていた。

夕食後、私は自分の小部屋で過ごした。腰から小銭入れを取り外し、ベッドの上へ小銭を出した。織の家は毎月わずかな給料を支払い、衣服を支給している。聖織女に仕える者たちには清潔感が求められているからだ。私の靴下は薄くなっていたが、春になるまで新しい靴下の支給はない。市場で冬用の暖かい靴下を買えるかどうか、私は小銭を数えはじめた。すると丸みをおびた細長いものに指があたった。一瞬たじろいだが、入れ墨の日に黒服を纏った女性が私の足もとに落としていった金属物のことを思い出した。手に取ってみると、それは小さな鍵だった。手の中で裏返してみた。鍵山の形は単純だったが、頭はいっぷう変わった形をしていた。目のように先細り、その中央の瞳孔にあたる部分には、先が八つに分かれた太陽が輝いていた。島と理事会のシンボルマークだ。

ドアがノックされた。私は鍵を小銭入れに戻し、ベッドから小銭を慌てて掻き集めると、小銭入れの口を締めた。立ち上がってドアを開けると、織り手と少女が立っていた。彼女は清潔なシーツ類を両手に山ほど抱えていた。

「エリアナ」

織り手はそう言って、少女の肩に手を置いた。

「この子には当面の間、織の家に残ってもらいます。少なくとも彼女の家の場所がわかるまでの間は」

私はシーツ類にちらりと目をやり、理解した。

「入ってもよろしいですか？」

織り手が訊いた。

「彼女は自分のベッドの用意をしたいでしょうから」

「診療室に寝泊まりすることはできないのですか？」

私の声は思いもよらず冷ややかだった。少女は重心を片足からもう片足へ移した。

「あるいは共同寝室の一室に」

「診療室に新たに入ってきた発疹患者が五人います。私たちはこれ以上感染が広がることを望んでいませ ん。それに彼女の身に起こったことを考えれば、共同寝室よりも人目のないところを望んでいるのがわかるはずです」

「部屋に誰かがいると、私は眠れません」

私は必死だった。

浅黒い顔をした織り手の黒い目が私を見下ろした。

「どのみちあなたは眠っていないと思っていました。ひとまず彼女はあなたのルームメイトです。あとは二人でうまくやるように」

話はこれで終わってしまった。私は脇へ避けて少女を中へ通した。彼女は空きベッドの隣のナイトテーブルにシーツ類を置いたが、テーブルがあまりに小さかったので、床へばさりと落ちた。彼女は慌てて拾いあげ、私のほうを見ることなくベッドを整えはじめた。織り手はただ頷いて、その場を立ち去った。

目のやり場に困る。仕事が終わると、夜は小部屋でやることはあまりない。以前のルームメイトは、船乗りや、市場で売られている宝飾品や、伴侶を見つけてこの家を出たら何人の子どもに恵まれるか、といったことについてよく話したがった。それに対して私は、たいてい二言、三言の返事をするに留まったが、相手は気にしているふうではなかった。

ベッドを整い終えた彼女は、いくぶん大きすぎるように見えるワンピースを脱ぎはじめた。私は目を背けた。薄いスリップ一枚になった彼女が毛布の下で身じろぎするのが聞こえた。

「知っておいたほうがいいと思うのだけれど」

私は言った。

「私は他の人に比べてあまり眠らないの。夜の見回り当番が多いのよ」

十分な説明のように思えた。

彼女の目は薄闇の中で大きく見開かれ、鋼のようにさえざえとしていた。

「冷たい態度をとるつもりじゃなかったの。ごめんなさい。誰かと部屋を一緒に使うのはもうずいぶんとなかったことだったから」

私は窓のカーテンを閉めた。ナイトテーブルの上のドーム型藻灯の明かりがしだいに薄れていく。私は上着を脱いで、寝巻きに着替えた。毛布の中へ入ると、壁のほうを向いた。

彼女の下でシーツが鳴り、ベッドが軋んでいる。どうやら向こうも私に背を向けたようだ。部屋中に彼女の体のぬくもりを感じとれるような気がした。私は目を閉じて、眠りに落ちるのを恐れた。聞こえてくる息遣いから、彼女も眠っていないことがわかった。

一週間経つと、私たちは狭い部屋で一緒に暮らすことに慣れてきた。共同生活はどちらにとっても新しいことだった。まだあのことを知らない彼女にとっても、自分だけのものだった空間に彼女の体や髪や姿が――未知の動く存在が加わった私にとっても。織の家の習慣を教えることも私の役目だということがわかりはじめた。朝、少女は洗面所についてきて、まだ通常の食事は摂れないにもかかわらず夕食の席にもついてきた。私に続いて作業場の床に額ずき、私と同じ時間に床に就く。私は眠らずに彼女を観察していたが、ある晩、疲れからついに眠りに落ちてしまった。閉じられた瞼の裏で像が形を結びはじめた時、彼女も像を追いかけているような気がした。眠りの壁が深い水の中へひっそりと落ちていく。彼女は私よりも先に壁をよじ登っていた。私は彼女について背の高いドアや低いドアを抜け、いくつもの夢の部屋へ入っていく。どの部屋の窓も硬い枝の十字で塞がれていた。私は夢の広間で彼女を探している。広間の床には亀裂が入り、その割れ目から黒い水が勢いよく流れだしていた。部屋の壁の糸はほつれ、糸という糸は編み目からするすると解けて、どんどん薄くなっていった。床が元どおりになるよう念じると、足もとの割れ目が閉じていった。壁も元どおりになるように念じると、糸がふたたび編み目を作りはじめた。しかし、糸は私の手からすり抜け、つかまえることはできず、念じても念じてもどうにもならなかった。

夜の始まりなのか、それとも夜明けの光の中なのか、私がはっと目を覚ました時、小部屋の反対側から彼女の息遣いが聞こえた。

これらの兆候をいかに読みとるか、私は知っておくべきだった。

彼女を連れて作業場へ着いた朝、二人の市警備官が織り手の書斎へ入っていくのが見えた。使いの当番の織り子が作業場へ入ってきた時、壁に映った私の影が両手の平ほど動いた。使いの織り子は床に額ずくと、少女のところへ歩いていった。織り子は声をひそめて彼女に何か言っている。二人は一緒に作業場を出ていった。

空中ゴンドラのケーブルが船体の重みで軋んでいる。

昼食の時間、私は隣の席を空けていたが、少女は戻ってこなかった。

そのあと一日中、誰も彼女の糸の壁に触れなかった。

夕食の後、小部屋に戻ろうとすると、織り手に廊下で呼びとめられた。

「私の書斎へ来るように。あなたに話さなければならないことがあります」

壁にかかっているタペストリーは黒ずんでおり、目を逸らしていると、模様が動いているかのように見える。私は織り手が用意した椅子に腰かけた。叱るための椅子ではない。背もたれが高く、より滑らかなラインの上等な椅子の一脚だった。

「今日、織の家に市警備官が二人見えました」

織り手が言った。

「二人は、この前の入れ墨の日に来なかった人物を突き止めようとしていました」

広場にいた黒服を纏った女性と鍵のことがなぜか脳裏に浮かんだ。そして私を見ていた警備官のことも。タペストリーの聖織女はすべての手をあげて、嵐を呼ぼうとしている。

「私は行きました」

「知っています。しかし、ヴァレリア・ペトロスという名の人物は来なかったのです」

織り手はそこで言葉を切って、私を探るように見た。記憶の中から名前を探したが、見つからなかった。

「それは誰ですか？」

私は訊いた。

「あなたのルームメイトです」

織り手が言った。

「今日、警備隊が彼女に確認し、承認をとりました」

私は少女が何を考えているのか、彼女の身になって想像してみようとした。少女の傷はあまりに深く、強い薬をかなり与えられていて、何曜日なのかすら知ることもおぼつかなかったに違いない。後から行くこともできただろうが、しゃべることができないのに事情をどうやって説明できたというのだろう。そのうえ彼女を襲った人物が誰にしろ、おそらくまだ町中を歩き回っている。ぬかりなく目を光らせ、今度こそ捕まえて、殺そうとするかもしれない。

「ヴァレリア・ペトロスは織の家を出て行くのですか？」

私は訊いた。その考えは思いのほか私の深いところを突いた。

「彼女はここに残ります」

「家族のもとへ戻りたくないのでしょうか？」

「もちろん戻りたいでしょう。残念ながらそれは叶いません」

織り手は口をつぐんだ。

「彼女がこの家にやって来たあの夜、空中ゴンドラの事故があったことは覚えていますね？」

私は頷いた。

「彼女の両親は落下したゴンドラに乗っていたのです。助かった人は誰もいませんでした」

冷たさが胸にのしかかってきた。空に走るケーブルと、陸や水との距離を考えた。あれほどの高さから落下すれば、下に何があっても同じだ。先週の映像が脳裏に浮かび上がってきた。空路が崩壊したとアルヴァに言われた時のヴァレリアの沈みこんだ表情。襲われた日の夜、自分の両親がゴンドラに乗っていたことを知っていたに違いない。そのことを考えていたはずだ。

「彼女には他に誰もいないのですか？」

そう訊いた私の声は、何年もかけて身につけた通りに平板で、他人の声のようだった。

「彼女には彫り師の叔母がいます。私はその人にメッセージを送っていますが、ヴァレリアはなるべくならここに残りたいという気持ちのようです。私としても、彼女の技術はこの家にいたほうがもっと役に立つと思っています」

ヴァレリアが織の家に到着した日の夜が蘇る。彼女の顔は痛みで歪んでいて、広場の石に血痕がついていた。

「彼女を襲った人物をご存知ですか？」

織り手は首を振った。

「あいにく市警備隊ではその問題に関して進展はないようです」

織り手は黙りこんだ。タペストリーは揺れては止まり、ふたたび揺れた。冷気が部屋を通り抜けていく。私は隅にちらりと目をやった。水報機のガラスフレームの向こうに隠れているドアは閉まっている。織り手はフードを下ろした。めったにないことだ。その顔は浅黒く、若いわけではないのに皺がほとんどない。短い髪は頭のカーブに沿って縮れていた。

織り手が静寂を破った。

「もう一つ、話があります」

私は待った。

「ヴァレリアの両親はすでに火葬されています。彼女は墓地にお墓を立てたくないそうです。ただ、娘として「火の家」に灰をとりに行かなくてはなりません。それには付き添いが必要なんです」

「私が行きます」

「ええ、お願いします」

織り手が言った。

「話は以上です」

織り手は机の上に積まれた書類のほうを向くと、ペンを手にとった。やがて紙の上にペンを走らせはじめた。

ドアまで来たところで私は立ち止まった。ふいにある考えが私の頭に浮かんだからだ。考えもなく、火の家までの道のりもよく知らないまま、世界の網の向こうへ行くべきではない。私が彼女のためにできることはあまりないが、これくらいならできる。

「彼らの名前は何ですか？」

ペンが止まった。織り手が書類から目を上げる。指の間に挟まれたペンは、上がるのか下がるのかわからないまま宙に浮いていた。

「ヴァレリアの両親です」

私は言い足した。

「彼らの名前は何ですか？」

「ミハエラとジョヴァンニ・ペトロスです」

織り手が告げた。

「ありがとうございます」

私は言って、部屋を出た。


小部屋のドアをノックした。しかし、応答はなかった。ドアを静かに開けると、カーテンは閉まっていた。彼女は――ヴァレリアは、と私は彼女の名前を口にしてみた――ナイトテーブルの上の藻灯を覆うようにショールをかけていた。ヴァレリアは毛布の中でうずくまっている。喉に封印された悲しみのような、闇の欠片みたいだった。彼女の息遣いに耳を澄ました。ほぼ間違いなくヴァレリアは起きている。だが、そうでない場合のことも考えて、声はかけなかった。

私はベッドの端に腰かけた。音を立てないようにそっと腰を下ろしたつもりだったが、ベッドはぎしっと小さく音を立てた。ヴァレリアは動かない。

私は彼女の方へ手を伸ばして、丸い肩や脇をそっと撫でてあげたかった。今、言葉をかけても、辛いだけだ。そうする代わりに、暗闇の中でできるだけ静かに服を脱いで、ベッドに入った。私は、ゴンドラの切れたケーブルのことを思った。その先端は風に吹かれているか、水の中で揺れているかもしれない。それから、ヴァレリアが決して両親に告げることのないすべてのことを思った。彼女の時間がどのようにしてたちまち摩耗し、日々が儚いものになったということを。なぜなら己の毎日と虚しさの間にはもはや何もなく、つぎは自分の身にも同じことが起こるだろうから。


ヴァレリアは小部屋に数日間こもっていた。彼女が泣いているのを私は見ていないが、夕方、仕事から戻ってくると、その目は赤く腫れていた。ただ壁を向いて横になっている時もあった。私はスープと耳を落としたパンを彼女のために持ってきた。それをヴァレリアは食べる時もあったが、ほとんど口をつけなかった。

一週間後、私はくねった道を登りながら丘の上を目指した。ここはケーブルが音を立てることもなく、糸の壁のせいで迷うこともない。岩間のあちこちに風にさらされた低い茂みがあり、蝕まれた骨のような不毛な大地には育ちの悪い木々が生えている。その黄色い葉には、去年もあったか覚えていないが痣のような斑点がぽつぽつあった。この日は晴れ渡り、白いカモメの翼が空によく映えていた。しかし、その鳴き声は彼方へ沈み、丘は静寂に包まれていた。

沖のほうに大地の色をした船が何艘か見える。そのマストに商船の旗は掲げられていない。島にいる者たちは皆、気づいてはいるが、この船の目的を知っている人はいない。船は、汚れた者たちの家に近い港へ進んでいく。港は離れた場所にあり、人が寄りつかない。だが、港に青白い顔をした人々がいて、彼らに話しかけようとすると姿を消すのを見たと言う人たちもいる。私は船から目を逸らした。幽霊は、今日はもうたくさんだ。

ヤノスが道の向こうに立っている。彼はアーチ型の石門のそばで私を待っていた。私たちは新月の翌週の最終日にいつも会っている。ヤノスは私を両腕でかき抱いた。この場所にはそぐわない、派手で大げさな仕草のような気がしたが、私は拒まなかった。

ヤノスは両腕を離して私を見た。

「また寝てないんだろ、姉さん」

ヤノスが言った。

「そういうあなたも」

私は答えた。

「血は争えないね」

ヤノスの笑顔は母に似ていた。

私たちはあたりに目をやった。丘の上には私たちの他に誰もいない。もしいたとしても、「ガラスの木立」の中にいる。そこまで私たちの話し声は届かない。

「先々週、織の家から連れられていった人がいたみたいだけど」

ヤノスはつまり話を聞いているのだ。私はこの展開を予想しておくべきだった。ニュースは必ず「言の葉の家」まで届く。私はふと、石の上に倒れていて、今は小部屋の反対側で眠っているだけのいっぷう変わったヴァレリアについて、何か聞き及んでいないだろうかと考えた。

「ミレアは一番若い織り子の一人だった。プライバシーが確保されている小部屋にいなかったのよ」

私は言った。

ヤノスは書記官の着るガウンのポケットに両手をつっこんだ。一度空を見上げて、ふたたび私を見た。その目は深刻な憂いを帯びていた。

「言の葉の家からもついこの前、連れられていった人がいる」

ヤノスが言った。

言の葉の家で夢みる者が発見された話をヤノスから聞くのは何年ぶりだろう。

記憶がひとりでに蘇る。夢魔に冒された母の黒い目と、蠟燭に照らされた部屋に響く母の呻き声。憑きものを払おうと母の額に手を下ろして撫でている父の手。のどから漏れる私の苦しげな息。私の顔に触れるひやりとした母の指。今しがたこの部屋で見た影を探している私を落ち着かせようとする母の声。今にも消えそうな炎に照らされた黒い点のようなヤノスの顔。ぎょっとして見開いた目。母は闇の中でこう言った。

誰にも言ってはだめよ。

「誰も知らないわ」

「わかってる」

ヤノスが言った。

「姉さんは誰にも話したりしない」

ヤノスの笑顔は母親似だが、眉間に皺を寄せる癖は父親譲りだ。

「たとえば、ある日、ぼくが不覚にもインクを大事な写本にこぼして台なしにする。もしくは、つぎの言葬で島民全員の目の前で無礼を働く。書記官はぼくに腹を立て、言の葉の家からぼくを放りだす。すると市警備隊がぼくをかっさらい、拷問にかけて情報を吐かせる」

「ヤノスはそんなヘマはしないでしょ。それに警備隊はそんなことしないわ」

夢みる者たちにはするかもしれない、と私は思わず付け足すところだった。だが、実際のところ、警備隊が壁に囲まれた薄暗い部屋で何をしているのか私にはわからない。理事会か、マスクをつけた者たちの塔からどんな命令を下しているのか、いないのか、私は知らないのだ。

「姉さんが望むなら、事件の見通しについて試しに書いてみるけど」

ヤノスは片眉を上げた。

「いいわよ」

私はヤノスを軽く小突いた。ヤノスは自分の仕事についてめったに話さないが、言の葉の家は織の家と同じようなものだと私は想像していた。広い記録所で書記官がずらりと並んで机に齧りつき、何十本ものペンを紙の上で走らせる。彼らは、言の葉の家の図書館を、古い写本や貿易協定や海図や学習したテーマについての著述《エッセー》で埋めるのだ。

私たちの歩調が揃う。同じ幼少時代の思い出を持っているのは、この世界で私たち二人だけだ。そのぶんだけ世界が遠いものでなくなる。そのことを二人とも知っていた。

並んで門をくぐった。風雨で石門の外側は摩耗し滑らかになっているが、内側にはかつて刻まれた形の跡がかすかに見てとれるかもしれない。それらは人間ではなく、もっと古くて見なれない形をしていた。足が何本もついているようなもの、糸で織られた網らしきもの、それから地衣で覆われた石が風化した跡もあった。石門の向こうは、平たい灰色の石が敷かれた小道があり、それは芝生を横切り、狭い入り口を抜けてガラスの木立へ連なっていた。

　ここの光は水面下の光に似ている。海で濾過された光のようだ。光は輝き、ガラスの壁のつるりとしたカーブにそって金色を帯びた緑色がちらちらと揺らめいていた。私たちが通り過ぎようとする金属板に光が差すと、光線の柱が立ち、ふわふわと塵を浮かび上がらせた。海底の世界はきっとこのようなものなのだろうと思った。水面を見上げると、地上の世界が違って見える。その形はよそよそしく、もっと柔らかでお互いに溶け合い、定められた輪郭から解放されているように思えた。この場所を築いた人々はまさにこういう形を追い求めていたのだろう。アーチを描いた天井の錆びているフックに、当時は魚を吊るしていたのかもしれない。つるんとした魚、ぬめぬめした魚、色鮮やかな魚、あるいはウタクラゲを。ガラス職人たちは今もなお、動いているかのような魚の尾びれや、波間のウタクラゲの傘を彫ることができる。だが、もしそれらがかつてはここにあったとしても、ずいぶん前に盗まれてしまったのだろう。今では誰も訪れない場所に美しいものを残そうとする人はいない。

　私たちが足を止めた板の縁には、彫られた波の上に上弦の月があった。私たちの家族は、何世代にも渡って船乗りや漁師を営んできた。匠の家へ入ることが認められたのは、私たちが初めてだった。私は、金属板の下にある小さな棚を覆っているツタを脇へ払った。ツタから痣のような染みが一面に広がった葉っぱが一枚、地面にはらりと落ちた。ここを最後に訪ねた時に私たちが持ってきたパンの耳はすっかり消えてなくなっていた。周囲の棚はどれも空っぽだが、腐りつつある果物の欠片にスズメバチが群がっているのが遠くに見えた。私たちの他にも誰かがここを訪ねてきているのだ。

　ヤノスはポケットから簡素な錫《すず》のコップを取りだして、ベルトからワインを入れた皮袋を外した。ヤノスは皮袋からワインをコップに少し注いで棚の上へ置いた。私たちは両親に黙禱するためにお辞儀した。母の細くて華奢な腕を思った。それは冬の枝のようで、ついには肌の色まで同じようにくすんだ。母の声は覚えていない。ここへ来るたびに、母についての思い出の欠片が一つずつなくなっていく。残っているものは自分の奥深くに絡みついて、もはや自分と見わけがつかない。瞼の下で色を失い、他のものと一緒に消えてなくなった父の目のことも思った。じわじわと進行していく病だと最初に言ったのは隣人だった。両親は結局、かわるがわる治療師のもとを訪ねるようになった。ヤノスが言の葉の家に承認された時には母はもう他界していた。ヤノスはまだ十歳で、私は十二歳だった。織の家は三度、私を否認した。その二年後に私は承認されたが、それ以降は父の姿を見ることはなかった。

さようならと何度も言ってきたのに、いつも別の言葉に消し去られ、結局は一度も口にしていない。だからこそ、私たちは重たい足取りでここに何度も別れを告げにやって来るのだ。だが別れが間に合うことは永遠になく、そこにない。それは過去の瞬間なのだ。手の届くところにあったのに、私たちは気づかなかった。だからこそ、私たちはその亡霊をずっと抱えていくのだ。

このためにガラスの木立はある。ここに遺品は保管されない。火の家から出た遺灰は、海に撒かれる。島にはもう一つ共同墓地があり、今はそこに多くの人々が通っている。そこでは死者は黒いガラスの棺に入れられていると聞いている。死者の姿は蓋から透けて見える場合もある。死体には、何十年経ってもそこで時が止まったかのように見える処置が施されている。身内は彼らに会いにきては話しかけ、無言の眼差しを受けとめる。その眼差しは変わらないのに、やはりまるで違うのだ。

私はその場所へ行くつもりはない。海なら私の灰を連れ去ってもいい。私がこの世を去った時、誰も私を覚えていないなら、ここに来て、空や木々やガラスの壁を伝うツタへ別れを囁けばいい。

「少しの間、森へ行きたいわ」

私は言うと、ヤノスは肩をすくめた。

「ぼくは待ってるよ。いい？」

「もちろんよ」

私はそう言ってくれるのを待っていた。

ヤノスは石畳に自分の場所を作り、壁にもたれかかった。天井から降りてくる弱まった太陽の光をさけるように、ヤノスが目を閉じているのが見えた。

森の内側の塀は外側よりも勾配があり、ガラスは厚く、曇っていた。ここはガラスの木立の中でも、おそらく町中でも一番古い場所だと、母から聞いている。木々の梢が、ガラスの木立に囲まれた島で唯一の森から高くのびていた。錆びついた鉄門は、私がするりと抜けると音を立てた。

明るい広葉樹と黒く滲む針葉樹の幹はさえぎられることなくまっすぐ滑らかに空を押し上げ、あたりは枝が絡み合ってできた屋根で覆われていた。樹間では昔の糸の壁が石化していた。織り子なら誰もが知っている、町に伝わる話がある。島の先住民についての話だ。彼らは人間よりも先に棲みつき、私たちに織る手ほどきをした。石化した糸の壁は彼らが唯一残したものだ。私はここを何度も歩き、壁に触れ、その形を脳裏に焼きつけてきた。もちろんそれでこの糸の壁をまねすることはできない。これは糸の壁を織る方法の一つにすぎず、これらの石のタペストリーの模様も結び目も折り返しも、ガラスの木立の石門に彫られた風化した生き物と同じくらい見なれないものだった。記憶されるためにここに存在しながらも、今はほとんど忘れられていた。

私はポケットからパンの耳を探りだした。今朝、こっそり隠していたものだ。死んだばかりの者たちは世界の網の向こうにいる聖織女のもとへ旅をする。そのためには食べ物が必要だ。ヴァレリアは織ることができる。だから、石の糸の壁は、私が差し出せる他のどんなものにも劣らない家族の象徴だ。私はパンを下に置いて跪いた。目を閉じて、ヴァレリアの両親の名前を唱え、ヴァレリアが話せない言葉を送り、二人に安らかな旅を願った。

風は起こらず、雨は降らなかった。死者は死者として黙したままだ。

私は立ち上がった時、太陽の光が糸の壁の石化した表面を走った。一瞬、空気が炎へと燃え上がり、世界を抉《えぐ》って、新たなものにしようとしているように見えた。

私は息を吸いこんだ。太陽はふたたび雲にさえぎられ、古代の網は話すことが許されない物事のように影の色を帯びた。折れた小枝や大地へ還った葉を踏みながら、私は来た道を戻った。

町へ向かいながら、私はヤノスにヴァレリアのことを話した。ヤノスはじっと聞いていたが、やがて口を開いた。

「見えない入れ墨？」

「そのことについて何か知ってる？」

ヤノスはしばらく考えた後、こう言った。

「おそらく」

「ヤノスは国勢調査登録を見ることができるのよね？」

それが言の葉の家で保管されていることを私は知っていた。

ヤノスは不審そうな顔をした。

「市警備隊は入れ墨のせいで私がヴァレリアと何か関係があるんじゃないかって思っているの。彼女の家族についてどんなことでもいいから見つけてくれたら……」

「調べることは難しくはないはずだけど、約束はできない」

「わかったわ」

糸の壁の迷路の外れ近くで私たちは別れた。ヤノスは、厳重な警備が敷かれている門へ向かって、中つ水路沿いを進んでいった。その門には水路側からしかたどり着けない。言の葉の家までの道は、訪問者にとって歩きやすいとは言えない。私は織り子たちだけが知っている小道を通った。丘を登った時には、低く燃える夕方の太陽が糸の壁にかかっていた。

小部屋のドアを開けると、中には誰もいなかった。どちらのベッドもきちんと整えられている。今では部屋に住んでいるのは二人だということを、片方のベッドの上にきれいに折り畳まれたリボンが示していた。リボンは織りかけたまま、筬《おさ》の中にある。私は指でリボンの表面をなぞった。ヴァレリアの織物の多くがそうであるように、滑らかで緊密で技が光っていた。向こうが透けて見えるような穴は一つもない。窓から見える糸の壁の森の向こう側では、町の柔らかな光がぽつぽつ灯っていく。私は藻灯を揺さぶり起こし、この機会に自分の肌を念入りに調べることにした。ヴァレリアが小部屋に移ってから一人になることがめったになく、調べることが難しくなっていた。生まれつきある見慣れた大きめのほくろと胼胝《たこ》の他に何も見つからなかった。服を着ながら私はぶるっと身震いした。部屋が狭く寒く感じる。私は織の家の廊下を歩き回るため部屋を出た。

誰もいないときの織の家がいちばん好きだ。作業時間中は、窮屈で息が詰まる感じがして、騒々しいときもあるが、今はどの部屋も広々として清々しく、ひっそりとしていた。手織り機の中の織りかけの布地は安らかに夢を見ている。建物の中でもいちばん奥にあるタペストリーの部屋が私のお気に入りだ。ここではタペストリーはもう作られていない。織り手は毎年、何枚かをオークション用に選んでおり、それらの対価でつぎの一年をもたせていた。古いタペストリーは、今では紡ぐことができない絹糸で織られている。なぜなら海の絹藻は何百年も前に死滅してしまったからだ。この糸の色は褪せることがない。私は一人になりたい時、この糸で織られた緑の木々や、炎の色の花や、氷のように青い水の間を歩く。なかでもいちばん輝きを放っているのは血赤サンゴの赤い色だった。

途中、自分の手織り機がある作業場を通り過ぎたが、気配を感じて足を止めた。

薄暗い作業場で何かが動いている。

藻灯の多くは眠っていて、折り戸は閉まっていた。暗がりに目が慣れるのを待ったが、はっきりと見えなくても、誰がそこにいるのか私にはわかっていた。広々とした部屋の、あの場所がどこかは見当がついたからだ。彼女が作業している時の、いつものあの感じが私にはわかっていた。彼女の手は休みなく動いている。こつこつと精確に密に織り、糸が絡まる前に解く。指で見ているのだ。私には後ろ姿しか見えないが、彼女の目が閉じていたとしても驚かないだろう。

私は静かに近づいた。彼女は作業に没頭していて、私の存在に気づいていない。背を向けている彼女から少し離れて立ち止まった。

「ヴァレリア」

私は言った。

ヴァレリアはびくっと体を震わせて、振り返った。顔は影に包まれていたが、頬を伝って乾いた涙の跡が見えた。私は土足で踏み込んだ気がして、目を逸らした。彼女の表情を見るかわりに、織っていたものを見た。そこでようやく、それは通常の糸の壁と違っていることに気がついた。そこに生まれつつある模様は、今の段階で言うのは早すぎるが、複雑で新しい始まりのようなものだった。

「何を織っているの？」

ヴァレリアは眉をひそめた。彼女の顔は強ばっていた。うっと声を漏らし、ふたたび涙を滲ませた。痛みのせいか、悲しみのせいか、それとも両方か、私にはわからなかった。

「答える必要はないわ」

ヴァレリアがどうやったら言葉を使わずに伝えられるか考えているのがわかった。静寂の空間が彼女の周りで影のように膨らんでいく。言葉を発するたびに伴うに違いない苦しみを想像した時、病に似た疼きを自分の舌の付け根に感じた。自分の声を糸束に巻きとり、彼女に差しだしてあげたい。ほんの束の間であっても、ヴァレリアがそこから必要な言葉を形にして、語るべきことを語れるように。

ヴァレリアは杼を下ろし、左の袖をまくり上げて腕の入れ墨の線を見せた。そして両手を合わせて、頬まで持ちあげると、手の甲を枕のようにして頭を傾げた。ヴァレリアは目を閉じ、そのまま深く息をした。

「何か……夜の眠りや寝ることに関係しているの？」

ヴァレリアは目を開けて頷いた。指で入れ墨の線をなぞり、入れ墨の針の動きをまねながら小刻みに叩くと、ふたたび両手を枕のようにして寝ているように演じてみせた。

「入れ墨にも？」

表の広場から足音が聞こえたが、こちらには来なかった。藻の池の水がはねて、水面がゆれた。誰かが藻灯を満たしているのだ。ヴァレリアは頷いて、同じ動きを繰り返した。入れ墨、眠り。

「入れ墨が……眠りやすくしている？」

自分の言ったことは理にかなっていないように思えたが、他に何も思いつかなかった。

ヴァレリアは眉間に皺を寄せて、杼を隣の長椅子へ置いて立ち上がった。そして、糸の壁の表面に指を這わせた。ヴァレリアがまだ織られていない模様を描いているのがわかった。彼女の手は、四角形の糸の壁の中央から四隅と端の方へ放射状に伸びているいくつもの長い線を形づくっていた。ヴァレリアは糸の壁の中央に環を描き、そこを何度も強く叩いた。最後に、すべてを囲むように輪郭線を描いた。それは魚か、あるいは目を思わせた。

私は宙に描かれたものをじっと見つめた。自分の想像したものを。彼女の心の中は見えなかった。

「ごめんなさい」

私は言った。

ヴァレリアは薄闇を通してまじろぎもせず私を見つめている。

「わかってあげたいわ」

ヴァレリアの肩がわずかに落ちた。彼女がふたたび涙ぐんでいるのがわかる。涙を堪えて、堪えきれなくなったのがわかった。ヴァレリアは泣きだした。ひっそりと、声をたてずに。私は彼女の腕に手を下ろす。ヴァレリアの肌の温もりが、袖の生地を伝って指に感じられ、私の奥を熱くした。思わず抱き寄せそうになったが、私は彼女のことを何も知らず、助けになるような言葉も持たなかった。私たちは、近くも遠くもない距離を保ったまま立ちつくしていた。私はついにこう言った。

「もう一度やってみるわ。一度でなく何度も。わかるまで」

ヴァレリアは私に手を差しだした。それを私は握った。なんだか妙に堅苦しく感じたが、引き返せない固い約束のようにも感じた。ヴァレリアは思っていたよりも長いこと私の手を握りしめていた。

彼女が手を離した時、私は言葉が見つからず、こう聞くのが精一杯だった。

「ここに残るの？　眠らないとだめよ」

ヴァレリアはしゃがんで、杼を拾った。

「誰にも言わないわ」

私は誓った。誓う必要はないとわかっていながら、勝手に言葉が出た。作業時間外に織ることは禁止されてはいない。織る人が誰もいないだけだ。変に思われるだろうが、罰せられはしないと思う。

ヴァレリアは真剣な顔つきで頷いた。ありがとう、と言っているように感じた。

作業場から出る前に、どうしても振り返らずにはいられなかった。驚いたことに、ヴァレリアは私を見ていた。

一日の疲れがどっと押し寄せてきた。久しぶりに私は眠たくなるのを感じた。タペストリーの部屋に寄りたいとは思わない。小部屋へ戻って、窓のカーテンを閉め、暗闇の中で横になった。

前触れもなく私は眠りに落ちた。


じわじわと私の手足が魔法にかかる。やがて誰かが近寄ってくる気配がした。顔のない黒い姿がベッドの方へ向かってくる。私はその場から動けない。

私と違う形をしているわけではなく、姿形からすると私かもしれない。それは私にまたがってきて、私の手首をつかんだ。黒い水が私の中に上がってきて、恐怖を突き上げる。私はそれに抗い、両手を相手の胸にあげて、押しのけようとする。私は自分の目しか動かせない。声は喉の中で押し潰されている。

黒い客のシルエットの向こうにオレンジ色に爆《は》ぜる光が燃えるように輝いている。その光は火のようだが芯はなく、燃えあがる輪郭しか見えない。客のシルエットは火を背にくっきりと浮かび上がっている。私のドアの向こう側、空っぽの夜の廊下には、囁き声が束になってうろついていた。織の家のすべての織り子たちが今にも中へ押し入ってきて、私が夢魔に取り憑かれているのを見ようと、私の小部屋の外で待ち構えているようだ。しかし、それはこの客がもたらす見えない世界の断片であり、私だけに開かれた窓であるとわかっている。誰にもその声は聞こえはしないのだ。

夢魔の指は私の手首をしっかりとつかんで押さえつけた。私にはわかる。夢魔の重みで息は絶え絶えになる。夢魔が私の顔に向かって這いのぼり、心臓の上にくると、胸がぎゅっと締めつけられた。光にけっしてさらされることのない夢魔の顔が私の顔に近づいてくる。背後の囁き声に混じって、海面下で崩れていく金属のようにゆっくりと軋む低い声が立ち上がった。

夢魔が顔を向ける。息が吹きかかって耳が火傷しそうに熱い。髪が頬にかかる。夢魔は私に話しかけるが、何を言っているのかまるでわからない。

私は必死で叫ぼうとするが、かろうじて口から出たのは呻き声だった。その声はゆらゆらと部屋をゆっくり横切って、壁に当たり、もう一つのベッドを取り囲んだ。

ヴァレリアの手が肩に触れた。夢魔はすぐさま逃げていった。私はふたたび動けるようになり、何度も苦しげに息を深く吸いこんだ。

「光を」

やっとのことで口にした。

「光を起こして」

ヴァレリアは藻灯を揺さぶった。ドーム型の藻灯がぼんやりと光りだす。夢魔がもうこの部屋にいないことは知っている。金縛りが解け、ふたたび動けるようになると、いつも姿を消す。しかし恐怖はいっこうに消えることはない。夢魔に憑かれるたびに、恐怖は、とぐろを巻いている蛇の群れのように、私の中でじりじりと動き回る。

ヴァレリアの表情を見て、もう一つの恐怖が襲ってきた。

ヴァレリアは見た。彼女は知ったのだ。

5

ヴァレリアは私をじっと見つめていた。藻灯の青みがかった光が、彼女の顔の形と、闇の中から立ち上がる未知の景色を照らしだした。私は自分の呼吸を聞いていた。それは私たちの間の空気を満たし、部屋や家、おそらく町や世界を、誰からも聞こえなくなるまで満たすのだ。私はヴァレリアの表情を読みとろうとした。どうするつもりなのか、彼女の出方を見ようとした。ヴァレリアは私のベッドの縁に座り、固まったまま長いこと動かなかった。ついにさっと何かが顔によぎった。心が決まったのだろう。ヴァレリアは立ち上がった。彼女の重みから解放されて、マットレスの中の藻の詰め物が音を立てた。ヴァレリアは背を向けた。

ヴァレリアは部屋を出て織り手を連れてくる、と私は思った。なんとか逃げて、空中ゴンドラで町に出られたとしても、到着した時には市警備官たちの耳に入っているだろう。港まで逃げられるとしても、商船の席を買える何かを持っているとしても、入れ墨で私だとばれてしまうだろう。一隻の船すらも私を乗せてはくれないだろう。なぜなら、商人は理事会の不評を買う余裕などないからだ。今夜は捕まらなくても、一週間以内に私は見つかってしまう。その日から、私は顔に印をつけられ、壁に囲まれ、部屋に閉じこめられ、十字に塞がれた窓のある部屋の中を歩くのだ。他にどんな印が私の肌に、私の中に現れたのか、誰も知らない。自由な人間のように呼吸をすることは二度となく、本物の鎖か、そうでなくとも目に見えないもので縛られずに歩くことは二度とないのだ。

ヴァレリアはわずかに体を動かすと、立ち止まった。私は彼女のすらりと細い背中と滑らかな肩を見つめて、待った。

彼女は部屋を横切って自分のベッドまで歩いていくと、縁に腰かけて私を見つめた。そして二本の指を唇にあてて、静かに、と合図した。私の心臓は激しく脈打った。同時に血の気が引き、血が上った。私は返事ができなかった。彼女は指を下ろして毛布を持ち上げると、中へ潜りこんで目を閉じた。私は座ったまま待っていた。壁にかかっている砂時計の砂が流れ落ちていく。砂は黒く、青く、止めどなく流れていた。

ずいぶん経って私は横になったが、ヴァレリアから目を離さなかった。あるいは藻灯を眠らせないようにしていた。彼女が身じろぎするたびに、私ははっとして、心臓が締めつけられた。

静かに増していく光が窓を浮かび上がらせる。朝の銅鑼が鳴ると、ヴァレリアは起きあがり、ベッドを整えて、服を着た。ヴァレリアは私の視線を避けようとも求めようともしなかった。ヴァレリアの動きは、私が見てきたいつもの朝の支度と変わりなかった。

私たちは一緒に食堂へ行ったが、彼女は作業場へ立ち寄ることはなかった。その先にある織り手の部屋にも向かわなかった。


首が痛い。私は糸の壁の方へ顔を向けた。あと三十段織るまで、作業場の隅を見ないように自分に言い聞かせた。もし誰かが気づいたら、ヴァレリアの具合を心配しているせいだと思ってほしい。今日は、彼女の両親の訃報があってから、最初の作業日だった。顔色はいまだに青白く、目は赤いが、ヴァレリアは一心に作業をしている。作業場を離れたのは私の隣で昼食を食べた時と、洗面所に一度行った時だけだった。彼女が広場を渡っていくのが窓越しに見えた。それほど長居はしなかった。ヴァレリアが戻ってくるまでに織り手に話をしにいく時間があったか、私は推し量ってみた。

シルヴィが私のほうを見ている。だが、その眼差しは退屈そうなその場かぎりのもので、探るようなものでも気になるものでもなかった。私の右側に座っている織り子が立ち上がり、手織り機をすぐに整えると、私から離れてドアのほうへ移動させた。しかし、私にはちらとも目を向けなかった。

夕食へ向かう時、織り子たちに混じってヴァレリアの姿をみとめたが食堂で彼女を見失った。根菜のシチューを何口か飲みこんで、私は席を立ち、小部屋へ向かった。誰もいない部屋には冷気がこもっていた。私は織り手の書斎がある織の家の奥の部屋へ歩いていった。ドアはわずかに開いていた。ドアの向こうで誰かが話したり動いたりしている気配はない。廊下の壁にかかっている藻灯の光は弱くなっていたが、まだ眠ってはいなかった。

その時、部屋から話し声が聞こえた。低く静かな声が、きれぎれに聞こえる。

私はその場から動かずに、どの部屋から声が聞こえてくるのか突き止めようとした。なるべく足音を立てないように気をつけながらそろそろと動く。織り手の声だとわかった。

「それは規則に反しています」

返事は聞こえない。何かが音を立てて床に落ちた。おそらく杼だろう。

「今は気づかれなくても、じきに織り子たちに気づかれるでしょう」

呼吸が止まり、息ができなかった。

自分が住まなくなった小部屋を想像した。これからはヴァレリアが一人で満たすことになる空間を。

彼女は私のベッドへ移って、クローゼットの半分の私のスペースを使うだろう。自分の印のようなものを部屋に残したとしても、あっという間に消え去ってしまうだろう。今よりも高い塀に囲まれた別の場所での新しい小部屋を想像してみた。そこには闇しかなかった。

織り手の声がふたたび聞こえた。

「そこに誰かいるのですか？」

私は結局、静かにしていられなかった。

「中に入りなさい」

織り手が呼んだ。

鼓動が激しくなり、私は体を強ばらせて作業場へ足を踏み入れた。

「エリアナ、夜の見回りはどうしたのですか？」

織り手は作業場の隅に立ち、その隣には手織り機の長椅子に座るヴァレリアがいた。彼女の足もとの床の上には杼《ひ》が転がっており、糸がわずかに解けていた。

「今日はありません」

織り手は眉を上げたが、それ以上は何も言わなかった。

「ヴァレリアの仕事は優れた出来映えだと話していたところです。ですが、糸の壁とは違う模様を織ることを特別に許可するわけにはいきません。横糸を解いて、新しい縦糸をつくってもらいます。手を貸してくれますね？」

織り手の顔は影になっていて表情が見えなかった。その声は、嘘を言っているようにも、私に他に言うべきことがあるとほのめかしているようにも思えなかった。

「もちろんです」

私は答えた。

織り手は頷いて、私に近寄り、通り過ぎた。入り口でしばらく立ち止まると、こう言った。

「あなたがたは明日、二人で火の家へ行くのですね？」

「はい」

私は言った。

織り手はふたたび頷いた。長身の後ろ姿が角を曲がって見えなくなり、遠のいていく足音が廊下に響いた。

織り手は夢魔憑きについてその都度すみやかに通報している。真実はすぐに話し、綱は一気に断ち切ったほうが賢明だと思っているからだ。この家に来てから、その光景を私は何度も目にしてきた。

織り手は知らない。

ヴァレリアは暗がりの中で私を見つめていた。私は床に落ちた杼を拾って、彼女に差しだした。杼を受けとる時のヴァレリアの顔を、私は注意して見ていた。彼女はじっと一点を見据えていたが張り詰めてはおらず、うっすらと笑みを浮かべていた。ヴァレリアの織物の出来映えに目をやった。織り手の言うとおりだった。正確な作りと優れた技。途中の段階とはいえ、その模様は見る者を惹きつけ、足を踏み入れてみたくなるような未知の小道を描いていた。

「手伝ったほうがいい？」

ヴァレリアは杼をぎゅっと握りしめた。首を横に振って、糸を断ち切り、おもむろにタペストリーを解きはじめた。

「本当にいいの？」

ヴァレリアは手を止めて私を見た。私は頷いて立ち去った。作業場の片隅でタペストリーの糸が逆向きに解かれていく。模様が生まれつつあった場所を空にしながら。


光が小部屋をぼんやりと照らしている。私たちの影は私たちよりもはるかに大きい。ヴァレリアは部屋に戻ってきており、ベッドに腰かけて毛布のくすんだ表面をじっと見つめていた。彼女が何を見ているのか私にはわからない。ここではない別の部屋を、私ではない誰かを。他人には存在しないが、彼女の心の中にははっきりと存在している模様かもしれない。

ついに私は口を開いた。

「誰かに話すつもり？」

ヴァレリアは私のほうへ顔を向けた。最初は私が何を訊いているのかわかっていないようだったが、しばらくして首を振った。

「なぜ？」

ヴァレリアは私から目を逸らさない。私はどうしたらいいのかわからなかった。彼女の手が私の肩を揺らし、夢魔から引き離してくれた時からずっと心に引っかかっていたことを、私は訊いた。

「感染するのが怖くないの？」

ヴァレリアの眼差しは、まっすぐでまじろぎもせず確信に満ちていた。彼女はもう一度首を振った。

「なぜなの？」

ヴァレリアはまた、私には見通せない目で凝視する。彼女は深く息を吸いこんで、言葉にしようとするが、口から滑り落ちていった。出てくる声は、私たちのどちらにとっても聞き慣れないものだった。私はそれを痛みとして自分の口の中で味わった。

それでも、私はまだ話を止めることができなかった。ヴァレリアが織の家にやって来てからずっと訊きたかったことがあったからだ。私は、強要しているように聞こえないように慎重に訊いた。

「なぜ私の名前があなたの手の平に入れられているの？」

ヴァレリアの顔に緊張が走った。彼女は手の平を表に向けて、口を開くと、ゆっくりと丁寧に声に出そうとした。

「あー」

ヴァレリアが言う。

「あー？」

私は繰り返した。

ヴァレリアは首を振った。

「あー」

ヴァレリアは言いながら、正しい声を見つけていく。

「おー」

「おー、と言ったのね？」

ヴァレリアは神経を集中させた。

「おー。ほー。ざん」

私は考えた。

「おーほーざん。おほーざん。お父さん？」

私はヴァレリアを見た。

「あなたのお父さん？」

ヴァレリアは頷いた。不意に見せた笑顔が、表情に変化をもたらした。

「あなたのお父さんが入れた？」

ヴァレリアはふたたび頷いた。

「なぜ？」

彼女は息を吐いた。目に涙が浮かんでいる。一つの言葉を形にすることだけでもたいへんな努力が要ることはわかっている。今は、これ以上は彼女にはできないのだ。

「大丈夫よ。また今度」

ヴァレリアは目を閉じ、表情も元にもどっていった。私たちは小部屋にいて、外では夜が壁を引っ掻いている。私は起き上がったりしない。二人のベッドを隔てている狭い床を歩いて、彼女の傍らへ座ったりしない。彼女の肌に手を置いたりもしない。私にはそうする権利はないから。どこか別の部屋では、人々はお互いに身体をくっつけているだろうし、ここよりも楽に呼吸ができるだろう。ここには無言の空間と、そこへ沈んだ思いしかない。二人の間にかける橋がないのだ。

私はスカーフを広げて藻灯にかぶせると、壁のほうに寝がえりをうった。しばらく経って、藻灯の最後の輝きが眠りに落ちると、かすかな音が聞こえた。ヴァレリアは泣いているのを私に知られたくなくて、声を押し殺して泣いていた。

私たちは朝食を食べて織の家を出発した。水路から立ちのぼる霧が、糸の壁の迷路の小道と町の通りに立ちこめていた。病院街では、多くの建物の屋根に満床を示す赤い旗がはためいていた。ヴァレリアはピンと張った糸のように張り詰めており、自分の悲しみに閉じこもった様子で私と並んで歩いている。彼女の手に自分の手を重ねようと思ったが、私はその考えを頭から振り払った。ヴァレリアが最初に違う方向へ曲がった時、彼女が私の知らない近道を知っているか、方向がわからなくなったのだと思った。私は何も言わなかった。つぎのブロックで引き返せばいいことだ。

ヴァレリアがまたしても違う方向に曲がった時、彼女は道を知らないのだと思った。

「火の家は別の方向よ」

私は言った。

ヴァレリアは足を止めなかった。彼女はつぎの曲がり角で曲がり、進路からますます逸れていく。

「ヴァレリア」

私の数歩先を行く彼女に声をかけた。

ヴァレリアは立ち止まって、私を見た。彼女は口を真一文字に結び、まっすぐ見据えていた。彼女の目の奥に悲しみが見えて、私の胸は張り裂けそうだった。彼女はこくんと頷いて、歩きつづけた。

ヴァレリアは私がついていこうが行くまいが、どこか別のところへ向かっているのだとわかった。

「あなたを一人で行かせるわけにはいかないわ。織り手に付き添うように言われているの」

ヴァレリアはふたたび立ち止まって、手招きをした。

私は少しの間考えてみた。このために二人とも窮地に立たされるかもしれなかった。私についてきて、と、ヴァレリアはもう一度手招きをした。

雲は晴れ、日の光が霧の中へ差しこんだ。ヴァレリアはおぼろげな光に包まれて浮かび上がっていた。

私はついていった。

ヴァレリアは島の北部へ向かっている。中つ水路を渡り、狭い道を進んだ。さらにいくつもの小さな水路が地形にわけいり、ゆっくりと流れていた。水路の縁は死んだ藻で汚れている。水は濁っており、見たところ水中に動きはない。水路から強烈な金属臭が立ちのぼってきた。その中に腐りかけた肉の匂いをかすかに感じとった。血赤サンゴと赤い染料を積んだゴンドラが行き来し、染料工場が空を切り裂くようにそびえ立っている。

私たちがどこにいるのか、私はもうわからなくなっていた。ヴァレリアは私をどこにでも連れていきかねない。私はここで引き返すこともできる。だが、自分がどこにいるのか知るのを諦めて、彼女を信じてこのままついていくこともできる。

私たちは大きな建物の前で立ち止まった。屋根の縁を飾る魚の形をした雨樋《あまどい》の一つが割れている。もう一つは欠け落ちており、入り口の上のバルコニーの手すりは錆びついていた。外壁には凹みがあり、その中に彫像の台座が見えるが、本体はない。ヴァレリアは重たい鉄のたたき金《がね》を持ちあげて、四回ノックした。

ドアを開けたのは女性だった。露わになった腕は、木と枝とその周りにしなやかに巻きついている蛇の絵で覆われていた。ヴァレリアを見て、その表情が変わった。女性はヴァレリアを引っぱって中へ入れると、こう言った。

「あんたも」

私が敷居をまたぐと、女性はすばやくドアを押して閉めた。甲高く鋭い音を立ててドアの鍵がかかる音がした。女性はしばらくヴァレリアの顔を見ていた。その間、松明の炎は小刻みに揺れ、壁や床や私たちの肌に降りた影の形を変えていった。女性がヴァレリアを抱き寄せた。

女性はヴァレリアよりも頭一つ背が低い。思いきりぎゅっと抱きしめた後、ヴァレリアを引き離して食い入るように見つめた。

「何があったんだい？」

その顔は萎びて枯れていく果実のように私の目に映った。

「おまえを何週間も探し続けていたんだよ！」

ヴァレリアは口を指して音を立てた。痛みで額がビクッと震えた。

「何だい？　話してごらんよ」

ヴァレリアは私をちらっと見た。

「話せないんです」

私は言った。

女性は振り向いて、今度は私をまじまじと見つめた。

「いったいどういうことなのか、納得のいく説明がないなら、あんたをすぐさま放りだすよ。ヴァレリアに何があった？　あんたは誰だい？」

私は自分の名前と生業《なりわい》を告げた。

「ヴァレリアは暴行されて、織の家に避難してきました。私たちは彼女の両親の遺灰を取りにいく途中なんです。あなたはどなたですか？」

私は質問しながら、答えを知っている気がした。女性の表情が暗くなった。私はヴァレリアに目をやった。その目は赤くなっていたが涙は見えなかった。私は近寄って触れてやりたかった。だが、そうしなかった。

「そうかい、遺灰かい。その役目はあたしに託されたもんだと思ってたんだが。あたしはイレナ・ペトロス。ヴァレリアは、亡くなった弟ジョヴァンニの娘だよ」

イレナは革のエプロンで手を拭って、私に差しだした。私はその手を握った。イレナのざらざらした指ぬき手袋の海藻が手の平にあたった。

イレナはヴァレリアのほうを振り返り、無言でもう一度抱き寄せた。二人は長いことそうしていた。ヴァレリアの嗚咽が聞こえてくると、私は自分が邪魔者のような気がした。私にはわからない悲しみを、二人はわかちあっている。

ようやくイレナが手を離した。イレナはヴァレリアをよく見ながら、頬を撫でた。

「何をされたんだい？」

イレナはそっと尋ねた。

ヴァレリアはしかたなく口を開けた。ヴァレリアが嫌がっていることは前から気づいていた。それは痛みのせいだと私は思っていたが、人に見られたくないからなのだとわかった。

イレナは理解すると、ぞっとしたように表情を硬くした。

「人でなしめ」

イレナは口の中の毒を吐き捨てるように言った。

「あたしに話してくれたジョヴァンニを信じるべきだった」

どういうことなのか説明を待ったが、イレナは話そうとしない。イレナはヴァレリアの両肩に手を乗せたまま、心配そうに見つめていた。

「ひどく痛むかい?」

ヴァレリアはゆっくりと首を縦に振った。

「ヴァレリアが生きているということと、彼女が織の家で治療していることを伝えるために、私どもの主《あるじ》から連絡があったと思っていました」

「知らせなんてなかったよ。あたしはてっきりこの子も事故で死んじまって、洪水に呑まれたんだとばかり思ってたんだ。ひどい目に遭わされてすぐにあたしんとこに来るべきだったのに」

イレナはヴァレリアの方を向いた。

「どうして来なかったんだい?」

「彼女は具合が良くなかったんです。それから、家から出ることも怖かったのだと思います。また襲われるかもしれないと思って」

ヴァレリアは私のほうを見て頷いた。

「あんたは襲ったやつを知ってるかい?」

「いいえ」

イレナは深く考えこんだ様子でこう訊いた。

「市警備隊は事件について調べているかい?」

「一度、織の家に来ましたが、それっきりです」

イレナは私に顔を向けて、探るように見た。

「そうかい」

ヴァレリアは自分がここにいることを示そうと、はがゆそうに音を立てた。

「襲ったやつを見たかい？」

イレナがヴァレリアに訊いた。

ヴァレリアは首を横に振って、両手で目を覆った。そして指を二本突き立てた。

「襲ったやつは……二人いたってことかい？」

ヴァレリアは頷いた。

イレナは私のほうを向いた。

「織の家にやって来た時、この子はどういう状態だったんだい？　他にも傷を負っていたり、何かおかしいところがあったりしたかい？」

ヴァレリアは片方の指でもう片方の手をつかんだ。

「傷はそれだけですが、それとは別のものが。こちらでは藻灯を使っていますか？」

イレナは目を光らせた。

「なんでそんなこと訊くんだい？」

「それがないとお見せできないんです」

「たまたまだが」

イレナは言った。

「持ってるよ」

イレナの声には鋭い妙な響きがあった。

イレナはヴァレリアに簡素な木の椅子へ座って机につくように手で示した。ここは入れ墨を入れてもらうためにやって来る客を迎え入れる部屋なのだと私は気づいた。机の上には、針、インク、人の皮膚に施されるであろう見事にデザインされた図案があった。イレナは部屋の反対側の奥へ歩いていくと、片隅にあるドアを開け、中へ消えていった。しばらくしてドーム型の藻灯を手に戻ってきた。

「どこだい？」

ヴァレリアは手の平を表に向けて、イレナへ差しだした。イレナは藻灯をヴァレリアの肌に近づけた。私の名前が白く光りながら浮かび上がると、その表情が変わった。まるで文字が彼女にとって何かを意味するものであるかのように。

「見えないインクだね。弟は周到に準備をしていたんだ。かわいそうに、弟はすべてを予期することはできなかった」

「この文字が何を意味しているのか知っていますか？」

イレナは私をじっと見た。

「なんと書いてあるか、あんたにはわかるかい？」

「私の名前です」

私は答えた。

「エリアナです」

「ヴァレリアと二人だけで少し話をさせてくれるかい？」

イレナの言い方は頼んでいるというよりも命令だった。

「隣の部屋に椅子がいくつかあるから」

そう言うと、部屋の隅にあるドアのほうへ顎をしゃくった。

私は軽く頭を下げた。ヴァレリアは私に頷いている。私が別の部屋へ入ると、背後でイレナがドアを閉める音が聞こえた。

この部屋には、三隅に吊り下げられたドーム型の藻灯の他に明かりはなかった。四つ目のフックは剝きだしのまま天井から突きでている。ガラスの中の青い光は細くなり、今にも消えてしまいそうだ。紙に描かれたデッサンが壁一面にあったが、理事会の絵は一枚もない。確かもう一つの部屋にも外壁にもなかった。島ではありえないことだった。

部屋には小さな本棚もあった。私はそこから一冊を取り出した。絵のページばかりだろうと思いながら開いてみると、予想とは裏腹に言葉を目にした。その本を本棚に戻して、別の本を選んでみたが、それも言葉でぎっしり埋めつくされていた。それらの本は島の外の場所を描写しており、変わった動物や別の町のことがたくさん書かれていた。

イレナは文字が読めるのかもしれない。あるいは、文字が読める客がたくさんいるのだろう。

ドアで声が遮断され、向こう側からは何も聞こえてこない。私は本を本棚に返した。時間が壁を蝕み、遠くの海は風をつかまえ、止まることはない。見知らぬ部屋でペンが紙に跡を残し、指は糸を伝い走り、糸は新たな形をとると同時にその形を失っていく。

ついにドアが開き、イレナに呼ばれて部屋を出た。

「これから使いを呼んで織り手にメッセージを届けてもらう。二人が来たことを知らせるつもりだよ。それから、これはヴァレリアも同じ気持ちだと思うけど」

イレナが目をやると、ヴァレリアは頷いた。

「織の家はヴァレリアにとって今のところ安全な場所だってことと、この子を襲ったやつについて何かわかったら、すぐに知らせてほしいってことだね」

「私もそう思います」

「ヴァレリアをよろしく頼むよ」

イレナは私に言った。

望んでいた答えは一つももらえなかったが、私は約束した。


大きな広間に立って、私たちは待っていた。ヴァレリアは身動きせずに黒い壁をじっと見つめていた。幅の広い暖炉の中で燃えている炎の光が、彼女の肌の上でちらちらと揺れる。炎へ近寄って、指を熱のほうへ伸ばすことができたらいいのにと私は思った。

赤い服を来た男性が、磨《す》りガラスでできたガラスの壷を抱いて中へ入ってきた。壷は、携帯用のドーム型の藻灯ほどもない。男性はヴァレリアに壷を差しだした。彼女の表情こそ変わらなかったが、息遣いはいつもより重たかった。

「ご両親は二人ともこの中です。あなたの木の印をお願いします」

男性はヴァレリアへ紙片とペンを渡した。私は壷を受け取ろうと手を差しだした。ヴァレリアは私に壷を手渡すと、紙片の下隅に×印をつけた。私は文章をちらりと見たが、理解していると悟られないようにした。あまりにすぐに目を逸らしたり、長いこと見すぎたりしないことが重要だ。

「こちらで結構です。お亡くなりになられたことにお悔やみを申し上げます」

男性は私たちにドアを開けた。ヴァレリアは目を伏せたまま、私たちは部屋を出た。外気が刺すように身に沁みる。骨まで凍てついて気が遠くなりそうだ。

「どこか行きたいところはある？」

私は訊いた。

ヴァレリアは私から壷を取った。彼女は虚ろな表情でうなだれて立っている。壷の蓋へ涙が落ちてくるかと思ったが、ヴァレリアは泣かなかった。

「ひとまず壷を持っておきたい？」

ヴァレリは蓋をゆっくりと指でなぞった。彼女の指先に灰がついたのがわかった。ガラスの表面にヴァレリアがなぞった指の跡が残っている。火の家では、灰がついたままの壷を倉庫の棚から持ちだしたまま、きれいに拭く手間すらかけないのだった。ゆっくりとヴァレリアは首を縦に振った。

「ある場所を知っているの」

私は言った。


黒い絶壁が、港の食堂や魚市場や荷積み用の波止場の明かりや群衆から離れたところにそそり立っている。ここからなら海岸に打ち寄せる潮の満ち引きや行き来する船が見える。両親がまだ生きている時、家族でよくここに来ていた。ヤノスと私は小さい頃、船が行きつく遠くの国々について物語を作っていた。青く輝く氷穴の話、雨に濡れた森の話、熱く灼けた砂の話、潮の香りを一度も嗅いだことのない内陸の通行人たちが歩いている通りの話。そういった場所で体験できるかもしれない冒険を私たちは想像した。大人になった今、私はこの島からおそらく出ることはないことを知っている。弟もそうだ。島を出る人はめったにいない。

風に服を持っていかれそうだ。ヴァレリアは岩のところで跪き、その前に壷を置いて黙禱した。心のままにヴァレリアは動いて、私を見ることはなかった。私は彼女の隣にしゃがんだ。

「あなたのご両親に最後の挨拶をしてきたの」

私は言った。

「ガラスの木立で。ご両親が聖織女のもとへたどり着くまでの間、食べる物を携えていけるように確かめておきたかったの」

ヴァレリアは私のほうを振り返った。彼女がついに泣いているのがわかった。涙が顔を伝い、上唇が光っている。ヴァレリアは壷を両手で抱きしめ、嗚咽のせいで体が震えていた。

「一人になりたい？」

ヴァレリアは私の手をつかむと、ぎゅっと握りしめた。私はそのままそばにいた。

高い潮流が海岸に押し寄せる。カモメたちは翼を広げてかん高い声で鳴いている。塩と海水が口の中に広がった。

ヴァレリアは立ち上がると、崖の縁へ向かってどんどん進んでいった。彼女の温もりが奪われると、肌を刺すような寒さを感じた。一瞬、このままヴァレリアは宙を歩いていくのではないかと思った。足もとが崩れ、眼下にある切り立つ岩と飢えた波がヴァレリアを引きずりこむかもしれない。しかし、彼女は崖の縁ぎりぎりのところで立ち止まり、一息に壷を海の底へ投げ入れた。壷の蓋は、落ちている間は閉まったままだった。壷は遠くで飛沫を立て、しばらく浮かんでいたが、やがて水が壷の中に入って海の一部になった。

ヴァレリアの髪は風で絡まっていた。私は歩み寄って、立ち止まった。あと一歩先に彼女がいる。

私は最後の一歩を踏みだして、ヴァレリアに両腕を回した。自分の高鳴る鼓動が手にとるようにわかる。それは彼女の悲しみを私の一部に編みこむと同時に、超えてしまったかもしれない一線を知らせていた。ヴァレリアが私を押し返してくれることを半ば期待していたが、彼女はそうしなかった。ヴァレリアの息が重くのしかかる。彼女は私にもたれて震えていた。ヴァレリアの震えが止まるまで、私は彼女を抱いていた。涙が私の手の甲へ落ちてくる。涙が凍るまでにそれほど時間はかからないだろう。

私たちは長いことそこに立ちつくしていた。私は歩き疲れて体に痛みを感じていた。ヴァレリアは泣き疲れていたように見える。私の足の裏には水ぶくれができていた。太陽はゆっくりと海のほうへ下りていく。海は満ちては引き、夜をたぐり寄せ、月の満ち欠けに従っていた。何も留まるものはなかった。

糸の壁の迷路を抜けて丘を登る時には、あたりは薄暗くなっていた。糸の壁は風にさらされ、石は私たちに踏まれてわずかに磨り減るだろう。柔らかい糸の壁の真ん中に煌々と灯る藻灯がある。ドームに張りついている蛾に、落ち葉の形のような、布地に刺繍されたハートのような模様があった。

ヴァレリアは帰るなりベッドに入った。そのまま動かず、私を見ることもなかった。小部屋は寒かった。私は自分の毛布をはいで、彼女にかけた。暗くして休ませてあげたかったのだ。

「お腹は空いてない？」

私は訊いた。

私たちは織の家を出る前に軽く昼食をとっただけで、それから何も食べていなかった。

ヴァレリアは何も言わず、毛布の中でさらにぎゅっと体を縮こまらせた。彼女の肩にそっと触れた。そんなつもりはなかったが、私の指がヴァレリアの首をかすめた。彼女の肌は温かくて滑らかだった。私は、自分でも驚くほどさっと手を引っこめた。

「何かないか見てくるわ」

部屋を出る時、かすかな息遣いだけが聞こえた。

台所から食べ物を持ち出すことは禁じられていたが、皆、時々やっていた。私が見つけたのは、ニワトリの餌用のパンの欠片がいくつかと、虫にあまり食われていないリンゴが二つと、ボウル一杯分のナッツだった。私は一つかみ分のナッツをポケットに押しこんだ。温かい料理も飲み物も何もない。織の家は真冬の海底の石のように寒かった。

私は診療室へ向かった。そこで疲れきって汗だくのアルヴァを見つけた。

「あなたまで感染したなんて言わないでよ」

アルヴァは言った。カーテンはわずかに開いていた。六床すべてが埋まっており、床にはマットが四枚敷かれてあった。目にした顔は痛々しい発疹だらけで、部屋の空気は咳でこもっていた。

「私はいたって元気よ。ヴァレリアにアルヴァのハーブティーを淹れてもらえないかと思って。ヴァレリアにとって今日は大変な一日だったから」

アルヴァは額の汗を拭った。スカーフの下から髪が乱れて出ていた。

「誰だってそうよ」

アルヴァが言った。

「そうね、じゃあ、代わりにしてほしいことがあるんだけど。ケシが切れちゃって。追加を頼むために病院街へ水報を送ったんだけど、まだ来てないの。織り手が非常用のケシを書斎に備えていることはわかってるのよ。ケシがどんなものかわかる?」

アルヴァがケシを煎じ薬で使っているのを何度も見たことがある。

「わかるわ」

「タペストリーの後ろの棚の上にあるわ。聖織女が星の光で世界の網を作っている模様のタペストリーがあるでしょ。瓶は左から三番目か四番目にあるわ。上の棚のね。中を開けて確かめるといいわ。ケシの実を五つ持ってきてちょうだい」

なかなか行こうとしない私にアルヴァがこう言い足した。

「ヴァレリアのハーブティーに要るのよ」

私はすぐさま向かった。


建物の中は影で満ちていた。作業場はしんと静まり返り、織り手の書斎のドアは閉まっている。私はノックした。直管藻灯の藻はゆらゆらと漂い、今にも消えいりそうだ。私はもう一度ノックした。物音はしない。私はドアを押し開けた。

部屋には薄闇が流れ、窓の下の向こうの世界は灯ったり消えたりしていた。昆虫は翅を広げたり、訪れる夜の深みの中へ閉じたりしていた。机には何もなく、すっかり拭い去られていた。

タペストリーの後ろにある棚から瓶を見つけた。ラベルには「ケシ」と書いてある。蓋を持ち上げて中を見た。実は五つある。私はすべて取りだした。

空気は微動だにしない。すると、不意に露わになった首にすうっと空気が触れた。

どの方角から流れてきているのかすぐにわかった。一筋の闇がくっきりと部屋の隅を貫いている。低い木のドアは私が部屋に入ってきた時には閉まっていた。

ここで踵を返して、すべてを忘れてしまうこともできる。

私は水報機を横切って隅にあるドアのところへ歩いていった。そして、ドアを押し開けて、闇の中へ足を踏みこんだ。昔の廃屋のような闇が私を取り囲んだ。

6

部屋の中は思っていたよりも広かった。何かが見えてくるよりも先に、空気の緩やかな流れや自分の足音を感じとった。ドアの隙間から細く斜めに差しこんでくる光が、この部屋の唯一の光源だった。いちばん奥の突き当たりは深い闇の中へ消えている。壁は剝きだしの石でできており、床にはざらざらした石が重なるように敷かれ、天井はアーチを描いていた。あたりには強烈とは言わないまでも、鼻につんとくるような匂いが漂っていた。その匂いは、子どもの頃飼っていた猫や、それが家によく引きずって持って帰ってきたネズミの死骸を思わせた。

これまでに見たことのない糸の壁が部屋を縦断している。糸の始めは闇の奥のどこか濃い影の中にあり、そこから私のほうへ流れてきていた。半透明の糸は終わりの見えないいくつもの模様へと変化しつづけていた。模様は流れ、溶け合い、別のものへ変わってゆく。ガラスの木立の石化した網が脳裏に浮かんだ。あの細い糸の小道に似ていた。だが、風化して硬くなっていてもいいのに、目の前にある糸の壁は生々しく撓《たわ》み、刻々と伸びていた。私は糸に触れてみた。まれにみるほど上質な糸だ。昔のタペストリーの絹糸よりもさらに細いのに、大きな動物を——人間をも——捕らえられるほどの強度と粘着力があった。

軽やかな糸の壁は空気の流れに乗って音もなく波打っていた。この部屋の冷気は、太陽の届かない海の深奥から立ちのぼってきているように感じた。糸の壁の網は細長く、間に通路のような割れ目があった。

　部屋の向こう側で何かが動いた。

　全身が硬直し、萎《な》えていく。私の足は恐怖で震えていた。私の肉体は引き返して逃げたがっていたが、そのまま私は留まった。張り詰めた思いの底から立ち上がってくるものがあった。一人で夜を抱えることに自分がどれほど疲れているか、島民の目に触れないように隠しつづけなければならなかったものからどれほど目を逸らしてきたか。入りたいと願ったドアを通り過ぎ、自分の闇を隠し、それが皆に広まっていくのをどれほど恐れてきたか。私の周りで網は四方八方に伸びている。もしここで引き返して慌てて引っかかってしまえば、私はしっかりと絡めとられてしまうことを、誰も知らない。

　私はできる限り慎重に静かに足を運んだ。網の合間を縫うように歩いていく。私を囲む亡霊のような未知の模様は、知らない国々の地図か、見たこともない空のようだった。ヴァレリアが糸を織っているのを見たことはあったが、これとは違う模様だった。ヴァレリアの模様には、落ちつかない所もあれば穏やかさもあり、丁寧さもあればその場しのぎの性急さもあった。今、私の額や背中や腕に触れている糸の壁は過去に残された事柄のように悠々としていた。その穏やかさはどんなふうに触れようとも乱されなかった。

　気を張りすぎて私の目はしだいに疲れてきた。ドアのかすかな光の筋から遠ざかれば遠ざかるほど、形はますます曖昧になった。風が私を通り過ぎていく。糸の壁が顔を打つ。蝶番が軋む音がして、ようやく何が起きつつあるのかがわかった。

　優しくと言ってもいいくらい静かに、ドアが閉まった。その音は私のはるか後ろから聞こえた気がした。闇が密に広がっていく。光が去ると、空間はさらに広がって、境がなくなっていく。自分の息遣いが聞こえる。それは浅くて、張り詰めていた。

何かが床に当たる音がした。

重たい小麦袋か、厚手の布に包まれた角材が石にドスンと当たったような音だった。最初の衝突の後、屋根にあたる降りはじめの雨粒のようにつぎからつぎへと音がした。その音は響くことなく、無数の糸で織られた圧倒的な網に吸いこまれていく。私はその場に固まって立っていた。音は二度繰返して、止んだ。部屋にいるのが誰なのか、あるいは何なのか。その人、あるいはそれは私が部屋に入ってきた時から私を感知していた。あるいはもっと早くにわかっていたのかもしれない。

その生き物は近くにいる。だがどれくらい近くにいるのかわからない。息遣いは聞こえず、感じられない。しかし、私を取り囲んでいる目の前の空気が動いているのはわかる。衝突音が聞こえてきた方向だ。私は闇をじっと見つめた。光が少しでもあれば、部屋の中へわずかでも濾過されて、ついには何かが見えてくるのに。

闇を裂くものは何もなかった。

私は息を整えようとした。闇の中からゼイゼイいうような、かすれるような音が小さく聞こえた。それは肺を火傷した火の家の作業員が深く息を吸いこんでいるみたいだった。音のあまりの近さに私の体はビクッと震えた。

音は消え入り、やがてまた立ち上がった。私はじっと耳を澄ました。摩擦音は大きくなったり小さくなったり、伸びたりつかえたりしている。私はリズムを感じとりはじめた。聞こえてきたのは――。

「……ない」

言葉だった。

それは風に吹き上げられた枯れ葉のように、もしくは踏み潰された昆虫の死骸のように、縮こまって乾いた音を立てた。そして沈黙した。はたして本当に私は音を聞いたのか考えようとした時、ふたたび声がした。今度はすべてが聞きとれた。

「私たちは今、互角にあるといえるかもしれない。でも、そうではないかもしれない」

言葉は波のように闇の中で輪郭を表してゆく。その波頭は一瞬くっきりと描きだされたかと思うと、つぎの瞬間は消えていた。私は自分の声を聞いていたが、まるで別の誰かが話しているように感じた。

「どういうこと?」

答えが返ってくるまで十分な間があった。私は生き物についてあれこれ考えた。生き物の形や大きさや力のこと。毒針を持っているのか、私の首を絞めかねない手をしているのかどうか。かすれた声がふたたび聞こえた。

「私には闇など何でもない。でも、おまえはそうではない」

なじみのない声がふたたび話す。

「私の何を知っているの?」

吐息か、せせら笑いのようなかすれた声がした。

「私が怖いか?」

姿のない声が訊いた。

「怖がるべきなの?」

返事はない。

「あなたは誰?」

私は訊いた。

冷ややかな笑いがまた漏れた。

「私はかつて紡ぐ者と呼ばれていた」

生き物が言った。

「おまえの質問は間違っている。正しくは、私が尋ねよう。おまえは誰だ？」

「織り子よ」

十分な答えではない気がしたが、私は言った。

「織り子。他には？」

私は黙っていた。かすれた声が静寂の中へふたたび広がっていく。

「なぜここにいる？」

私は何も言わなかった。

「これはテストではない。返事次第で褒美も罰も与えることはしない。織の家で誰かにこれほど尋ねられるのはずいぶん久しぶりだ」

紡ぐ者は黙った。言葉とは裏腹に、待たれているような気がした。ただの返事ではなく、ある返事を。その返事は私の中にあると紡ぐ者は信じているが、私には手が届かない。凍てつく風に吹かれ、今にも空へ飛ばされんばかりに、私の腕やうなじの毛は逆立った。

紡ぐ者が話しつづけるのを待ったが、静寂は破られることはなかった。

「私は何も尋ねていないわ」

「すべての質問が言葉でできているわけじゃない」

闇の中から声がした。

空気が動くのを感じた。紡ぐ者の足が乾いた音を立てた。何かが私の顔にさっと触れ、私はビクッと震えた。震えたのは、おぞましかったからとか怖かったからではなく、驚いたからだった。肌を触られても不快感はなかった。初めのショックから立ち直った時、ふわりとした糸の束が風に吹かれて私の顔にあたり、ゆらゆら揺れているような感じがした。あたりはしんと静まり返っていた。私の中で思考がくっきりと線を描いて無防備に立ち上がる。ヴァレリアのタペストリーのことを思った。私には読めない、悲壮に満ちた未知のメッセージを。私にはわからない方法で私をヴァレリアに結びつけている私の名前を。ヴァレリアに記された他の印を。印のないむきだしの滑らかな肌を。

「ふうむ」

紡ぐ者が声を発した。

私は考えつづけた。私の足に踏まれて広場の石を引っ掻いた鍵。織の家のがらんどうの廊下とドアの向こうの清らかな寝息。汚れた者たちの家の黒いゴンドラ。私をねじ伏せる夢魔。

「手を出しなさい」

紡ぐ者に命じられるままに、私は手を出した。

紡ぐ者は私の顔に触れたままじっとしている。もう一本の足――だと思っているが――も私を確かめようとこちらに伸びてきた。ふわふわした毛が、私の指の形や、手の平の線や、盛り上がった指の関節や、織り仕事のせいで硬くなった皮膚を探る。ようやく足が離れると、代わりに静かな暗闇が空間に満ちた。あまりに長いこと静まり返っていたため、紡ぐ者は眠りこけた――もしくは、自分の世界に深く入りこんで、私の存在がどうでもよくなってしまった――のではないかと疑いはじめた。私がドアまでの距離を測りだした時、紡ぐ者がようやく口を開いた。

「思っていた通り、おまえはここの者ではないな」

冷気が海底から立ち上がり、水を越え、寒々とした通路を渡って、この家へ、この部屋へ流れてきた。私は用心しながらゆっくりと両腕で自分を抱きしめた。暗闇では指が何に当たるかわからない。自分の声は縮こまって消えてしまいそうだったが、私は吐きだした。

「だったら、どこだと言うの？」

「自分でわからないのか？」

私は黙って、生き物のヒューという声をしばらく聞いていた。

「この島と私は――われわれは、ここに住んで長い。島はときおり私に悩みを打ち明け、私は関節の痛みや決して私の目の前から失せることのない霧について島に話す。とはいえ、われわれは声を荒らげることはない。海は荒れるにまかせ、雲を映すにまかせ、ふたたび陰るにまかせている。風はやって来ては過ぎ去り、空には光がある。それからおまえのような者たちがいる。私が一本の糸をつくっている一瞬の間に、おまえたちの取るに足らない命は生まれては消える。おまえが夜に眠らないわけを私は知っている。おまえはおまえのような者たちの一人にすぎない。おまえがこの家であれ、他の場所であれ、囚われの身になっていることを、私が気にかけているとでも思うのか？」

「織の家には囚人はいないわ」

「そうおまえは思うのか？」

「そうよ、それが真実だもの」

「真実」

紡ぐ者が言った。その声は、道から砂や塵を払い、雲の向こうの星を掃きだした。

「おまえはこの島を見ているのか？　それで物事の真実が見えていると信じているのか？」

返事を探しあぐねていると、紡ぐ者はふたたび話しだした。

「おまえは動揺しているのだ」

紡ぐ者のすべての足が私から離れた。私たちの間にあった空気が流れさっていく。

「なぜここに来た？」

静寂が霧のように部屋に立ちこめる。

「行きなさい。理由を話せるようになった時にまた来るといい」

枯れた茎のような足が乾いた音を立てて遠のいていく。

私は踵を返し、ドアまでの道を手で探りはじめた。糸の壁の長い小道が闇を刻んでいる。この広間は形を変え、押し広がり、目の前の糸の壁の迷路を果てしなく膨らませているのではないかと思った。網に触れるのが私は恐ろしくなりはじめた。それは私を手繰り寄せる手のようにぶつかってくる。糸の壁の編み目に何度か足を掬われ、なんとか逃れようと必死でもがいた。やっとのことで、一本の糸も触れることのない空間に出た。私は手探りしながらドアのついている壁に向かった。

手が触れる前にドアがわずかに開いて、光が床に斜めに差しこんだ。私ははっとした。糸の壁の広間へ足を踏みこんだ時よりもずいぶん眩しく見えたからだ。織り手が戻ってきたのかと思ったが、私の目がくらんだだけだとわかった。光は変わっていない。あまりに長い間、暗闇の中にいたせいで、違って見えただけだ。

私は後ろを一瞬振り返った。部屋の奥は真っ暗闇だった。何かが動く気配はない。

私が光の中へ踏みだした時、何かがそっと私の思考を触った気がした。髪に蛾が触れたような物質的な感触があったが、ただの流れさっていく空気だったのだろう。

私はアルヴァへケシの実を持っていった。

「ずいぶんと時間がかかったのね」

アルヴァは言うと、ケシを乳鉢で摺りはじめた。

「違うところを探していたの」

アルヴァは目を上げた。

「大丈夫?」

「ちょっと寒気がするだけ」

私は両腕を自分の体に回した。

アルヴァは私をしげしげと見つめ、眉をひそめた。アルヴァが鍋を火にかけると、黒く滾《たぎ》る液体がケシの欠片を呑みこんだ。鍋から強烈に甘い匂いが立ちのぼる。それは腐りかけた果物や灼熱の薬草園の匂いに似ていた。ハーブティーができあがると、私はアルヴァにお礼を言った。指を火傷しないように袖口を指先まで引っぱって、熱いカップを持ちあげた。

廊下は寒く、しんと静まり返っていた。

小部屋へ入ると、ヴァレリアが顔をあげた。彼女が私からカップを受け取ると、私は彼女のベッドの脇のテーブルの上にパンの欠片とリンゴを置いて、もう一個のリンゴにかぶりついた。リンゴはぱさぱさしてわずかに臭ったが、腐ってはいなかった。

「時間がかかってごめんなさい。行って戻ってくる間にいろいろあって」

ヴァレリアの頭ががくんと動いて、見えない糸に引っぱられるみたいに姿勢を正した。

「何も心配するようなことはないわ。また今度話すわね」

まずは自分が理解してから、と思った。私の手足の震えはようやく収まりはじめていた。

ヴァレリアはハーブティーを飲み干すと横になり、壁のほうを向いた。彼女の髪がはらりと落ちて、うなじが露わになった。藻灯の光は柔らかい肌をとらえ、彼女と一緒に眠りに落ちていった。


その二日後、作業場の午前中の音に混じって空中ゴンドラのケーブルの軋む音が響いた。私はわざわざ気に留めなかった。時間が決まっているわけではないが、貨物ゴンドラなら織の家と町の間を週に何度も行き来している。朝食が終わって、壁の砂時計が二度ひっくり返された頃、使いの織り子が作業場の入り口に現れた。彼女は額ずいた後、立ち上がり、ヴァレリアのところへやって来た。

私は後ろを振り返らなかったが、目の端で動きを感じとっていた。私は自分の手の動きと目の前の糸から目を離さなかった。柔らかい足音が床を横切って近づいてきて、私のそばで止まった。

「織り手が書斎に来るようにとのことです」

使いが言った。使いの後ろにヴァレリアの顔が見えた。いつにも増して青ざめている。

私は杼《ひ》を長椅子の上に置いた。

織り手の書斎の窓ごしに、太陽が光の十字を床に描いていた。織り手が長い机の端から立ち上がると、それと同時に二人の市警備官も席を立った。バイロスとラザロが会釈した。織り手が机の反対側にある硬い木の椅子のほうを指差す。叱るための椅子が二脚あったなんて私は知らなかった。

「どうぞお座りください」

織り手が言った。

私たちは席についた。バイロスとラザロも自分たちの椅子に座り、織り手は立ったままだった。

「バイロス隊長とラザロ隊長から朗報です」

織り手が言った。

バイロスはにっと笑ったが、嫌みな感じではなかった。明るい日の光に照らされてわかったのは、バイロスはラザロよりも背が高く、顔には冬の間に薄れたそばかすがあったことだった。バイロスはヴァレリアに向けて言葉を放った。

「あなたを襲った男性を私たちは逮捕しました」

「男は他にも罪を犯していました」

ラザロが言った。彼の声は落ち着いていて、バイロスよりも低かった。ラザロが机の上に置いていたノートのページの間から、曇り空を背にしたゴンドラの絵がちらりと覗いた。

「しばらくの間、私たちは男を探していたのです」

私はヴァレリアに目をやった。彼女は戸惑っている様子だった。

「男は夢みる者でした」

バイロスが続けた。

「男は汚れた者の家へ送られる前に逃走したのです。何ヶ月もの間、彫り師街の廃屋を点々としながら住みついていました」

するとバイロスは心配気な表情になって、こう言った。

「そこで襲われたということでしたね？」

ヴァレリアは頷いたが、戸惑いの表情は消えなかった。私はバイロスとラザロと織り手の表情をじっと見つめていた。床の光の十字は、雲が太陽を横切ると消えては現れた。

「男はすべてを白状しました」

ラザロは言うと、机の上で手の指を組んだ。彼の眼差しは揺るがない。

「男は刑務所で裁判が始まるのを待っています」

バイロスは続けた。

「その結果についてはわかり次第、報告します」

ラザロが言った。

「もちろんあなたは証人として呼ばれるかもしれません」

ラザロは付け足すと、ヴァレリアを見た。

「ここだけの話ですが、男は汚れた者の家で終生を送ることになると思います」

バイロスは味方のような声で言った。

「これであなたがた二人の気持ちもずいぶん楽になることでしょう。当然、あなたにかかっていたすべての嫌疑は晴れたことになります」

バイロスの最後の言葉は私に向けられていた。

私は黙っていてもよかった。それがいちばん楽だろう。しかし、私はそれでも話さなければならなかった。私の声はか細く、慎重だった。

「ヴァレリアを襲った男は二人だと思っていました」

ヴァレリアは頷いて、指を二本突き立てた。バイロスとラザロは顔を見合わせた。バイロスの笑みは消えることなく、ラザロはやたらと目をしばたたかせた。

「きみの勘違いだよ」

バイロスが諭《さと》すように言うと、ラザロが続けた。

「男はすべてを白状し、一人で犯行に及んだと主張しています」

ヴァレリアは激しくかぶりを振って、目を落とした。彼女の目がしだいに赤味を帯びてきた。

「あなたにとっては何がなんだかわからない状況だったのでしょう」

バイロスが言った。さっきまでの笑みがすうっと溶けて気の毒そうな顔になった。

「暗い夜。自宅に侵入した見知らぬ客はあなたよりもずっと力が強かった……。襲った者が二人いたと感じたとしても、けっして驚くべきことではありません」

「二人に襲われたとヴァレリアは話していました」

私は言った。

「こういうことで間違えるものでしょうか？」

「ショックと痛みで勘違いしたのでしょう」

ラザロの指はノートの端をいじっている。

「夢みる者たちは特別な能力を持っていると言う人たちもいます。彼らがどんな幻想を作りだせるかなんて誰が知っているんでしょうか？」

私は息を吸いこんだ。

「襲ったのは確かに二人だったとヴァレリアは確信しています」

ヴァレリアは目を上げて、もう一度頷いた。バイロスの口角は、もはや笑みとは似ても似つかないような表情をつくり、ラザロは咳払いをした。

「どうやら調査内容に納得がいかない点があるようですね」

バイロスが言った。

「私たちは助けようとしているだけなのですが」

私は織り手のほうを向いた。

「ですが――」

ラザロが立ち上がった。その拍子に椅子がガタガタッと音を立てた。

「異議は直接、理事会へ申し立てることができます」

ラザロは振り返って織り手を見た。

織り手は体を硬くした。言葉はすでに彼女の口の中で形になっていたものの、溶けてなくなり、別のものが代わりにやってきたかのように、その緊張は解けた。織り手は深く息を吸いこんで、落ち着くのを待って、口を切った。

「もちろん市警備隊の皆さんに抜かりはありません」

織り手はそう言うと、ヴァレリアと私に話しかけた。

「あなたたちはこの知らせを喜んで受けとめるべきですよ」

「その通り」

ラザロが言った。彼は私の方を振り返った。その顔はバイロスよりも角張っており、ごく小さな笑いを浮かべていた。

「あなたがそれほど喜んでいないのは意外です」

「ラザロ隊長、彼女はまだ状況を把握しきれていないのだと思います」

バイロスが言った。

「もちろんほっとしています」

私は呟いて、頭を下げた。ヴァレリアの手の平にある見えない入れ墨のことを思い出した。彼女にこれ以上迷惑をかけたくなかったが、危険を承知でこう続けた。

「ただ入れ墨についても何かおわかりになったのかと思いまして」

用意していたわけではないが、言葉が口からすっと出てきた。

外では金色の光が壁の溝に注がれ、煙のような色の影が射している。ラザロとバイロスは意味ありげな視線を交わした。

「ああ、入れ墨ですね」

バイロスが言った。

「偶然です。間違いありません」

ラザロはそう言うと、椅子にふたたび腰かけて、両手を机の上に下ろした。

「偶然？」

私は繰り返した。

ラザロはノートを開いた。指を口で濡らしてページをめくり、探していた見開きページにあたると、手を止めた。

「事情聴取で、あなたはヴァレリア・ペトロスが織の家へ来るまで面識がなかったと話しています。

つまり、それでどうして入れ墨があなたと関係しているんですか？」

「それとも私たちに話していなかったことが何かあるとか？」

バイロスが訊いた。彼はふたたび人のよさそうな顔をした。

「もちろんありません」

私は言った。

私は織り手を見た。織り手は私から目を逸らしていた。

「入れ墨が単なる偶然だということで私たちの意見が一致しているなら」

バイロスは私から目を離さずに言った。

「この事件はわれわれとしては解決しています」

私は頷いた。バイロスはヴァレリアに向けてこう続けた。

「あなたには時機が来たら出廷の要請を送ります。ただ、しばらく時間がかかるかもしれません。それほど大きな事件ではないので」

ラザロはノートを閉じて、手袋をはめた。

「ご協力いただけて光栄でした」

ラザロが言った。

「ゴンドラが港で待機しております」

織り手がラザロとバイロスに言った。

「私は二人と少し話がありますので」

バイロスとラザロは席を立つ。光が二人の背後から差しこんで、二人の影を窓の十字の影の中へ落とした。

「ご協力に感謝します」

バイロスが言った。その笑顔はそばかすと同じくらい冷めていた。バイロスも手に手袋をはめる。その指は爪のように尖っていた。

「必要があれば、またご連絡します」

バイロスは誰にともなく、皆に向かって言った。

二人はお辞儀をして、入り口を堂々と出た。外で待っている使いは、二人が行ってしまうと、ドアを閉めた。

織り手は私とヴァレリアに向かい合うように席につき、机の引き出しから巻き紙を取りだして広げた。

「先頃、あなたたちはイレナ・ペトロスに会いに彫り師街へ行きましたね。そのことについて私に話しておきたいことはありますか？　その日は作業日で、あなたたちには火の家に行くことだけが許可されていました」

今度は叱られる番だ。ヴァレリアを見ると、彼女は私に頷いた。

「ヴァレリアがそうしたかったからです。叔母さんに会いたがったんです」

「わかりますが、許可を求めるべきでした」

織り手は指を巻き紙の上に置いた。

「イレナ・ペトロスから、ヴァレリアを織の家に置いてもらいたいという依頼の手紙が届きました。ヴァレリアの織り子としての腕は見せてもらってはいますが、このように規則を破られると、考え直さなくてはなりません」

ヴァレリアは隣の席で身じろぎした。織り手の言葉が何を意味しているのかわかった時、私の胸はずしんと重くなった。

「ヴァレリアは出ていくことになるのですか？」

私は自分の体に耳を澄ました。私の両肩は硬直し、息は荒かった。

織り手は手紙の上で手を止め、言葉を切った。織り手の視線は私をとらえ、注意深く見ている。

「いいえ」

ようやく織り手は言った。

「しかし、私は警告を与えなければなりません。違反行為については三回の警告で市警備隊へ、六回で理事会へ私から報告することになっています」

織り手はヴァレリアのほうへ向いた。

「そうならないように気をつけなさい」

私はどうしようかとためらったが、訊いてみた。

「市警備隊が真犯人を見つけたとお思いですか？」

私は言葉を慎重に選んだ。

「私には、ヴァレリアが勘違いしているとはどうしても思えないのです」

織り手はヴァレリアから私へゆっくりと視線を移し、ふたたびヴァレリアへ移した。織り手は言葉を長いこと吟味していたが、ついに口を開いた。

「市警備隊の話をあなたたちも聞いたでしょう。事件は解決しました」

ヴァレリアの顔が強ばり、許可も得ずに席を立った。そして軽くお辞儀をすると、勝手に入り口へ向かって部屋を出た。

「さあ、下がってよろしい」

そう言った織り手の顔はよそよそしかった。

「二人とも下がりなさい」

私も席を立った。ヴァレリアの態度が私の心を乱していた。私の中の何かが、小さいけれど止めようのない動きとなって押し出されたかのようだった。織り手に立ち向かおうとする意志が突然言葉となって口から出たことに、私は驚いた。

「その前にお尋ねしてもよろしいですか?」

私は言った。

織り手は平常心をうまく装っていたが驚いているのがわかった。

「もちろん」

「イレナはヴァレリアに関する知らせを受け取っていなかったと言っていました。私は貴女のお話から、彼女はとっくに知らされているものだとばかり思っていました」

織り手の表情は変わらない。

「ヴァレリアの素性を知って、私はすぐに水報を送りました。途中で通信が途絶えたに違いありません。以上です」

「ですが――」

「以上です」

言いかけた残りの言葉はそこで打ち切られた。私はまた織の家の従順な住人に戻った。それでも、私の中の不穏な動きが途絶えることはなかった。途絶えることが果たしてこの先あるのかもわからない。私はお辞儀をして、踵を返して出て行こうとした。織り手の視線を背中に感じたが、それ以上に凍りついたヴァレリアの目の奥に燃えているものを強く感じていた。


廊下でヴァレリアに追いついた。私たちはこのまま作業場に戻らなければならないのに、ヴァレリアは口を真一文字に結び、氷のような目をして私たちの小部屋へまっすぐに向かっている。私はついていった。ヴァレリアはドアを乱暴に閉めると、完成間近のリボンを壁にたたきつけ、ベッドからシーツを全部剝ぎとった。ヴァレリアが窓にかかっているカーテンを引きちぎった時、光を浴びた顔に涙が見えた。後から後から流れてくる涙は、あごを伝って床へぽたぽたと落ちていく。ヴァレリアがナイトテーブルの上の藻灯をつかむと、私はその手首をつかんだ。

「これを壊したら」

私は言った。

「一人で片づけてもらうわ。散々な目に遭うわよ」

ヴァレリアの腕は、どちらにしても壊すつもりであるかのように、ぐいっと引いた。彼女の呼吸は私以上に乱れていた。ヴァレリアは私のすぐそばに立っている。私たちの胸や脇が互いにこすれ、それぞれに大きく息をした。私は藻灯をつかんでいる彼女の指を一本一本外し、テーブルの上へ置いた。ヴァレリアは私のほうへ体をわずかに動かして、ぴたりと止まった。

「あの人たちは嘘を吐いていると思っているのね」

私は言った。

ヴァレリアが私から離れた。さっきまでいた場所に穴が空いたようだ。私を見つめる彼女は、今までに見たことがないほど蔑んだ顔をしていた。ヴァレリアの声を私は一度も聞いたことはないが、その言葉を聞きとることができた。

当たり前よ。

「でもなぜ？」

ヴァレリアは動かない。彼女の眼差しは断固としていた。

「あのどちらかがあなたを襲ったもう一人の男ということはありえる？　二人の顔は見た？」

ヴァレリアは床からシーツを拾いあげ、顔が隠れるように少し端を折った。

「二人……二人はマスクをつけていた？」

ヴァレリアは頷いた。

「もう一度見たら二人だとわかる？」

ヴァレリアはしばらく背を丸めたまま動かなかった。やがてかすかに呻いて、ゆっくりと両手を広げた。

わからないわ。

「でも市警備隊が捕まえた男は二人のどちらでもないと思っているのよね？」

ヴァレリアはゆっくりと首を縦に振った。

私の脳裏に映像が一瞬よぎったが、それが一つに結ばれるのを私は拒んだ。入れ墨、博物館にいた手の平に傷痕のある男性、石についていた他人の血。何かが闇から立ち上がる。萎《しな》びた言葉が未知の場所から。

おまえはこの島を見ているのか？　それで物事の真実が見えていると信じているのか？

「あなただけではなくて何か別のことも関係しているの？」

ヴァレリアが何か考えているのはわかる。だが、それが何なのかわからない。

「私にわかるようにして。お願い」

私は言った。

ヴァレリアは考えこんでいたが、やがて私の手をつかんだ。そのまま窓際まで引っぱっていくと、外の景色を指した。

「風景？」

ヴァレリアはわずかに頭を傾げた。

そうじゃない。

「丘？」

私はいろいろと言ってみることにした。

「家、水路？　町？」

ヴァレリアは指を立てて頷くと、集中しながら口を開いた。

「ひ」

「町、町……広い……」

ヴァレリアは頭を回して、窓から見える景色全体を指さした。

「ひ。が」

「島？　島！」

　ヴァレリアは思わず跳びはねそうになりながら、力をこめて頷いた。

「わかったわ。島ね。島がどうしたの？」

　彼女は目を凝らして私を見ていたが、視線を床に落とした。口はわずかに開いて、ふたたび閉じた。顔を上げて深く息を吸いこむと、床に跪いて両手をベッドの下へ押しこんだ。ヴァレリアが探しているものを見つけると、木と木が擦れてガタガタと何かが引きずられる音がした。彼女はベッドの骨組みの下から何かを慎重に引っぱりだした。

　それは簡易な造りの持ち運びできる手織り機だとわかった。この手織り機は折り畳みやすく組み立てやすい。私たちが作業場で使っているものよりも小ぶりで、垂直ではなく傾斜がついていた。同じようなものを物置部屋で見たことがある。織の家では糸の壁の他にも織物をつくっていた時があったが、この手織り機は絹藻のタペストリー用に使われていた。ヴァレリアは手織り機をベッドの端に立てかけた。そこには前にも見た模様が織られていた。

「解かなかったのね」

　彼女は不意に笑った。まるで流れ星のように。

「よくここまで運んで来れたわね」

　ヴァレリアはにっこりと笑ったまま頭を傾げた。それもそのはずだった。療養中、彼女は一人で過ごしており、誰にも見られることはなかった。私にすら見られることはなかったのだ。私が廊下の見回りをしている夜もそうだ。私の当番がくるのを頭に入れておいて、こっそり作業ができる時をわかっていたのだ。

ヴァレリアは模様を指し、指でなぞっていく。線は前よりもはっきりとし、作業が進むにつれて形を成してきた。彼女は、控えめながらも様々な色すら取り入れていた。灰色以外の糸は手に入りづらいことから、色には妥協しているのがわかった。タペストリーの下端は、手の平ほど空いていて、まだ織られていなかった。それにも関わらず、縁には水色を帯びた未完成の輪郭が走っているのがわかった。その形をヴァレリアが宙に描いているのを見たことはあったが、それよりも以前に何度も目にしていたことに気がついた。清らかな眠りの博物館の壁や、ひときわ大きな絵画や、ガラスケースに展示された血赤サンゴと赤い染料の交易路が描かれた本の中で、私は目にしていたのだ。魚でも目でもなく、それは……。

「地図」

私は言った。

「島の地図を織っているのね」

ヴァレリアは私の腕をつかんだ。その顔を見た瞬間、言い当てたことがわかった。

タペストリーの中央には薄黒い環がある。環の先は八つに裂け、タペストリーの縁に向かって伸びていた。それは塔の石の太陽だった。一番上の先端は単純だが人だとわかる姿をしており、入れ墨を入れてもらうために腕を差しだしていた。右端の先端は、安らかに眠っている人へ向かって伸びている。左端の先端の下にも人が眠っていたが、その人の上には黒い影がちらついていた。なかでも一番大きな影は胸の上に乗っていた。

年一回の入れ墨、夜の眠り。ヴァレリアはこのことについて前にも私に話そうとしていた。夢みる者と夢魔を目にして、私は不安になった。

「でもなぜ？」

ヴァレリアはタペストリーの中央にある薄黒い太陽を指して、つぎに織りかけの下の部分を指した。

「まだ途中なのよね、わかるわ」

ヴァレリアは頷いて、指を八本突き立てた。

「何が欠けているの？」

ヴァレリアは目を閉じ、深く息を吸いこんだ。太陽の周りの絵を根気よく一つひとつ指し、それをもう一度繰り返した。彼女の指は、天体のように、巡る季節のように動いていく。だが、環は完全ではない。私はその意味を読みとれなかった。

「町の地域のこと？　水路？　空中ゴンドラの空路？」

ヴァレリアは溜め息を吐いて、手の平を表にした。私の名前がかすかに光っているのがわかる。ヴァレリアはこの文字を指さした。

「入れ墨……あなたのお父さんが入れた？」

ヴァレリアは私をじっと見つめたまま待っている。

「このことがお父さんと何かしら関係があるということ？」

ヴァレリアは複雑な表情を浮かべた。

「というわけでもない？　欠けている模様が他にもあるの？」

ヴァレリアは頷いた。私はあれこれと思い巡らしてみたが、出てくるのは空しい溜め息ばかりで、しだいに私たちはどちらも疲れてしまった。

「ごめんなさい」

ついに答えは出てこなかった。

「ごめんなさい。諦めるつもりはないわ。でも、今日はこの辺にしておきましょう」

ヴァレリアはがっかりした様子で私を見つめた。

「私のこと、怒ってる？」

彼女は私の手をつかんで、許可を求めながらゆっくりと自分の顔の方へ持ち上げた。私は頷いた。

彼女の乾いた唇が私の指にそっと触れた。それは蛾の翅のように軽かった。私は目を閉じて、自分の呼吸を聞いていた。とうとうその手が離れると、冷気がふたたび私を捕らえた。

「作業場に戻らないと」

私の声は、一部が焼け落ちてしまったかのように調子が外れていた。

「一緒に来る？　それともここに残る？」

ヴァレリアは窓の下から椅子を引いて、タペストリーのそばに腰かけた。私が部屋を出る時には彼女の手は動いていた。

夜の見回りで廊下に出たちょうどその時、洪水の鐘が鳴りだした。始めのうちは気にしていなかった。最初の共同寝室に入った時、高い窓ではあったけれど、そこから見えないはずの何かが見えた。それは光景のほんの片隅にあり、目の端にちらりと見えただけだったが、確かにそこにあり、そして動いていた。

炎だった。ここから離れているが、高々と、本当に燃えていた。

私は窓に向かって歩いていった。丘を取り囲む塀のせいで全体が見渡せない。夜の見回りを中断するわけではないのだから、と私は自分に言い聞かせた。後でまたちゃんと戻ってこよう。何か危険な事態なのかもしれない。私には調べる義務がある。

夜気は氷のベールのように私を包みこんだ。

作業場の外に出て、塀へ登ってみてわかった。洪水が眼下の町の通りを呑みこんでいた。だが、他よりも高台にあって誰もが知っている島の一部が、鮮烈に猛々しく燃えていた。不穏にひるがえる炎は、軟体動物の触手のような、海獣の牙のような形をしていた。

清らかな眠りの博物館が燃えていた

臭いが漂い、煙が立つ中で、緑の葉は先から縮れ、痣のように黒くなり、根は地中深く入りこみ、しぶとい指を広げ、光を阻まれた空間と他の生き物たちが残した跡に耳を澄ます。すべての目が逸らされた場所で、島は夜の水の中へ流れ、風景は見たことのない染みを生む。蛾は翅をゆっくりと打つ。カモメは黙っている。なぜなら口の中で舌が動かなくなったからだ。人々は自分の、もしくは子どもの額に手をあてて、顔に広がる発疹と、肺を抉る見えない爪を感じとり、熱に浮かされ伏せっている。黒いゴンドラはガラスの棺を墓地へ運び、灰は海にくすんだ斑点を作る。それらの斑点は静かに波に溶け、息絶えた亡霊となる。

じりじりと燃える炎を彼女は見つめ、やがて夢が彼女をとらえ、崩れていく壁の間を通り抜け、闇を抱くドアの向こうへ、黒い水が勢いよく溢れている床の割れ目を越えて運んでいく。夢は、彼女に、閉じられた本の中の、すべてが書かれた言葉を差しだす。だが、書かれた言葉は彼女から逃げ、彼女はそこから顔を背けつづけている。彼女は床を塞ごうと念じた。壁を元通りにし、糸の地図へ足を踏み入れ、前を歩く少女についていき、自分の中に隠していた穴を埋めようと念じた。彼女は夢の崖に立ち、両手を上げる。夢の海は呼び声を聞いている。その呼び声が誰のものなのか彼女は知らない。昔々に消えてしまった人々のものなのか。彼女の周りには空と星で作られた世界の網の糸が輝き、彼女に触れられるのを待ち受けている。一本の糸を引けば、すべてが解ける。

彼女は両手を下ろす。

火は洪水のように膨れあがり、行く手を阻む言葉を呑みこんで、ふたたび灰になる。それに包まれて

7

打音が、島の深奥にいる大きな未知の生き物の鼓動のようにかすかに鳴りだした。光は曇り空に隠れたままだ。冷気は、皮膚や重ね着の隙間という隙間に入りこみ、骨まで沁みこんだ。もっと海羊毛を着こんでくればよかったと思った。清らかな眠りの博物館の黒ずんだ焼け跡が、広場の反対側に残っていた。塔の元には、市警備隊の黒い制服姿が鬱蒼とした森のように群がっている。これほどの警備官を見たのは今回の言葬が初めてだった。

周りの群衆は、風でひるがえる茂みのように、押し寄せ、動き、ざわめいている。私たちは気もそぞろに広場の幅広い水路を区切るアーチ門のほうを向いた。人々の顔は、斑《まだら》模様の動くモザイクのように、ゆらゆらと揺れている。

全員が水路のほうを一心に見つめていた。

それは見えるか見えないかの火花のように、朝の深遠に沈んだ流れ星のように、幻影かと思えるほど弱々しく始まった。人々のざわめきは静まり、風は止み、無言の空気は確かなものとなった。火花は大きくなり、霧に包まれて赤々と輝く火柱となって高く燃えあがる。演奏は最初の長い一曲から始まり、一曲ごとに他の音の糸が絡みあい、細くて柔らかい糸は未知の束へ編みあげられていった。ゆっくりと溶けあって宙に漂っているように見える。霧の中から松明がすうっと現れ、言の葉の家の書記官たちを乗せた灰色のゴンドラが後に続いた。

粛々と書記官たちは船を桟橋に繋ぐと、大きな櫃《ひつ》をつぎつぎに陸に運びこんだ。私はヤノスを探しあてようとした。だが、書記官たちは目深にフードをかぶっていて顔が見えないだけでなく、道端の石と同じくらい押し黙っていた。弱い雨がぽつぽつ服を濡らしはじめた。雲から落ちてくるというより、あらゆる方角から密集してくる霧のベールのような雨だった。

書記官たちの一行は、アーチ門をくぐり、太鼓のリズムに合わせて波打つリボンのように広場へゆっくりと流れこんできた。彼らは櫃を火葬場の隅へ運んで蓋を開けた。櫃は、擦りきれた革表紙に束ねられた言葉で溢れていた。

これらの言葉はすべて「死んだ写本」だ。写本の紙は古すぎて、紙をめくるには脆すぎた。書記官たちは、内容が消えてなくならないように何年もかけて丈夫で新しい紙にこれらの言葉を丁寧に写してきた。その重みが煙となって真冬の島を立ち去る時、一年が終わりを迎え、新しい成長が始まるのだ。

書記官たちは油で光っている火葬場へ写本を運びはじめた。赤いリボンで囲った中へ櫃を空け、紙やインクや革を積み上げる。音の糸が一本ずつ消え去っていく。だが、太鼓の音は低く鳴っていた。ついに最後の写本が積み上げられると、書記官たちは囲いの端に行って静かに並んだ。今度は火つけ人たちの番だ。

燃えるような色彩の制服を着た火つけ人たちが炎のように動いた。彼らは火葬場を囲んで、車輪のついた大きな盥《たらい》から液体を地面に注いだ。ここ数年、海から激しい突風が吹き荒れている。それは、炎から飛んでくる火の粉を切り裂き、広場のあちこちへ散らし、島中へ振りかけようとする。だが、この液体は火花がたちうちできない壁となって立ちはだかる。拳大の地獄のように熱い火花が炎から爆ぜて飛んでいこうとするが、液体の熱気で道が断たれ、もとの場所へ打ち返されていた。

火葬場が液体の細い筋で囲まれると、火つけ人たちが囲いの中へ入った。

空は厚い灰色の雲に覆われ、空気は湿気を含んで霧がかっている。それが火花を抑えこむかもしれないが、火つけ人たちは篠突く雨でも炎を燃えあがらせる方法を知っている。彼らはベルトに液体と粉を持ち歩いており、言葬が滞りなく進行するのを確実にするために死んだ写本に振りかけるのだった。彼らのうちの数人が高さのある蓋つきの鉄壷を地面に置いた。他の火つけ人たちが火葬場から出てくると、彼らは蓋を開けて中に入っている熱く燃える燃えさしを素手で拾いあげた。そして火葬場の中央めがけて投げ入れると、後ずさりした。写本は炎にのみこまれ、打音は膨らんでいった。

皆はつぎの瞬間を待った。

その瞬間は、毎年、一寸の狂いもなく選ばれる。広場へ群衆が集まろうと、塔の所有者たちを動かすことはない。彼らの耳に音楽は風にすぎないか、彼方にあるマストの軋む音だ。火つけ人たちが入念に築き、導いてきた炎の形こそが彼らを呼びだすのだ。今年の火は、塔の壁をツタのように這いのぼり、バルコニーへ到達すると手すりを取りこみ、炸裂する厚い炎のカーテンとなった。カーテンは、群衆が息を呑むのに合わせて、鮮烈に燃えあがった。

炎が最後の太鼓の打音の中へ消えた時、理事会がバルコニーに立ち現れた。

彼らのサンゴで彫られたマスクが血と炎の色に輝いている。まるで火のこだまがマスクに捕らわれてしまったかのようだ。八つの顔のない姿がすべてを見下ろしていた。

群衆がお辞儀をした。私は三つ数えて頭を上げた。隣にいるヴァレリアも同じようにした。私が顔を上げてもなお、理事会は一列に並んだまま立っていた。理事会の下にあるもう一つのバルコニーに、法官が現れた。私たちは待った。広場にかすかなざわめきが広がっていく。一斉に八人が右手をあげた。血赤サンゴ色の手袋の手の平のほうを広場に向けて。ざわめきはすぐさま鎮まり、法官が町の深部まで響かんばかりの声でバルコニーから話した。

「本日をもって」

法官が言う。

「法律が施行される。その法律とは、あらゆる島民の幸福を約束するために、理事会が最善とみなしたものである」

法官はいったん言葉を切って、手に持っている書類に目をやった。

「ここ数ヶ月、町は病に悩まされ、ほぼすべての家族や家庭は何らかの形で被害を被《こうむ》ってきた。その症状は周知のことだろう。発疹、咳、視力低下、最後は死に至る。長期に渡る調査と審議の末に、理事会は事実を突き止めた。われわれ全員が恐れていることが現実のものになった。夢死病が島に戻ってきたのだ」

私の隣でシルヴィが息を呑み、目を閉じたまま何度もお辞儀をしているのがわかった。彼女の唇は、聖織女に話しかけていた。囁き声や衣擦れが聴衆に広がる。

「われわれの医療顧問によると、それは新型の病で、われわれがこれまでに見てきたものよりも感染力が強く、危険性が極めて高い。なおいっそう憂うべきは――」

法官がここで間を置くと、聴衆は固唾を呑んだ。

「われわれの町で夢みる者たちの地下運動が行われており、病を蔓延させているということである。彼らの活動は悪辣かつ意図的で、脅威は現実的だ。その目的は、島の生命を根絶やしにするまで、夢死病を一人ひとりに感染させることである。彼らは清らかな眠りの博物館を焼け野原にした火事の張本人である」

もだえる木々をぐいと引く風のように不穏な気配がふたたび群衆をさらった。

「新たな法の下では、夢を見るきらいがあると疑われる者は市警備隊に報告されなければならない。そしてただちに他の島民から隔離しなければならない。これまでわれわれは夢魔に苦しむ夢みる者たちだけが危険であると信じ、彼らを汚れた者たちの家へ、毎年、一心に送りつづけてきた。今日からはすべての夢を脅威として扱わなければならない。夢みる者たちを保護することも罪に処せられる。それは町全体の安全を脅かすことになるからである。理事会はこう語られた」

法官は書類を巻いて一礼すると、バルコニーから塔の中へ姿を消した。理事会が一歩前へ出ると、群衆はふたたびお辞儀をした。私たちが顔を上げた時、黒服を纏った理事会はもうもうとした煙雲に掻き消されそうになっていた。煙が消えると、理事会の姿はなかった。

私は自分の手を伸ばして、ヴァレリアの手を握りたかった。ヴァレリアを見たかった。彼女の表情に変化があったかどうか見たかったのだ。だが、そうする代わりに私は群衆と一緒に手を打ち鳴らし、拍手喝采の渦の中へ隠れた。他にどれほど多くの人が私のように身を隠し、夜ごと目を閉じることを恐れているだろう、と私は考えた。

火は広場でなおも言葉を貪っている。

火の勢いは、色を失い物言わぬ灰の層になるまで、衰えることなく燃えつづけた。

焼けた紙と燃やされたハーブのわずかにつんとくる匂いが宙に漂う。それは蝶の翅のように震える薄いベールとなって昼下がりの通りを包みこんだ。風のない日で、煙はまだ海へ流れていない。織り子たちは火葬場の辺り一帯の柔らかい灰を大きな袋に掬い入れていた。織の家は、今年の回収当番だった。私は火葬場の端に場所を取り、手持ちの袋を開けた。灰は私の手の中で細かい粉になり、泥よりも滑らかになった。私の隣で柄杓で掬っているシルヴィが私のほうを見て、一瞬、動きを止めた。

「大丈夫?」

シルヴィが訊いた。

少し先で、ヴァレリアがかがんで地面の白い灰を集めている。灰は、霧か夢の跡のように彼女の服にこびりついた。

「煙が目に沁みただけよ。ちっとも慣れなくて」

私はそう言って、頬に残った涙の跡を拭いた。海水混じりの灰が私の肌に染みをつくったように感じた。

十二歳くらいの少女が、灰を集める者たちの間を縫うようにしてやって来た。少女は、ここから少し離れたヴィオラのところで立ち止まり、話しかけている。ヴィオラは周囲を見渡し、その視線が私に向けられた。ヴィオラは少女の方へ振り返って何か言うと、私の方を指さした。少女はお礼の代わりに軽く頭を下げると、こちらへ向かってきた。

「エリアナさんですか?」

少女が訊いた。

そうよ、と私は言った。

「書記官の一人からあなた宛の贈り物をあずかったの」

少女は私に糸玉を差しだして、そのままじっと待っていた。私はそれを受け取って、小銭袋からコインを一枚探りだし、少女の手の平に置いた。少女は膝を曲げてお辞儀をすると、広場の端へ駆けだしていった。ヴィオラが私にウィンクしたが、私は気づかないふりをして糸玉を見た。糸玉は、市場の店でよく売られている、目の粗い、薄緑色に染められた海羊毛だった。私は糸玉をポケットに押しこんだ。

太陽が雲に隠れていなければ、塔の影が私のかがんでいる場所に下りただろう。

冴えきった夜気は空中ゴンドラ港のそばで立ちはだかり、塩のついたかじかんだ指で骨を撫でていくようだった。今夜は見回り当番ではなかったが、眠りたくなかった。私は、毛布にくるまって寝息を立て、目を覚ましていない人々のように寝返りを打っているヴァレリアを起こさないでおいた。ガラスの木立は遠く半月に照らされて輝いている。雲間が現れ、島はおぼろげな銀の光に震えていた。楕円形の島は船員が闇の中で時おり目にしては見失う深海の生き物のようだった。

私は首にかけたサンゴの欠片を指でしきりにいじっていた。表面はざらざらして、細かい孔が空いている。足音が聞こえて、私は振り向いた。アルヴァの上着の白い裾が、風にはためきながら折れ曲がったり皺が寄ったり、水色の外套にあたってまっすぐに伸びたりしている。彼女は塀を登って私の隣にやってきた。静寂が私たちの間に揺れている。水平線に海が細くのぞいて小さく波打ち、海に浮かぶいくつかの黒い点はちかちか光ったり消えたりしていた。島の周りに錨を下ろしている商船だ。

「診療室のほうはどう？」

私は尋ねた。

アルヴァの溜め息が風に漂う。

「落ち着いたわ、ようやくね」

彼女の目尻や口もとに疲れが見える。

「新たに感染した人はいないわ」

織の家から二十人の織り子たちが病院街へ連れていかれた。視力を失った者も何人かいる。前に比べて見えづらくなったという人もいた。それでもたいていの織り子たちが作業に復帰し、病死した人は一人もいなかった。

雲が空を流れている。月の光が波に揺れる船体やマストや帆を浮かび上がらせた。船の乗組員たちはふだんよりも人気のない港に気づいただろう。彼らは偵察隊を陸に送り、骨の髄まで締めつける発疹について、肺を引き裂く咳について、晴れることのない目の霞について、知らせを受け取っていた。風が適当な方角から吹けば、夜明けに船は引き返し、積み荷を他の町へ運ぶだろう。

「商船は島にもう来なくなると思う？」

私は訊いた。

アルヴァは海をじっと見つめた。塀を照らす藻灯の光が彼女の顔を映しだす。

「血赤サンゴほどのものを手放すのは惜しいでしょうね。でも、船は減ってきてる」

アルヴァは言葉を切って、私のほうを向いた。藻灯の光が考えを示すかのようにアルヴァの目の中で揺れる。

「誰も家に病を持ちこみたくはないわ……夢死病ってやつをね」

アルヴァは最後の言葉を慎重にゆっくりと、考え抜いて選んだ言葉であるかのように言った。私はアルヴァをじっと見つめた。アルヴァは私から目を逸らさない。彼女は待っていた。アルヴァのことは私が織の家にやって来てからずっと知っている。彼女は私の友人だと思える唯一の住人だと思う。アルヴァは私のすべてを知らないが、それでも他の誰よりも知っている。アルヴァは今、私たちが踏みこんだことのない領域に会話を持っていこうとしているように思えた。アルヴァが差しだした手を、私がつかむかどうか知るために。

夢死病ってやつをね。

その考えは初めて思いついたものではない。

アルヴァの眼差しは用心深かった。私も言葉を慎重に選び、つかんだ何かを彼女に差しだそう。

「それが夢死病だっていうことを、あの人たちはどうやって知ったのかしら?」

月が雲に隠れた。アルヴァの頬が引きつった。彼女は目を細め、ふたたび開けた。

「どういう意味?」

アルヴァは声をひそめた。

それは、私にのしかかる夢魔のことであり、ミレアの口から漏れる呻き声のことだ。今では灰となって横たわる清らかな眠りの博物館の絵のことであり、案内係が話した物語のことだ。病人の皮膚にできた黒い腫れ物、たった数日でやってくる死。感染を逃れ、生き抜いた人はごくわずかしかいない。喉を引き裂くほどの咳や、見えなくなっていく目のことは言うに及ばない。

「つまり」

私は切りだした。

「私たちが探したり注意して見ておかなければならないような症状を持っている人たちを、私は見たことがないってこと」

アルヴァは海へ目を向け、落ち着いた声でこう言った。

「あなたもつまり気づいてたってことね」

彼女は言った。

静寂がふたたび私たちの間に広がった。アルヴァは診療室で感染者とともに何週間、何ヶ月と過ごしてきた。もし症状が夢死病と同じなら、彼女は目にしていたはずだ。私はこの会話をもう一歩進めるにはどうしたらいいか考えた。

「なぜ理事会はそれを夢死病と名づけたのかしら？　もし別の何かだったら？」

「そうね、どうしてかしらね」

アルヴァの言葉は宙に浮いたまま、静寂に包まれて膨らんでいった。

「理事会を信じてる？」

私は訊いた。

アルヴァは一度、そしてもう一度、息を吸って吐いた。風に乱れた髪をスカーフの中へ押しこみ、私のほうに向き直った。そして、まっすぐ私の目を見つめた。

「いいえ」

アルヴァは言った。

「それをあなたは知りたかったのでしょう？」

アルヴァは言葉にするべきではなかったことを言ったと、私たちは二人ともわかっていた。

「あたしを訴え出るつもり？」

アルヴァが訊いた。

「理事会の言葉を疑っている治療師を？」

アルヴァは軽い口調で言ったが、肩はぴんと張りつめ、首はガラスのように強ばっていた。

「秘密は守れるわ」

私は答えた。

アルヴァは私を食い入るように見た。顔つきが変わった。アルヴァは体の緊張を解かずに再びこう言った。

「わかってるのよ」

私は身震いした。冷たい風が私を勢いよく吹きぬけ、考えをさらっていく。アルヴァの声音に、ある出来事が蘇った。

織の家での最初の冬は、咳と呼吸困難から診療室で一週間過ごした。ある晩、私は脈打つ映像に不本意にも夢の中へ引きずりこまれてしまった。身震いするような寒気と、締めつけられる感情に目を覚ましたが、それは咳のせいではなく、私の胸にのしかかる夢魔のせいだった。夢魔が逃げた時、アルヴァが近くに立っているのが見えた。彼女は強い香りと湯気の立っている容器とタオルを持っていた。自分の目が夢魔に憑かれて黒かったことも、ついさっきまで夢にうなされていたことも、私はわかっていた。

アルヴァは私を起こして、容器を両手に持たせると、顔をタオルで覆った。容器から立ちのぼるスーッとしたハーブの匂いが目に沁みて涙が出た。鼻につんときたが、また息ができるようになった。

それから数ヶ月、私はアルヴァの行動を用心して見ていたが、起こった出来事について彼女は一言も口にしなかった。それで私は、彼女は私の目に気づいていなかったのだと思いはじめた。夢にうなされた声は、咳で喘ぐ声だとアルヴァは思ったのだと。

「いつから知っていたの？」

私は訊いた。

アルヴァは、私が何のことを言っているのか知らないと言いつづけるか、知らないふりをすることもできるだろう。もし彼女が知らないふりをするのなら、そうしてもいい。二人でこの話を静寂へ葬り去ることだってできる。選ぶのは彼女だ。その選択は私自身のものでもある。

アルヴァの目が泳ぎ、息がさらに荒くなった。

「エリアナ、誤解しないで」

アルヴァの声は掠れている。

「あたしは助けたいのよ」

私はアルヴァの顔を探るように見た。その表情はすべてを曝けだした偽りのないものだった。

「助ける方法をずっと探してたの。誰かが汚れた者たちの家へ連れられていくたびに、手を上げて阻止したかった。でも、あたし一人じゃ何もできない。あたしに証拠があれば、味方になってくれる人が他にもいれば……」

アルヴァの声はしだいに消えていった。あたりは暗く、夜明けは水平線の彼方のどこかにあってまだ見えない。

私はゆっくりと一度頷いて、もう一度頷いた。アルヴァは選んだ。私も選ぼう。もう引き返すことのできない方向へ進む決意をした途端、涙が溢れてきたことに私は驚いた。

「今まで誰にも話したことがないの」

私は涙を拭った。アルヴァの表情は何かを尋ねているわけでも、拒んでいるわけでもなかった。

「話したじゃない、今」

アルヴァはそう言うと、私の肩を軽くつかんだ。

私は息を吐いた。安堵と疲労から。

「あなたは眠らなきゃ」

私が言うと、アルヴァは目を閉じた。

「そうね」

アルヴァは目を開けて、私の首にかかっているサンゴの欠片を見た。アルヴァはそれをつまんで持ちあげた。

「これは何の役にも立たないわよ。あなたにも、他の人たちにとっても」

「わかってるわ」

藻灯の光がアルヴァの顔をかっと照らした。彼女は首飾りから手を離すと、欠片はふたたび私の首に落ちてきた。

「あなたを、それから他の人を助けるために、私に手を貸してくれる?」

アルヴァが訊いた。

「どうやって?」

私はそっと言った。

アルヴァが私を見る。そして海を見て、両手を見て、最後にふたたび私を見た。

「まだわからないわ」

アルヴァはゆっくり言った。

「でも、わかったら話すわ」

私は頷いた。

「ありがとう」

アルヴァはにっこりと笑った。まるで彼女の顔が高く燃えあがる炎に照らされたように。

「アルヴァの言うとおりね。あたしは眠らなくちゃ。アルヴァもね」

私もにっこりと笑った。アルヴァはさよならと言うように手をふり、くるりと背を向けた。彼女の白い上着がちらちら揺れて、夜の中へ消えた。冬の凍てつく星々は海に沈んだ銀貨のように輝き、通りや水路へ弱い光を振りかけていた。

時が過ぎるにつれ何かが変わってゆく。それでもなお私たちにはまだ時間が残されている。


私はヴァレリアを起こしたくなくてドアを四回小さくノックした。少し間を置いて、もう一度ノックした。私たちは合図を決めていた。ドアの向こうに別の誰かが待っている間、ヴァレリアがタペストリーを隠せるように。しばらくして中から四回ノックする音が聞こえた。ヴァレリアが小部屋のドアを開けると、藻灯は煌々と目覚めていた。彼女はタペストリーをベッドの上へ広げていた。簡素な町の地図に、マスクをつけた八人の姿が中央の黒い部分の下に現れていた。理事会だ。下端はまだできあがっていなかった。

「完成させるには何が必要なの？」

私は訊いた。

ヴァレリアはベッドの端へ腰かけて、私を見つめた。彼女の表情を読みとることができず、私は隣に座った。

「もし糸がもっと必要なら、別の色とか素材とか、手に入れてみることもできるわ」

私は言った。

「もし――」

ヴァレリアは深い溜め息を吐いて、目を閉じた。

「ごめんなさい。ただ力になりたくて」

ヴァレリアはほほ笑んだ。元気のない笑顔だったが、無理やり作った笑顔というわけでもなかった。

「私も眠れないの」

私は言った。

ヴァレリアはかじかむ私の指を両手に挟んだ。このまま目を閉じれば、彼女の皮膚に入れられた自分の名前の見えない熱を感じとれるような気がした。ヴァレリアが、私の冷たい手をこすって、両手に挟んだまま私の上着のポケットへ滑りこませる。目の粗いウールの生地が、私たちの指を、密やかで静かな、暗くて外気よりも暖かい空間の中へ閉じこめた。

私たちの手がポケットの底で何かに当たった。

私は糸玉を取りだした。言葬で知らない少女が私にくれたものだ。私はすっかり忘れていた。いろいろと角度を変えて見てみたが、何の変哲もない海羊毛の糸玉だった。人々が冬に備えてそれでスカーフを編んだり、あるいは……。

子どもの頃、ヤノスと私はお互いに見つからないように物を隠した後、ヒントを出して隠した物を見つける遊びをしていた。より少ないヒントで玩具とか小石とかリボンの端切れを見つけた方が勝ちという遊びだ。私の隠し場所の中でも最高の隠し場所だった一つが糸玉だった。私が糸玉の中に隠しておいたサンゴの欠片をヤノスが見つけるまで何日もかかった。

私は糸玉を指で触ってみた。始めのうちは、チクチクとした柔らかさ以外に何も感じなかったが、やがて何かが擦れたり縒《よ》れたりして、別の表面が親指に当たった。糸を押しのけると、糸玉の真ん中にきつく巻かれた紙片が斜めに入っているのを見つけた。その端をつかんで、ゆっくりと外へ引っぱりだした。

私は巻かれた紙を開いた。何年かぶりにヤノスの肉筆を目にしたが、一瞬にして彼の字だとわかった。紙には簡単な地図が描かれていたほか、時刻と「貝殻の家」という一言が書かれてあった。

ヤノスは手書きのメッセージを寄越したりしない。

一体どうしたというのだろう？　重要なことに違いない。

「弟が来週、貝殻の家で私と会いたいらしいわ」

ヴァレリアは固まったように私を見つめていた。藻灯の輝きが彼女の片方の頬とあごの一部を照らしている。目は影になっていたが、沈んでいるのがわかった。

「大丈夫？」

私は訊いた。

ヴァレリアは手を上げて、指を二本、突き立てると、私の顔に近づけた。まず、私の目を指して、つぎに私が握っている紙を指した。ヴァレリアは口をへの字に結んだ。

何のことかすぐにはわからなかったが、ヴァレリアが動作を繰り返しだして、ピンと来た。私の顔にかっと血が上った。取り返しのつかないことをしてしまった。

私は、言葉が何ら意味を持っていないかのように見ることを忘れていたのだ。もう嘘を吐いても無駄だ。私は本当のことを話した。

「そうなの、私は文字が読めるの」

私はそう言うと、ヴァレリアの表情をうかがった。

「子どもの時に父の本の絵を見ながら覚えたの。覚えようとしたわけじゃなくて、そうなっただけ」

ヴァレリアはじっとしたまま動かない。私は続けた。

「弟は知ってるわ。それからあなたも。知っているのは二人だけ」

ヴァレリアはほんの少しだけ首を傾げた。藻灯の青い光が彼女の目に映って、揺れた。低い声がゆっくりとヴァレリアの喉から立ち上がってくる。彼女の唇は輪の形になり、ぎゅっとくっついて、ふたたび離れると、口角が広がっていった。

「お、し、え……」

そこまで言ってヴァレリアは諦めたが、深呼吸をして、もう一度試した。私は彼女の口の動きを追って、舌が言葉を形作るのをとにかく想像してみた。

「お、し、え」

彼女は息を呑みこんで、最後の言葉をなんとかして吐き出した。

「て。おしえ、て」

私は彼女を勇気づけるために膝の上に手を添えたかった。だが、彼女が何を望んでいるのか私には確信が持てなかった。ヴァレリアは必死に闘っている表情をしていた。

「わだ、じ、に。おしえ、て。わだ、じ、に」

ヴァレリアはここで言葉を切った。

「教えて？」

私が言うと、ヴァレリアは頷いた。私は戸惑った。

「わ……私に？」

ヴァレリアはふたたび頷いた。彼女の目がぱっと輝いた。

「私に教えて？」

言葉の意味がようやくわかってきた。

「あなたは私に……読み方を教えてもらいたいのね？」

ヴァレリアはこくんと頷いた。彼女の額に皺が寄って消えた。

「それから――書き方も？」

さらに頷いた。ヴァレリアの顔は半分影になっている。私のほうへ振り向こうとしているのか、顔を背けようとしているのか。彼女は私の返事を待っていた。

今度は私がこくんと頷いた。こうすることがどちらのためにもどんなに楽なことか、私はわかった。ヴァレリアの表情が物語るもっとも重要なことは、読み書きする力があれば、彼女に起きたことをついに話すことができるということだった。

「もちろんよ、あなたに教えるわ」

その言葉が私たちの間に落ちた瞬間、私が与えられる唯一の返事はこれだと理解した。ヴァレリアは私の秘密を知っている。その秘密を私は今まで一人で隠してきた。これからは彼女も私と一緒に隠していかなければならない。私はそれを彼女に求めたくないが、そうするしかない。

ベルトに下げている小銭入れの紐を緩めて、手を中へ押しこんだ時、指がわずかに震えた。探していた金属の端を見つけると、平べったい鍵を取りだした。鍵山は目のような形をしている。それを手の平に載せて、ヴァレリアに差しだした。

「はい、これ」

私は言った。

「約束の印よ」

ヴァレリアは深く息を吸いこんで、鍵を穴が空くほど見つめると、私の顔を見た。私から鍵を取ると、藻灯の光に照らされて鍵山の太陽がキラキラと輝いた。ヴァレリアはお礼の代わりに頷いた。彼女は、私がベッドに置いていた糸玉を拾いあげて、腕の長さまで糸をほどいた。それを歯で嚙み切ると、片端を鍵穴に通して、両端を結んでできた輪っかに首を通した。鍵は彼女の首もとにかけられた。

ヴァレリアは鍵を握りしめ、私をじっと見つめた。そして着ている服の下へ鍵を滑りこませた。

ヴァレリアは私の申し出を受け入れただけではないように感じた。彼女もまた自分の約束の印を差しだしたのだ。

それぞれベッドに入ると、私は、鍵に集まってくる目には見えないヴァレリアの肌の温もりを想像した。

私は、石の床と糸の壁が続く狭い廊下を歩いている。銀灰色の糸で織られたベールは、水が枯れた植物を揺らすように大気に揺れていた。私の足音は石に当たって反響する。コッ、コッ、コッ。天井は高く、アーチを描きながら薄闇の中へ消えていた。

糸の壁の向こうで私と同じ速さで影が動く。その足音は自分自身のそれへの反響だ。コッ、コッ、コッ。私のものと違いはない。私は糸の壁を触り、指先を糸に伝わせた。影は向こう側で同じことをした。その指が私に触れたのを感じた。

「ヴァレリア？」

影が遠のき、動きが止まった。影の息遣いが聞こえる。影が先へ進んだ。足音は、降り始めた雨の雫のように速い速度で石の中へ落ちていく。コッ、コッ、コッ。私は影の後を追った。

背後で何かが石の床に当たってカチンと音を立てた。振り返って見てみると、金属がキラリと光っている。数歩、私は近寄った。それはヴァレリアにあげた鍵と同じものであって、そうではなかった。それは夢の鍵だった。私の目の前で形を変えつつある鍵には、金属の鎖が通されていた。鎖は糸の壁の向こう側へ続いていた。

鎖は鍵を壁のほうへゆっくりと引き寄せる。鍵は石を引っ掻き、糸の壁の下端の後ろへすり抜けていく。私はそれをつかんだ。誰かが糸の壁の向こう側で引っぱっていて、鍵は私の手から離れると見えなくなった。私は床に跪いた。すると、私の姿かもしれない影が、糸の壁の向こう側で跪いた。私は糸の壁をつかんで、引き裂いた。目を覚ましている時の糸の壁は私の手には屈しないが、夢の中では違う。糸の壁は私の力で二つに裂けた。その後ろに別の糸の壁があり、薄いベール越しに影の姿をみとめた。この糸の壁も私は引き裂いた。するとまたその後ろに糸の壁が現れた。私は糸の壁の層を引き裂いた。指が痛くなり、腕は疼く。その時になって、自分の夢には自分で命じられることを思い出した。私は糸の壁を取り除き、影が正体を現すよう念じた。

影は私の目の前にいる。私に背を向けて。夢の薄明かりに照らされた影は、黒か、海緑色の服を着ていた。影が苦しそうに喘いでいるのが聞こえる。影が動いて、ゆっくりと私のほうへ顔を向けようとした。影には顔がなかった。それは夢魔の顔だった。光が当たることがなく、その形をけっして捉えることができない顔。その顔がまっすぐ私を見つめている。闇という名の顔。

夢魔が私に向かって手を伸ばす。私は立ち上がって逃げだした。夢の狭い廊下を、波打つ糸の壁の細い道を走った。夢魔の足音は私に続いてこだまする。コツ、コツ、コツ。廊下から外に出たいのに、廊下は消えていた。その代わりにあったのは、小暗い広間だった。広間の天井は塔のてっぺんまで届きそうなくらい高い。広間の端に人々が立っていた。彼らの目は閉じていて、顔は動かない。皮膚には、傷のように、枷《かせ》のように、入れ墨が入れられてあった。

夢魔は広間の中央に立っていて、私に近づいてきた。私は壁が消えるよう念じた。開かれた景色と光がほしい。だが、逃げるために力を使い果たしてしまっていて、夢を思い通りにできない。私は両手で壁を押して、そこを抜けて空気のあるところへ行こうと念じる。だが、それを邪魔する石が私の行く手を阻む。夢魔の手は目と鼻の先にあった。

私は小部屋の中で目を開けた。小部屋には、藻灯が暗闇の中で蛾の翅のようにおぼろげに光っている。ヴァレリアの顔が白んで見える。部屋の反対側で寝ている姿が、ぽっかり浮かんでいた。夢魔はいなくなったが、その感触はまだ残っていた。

朝になるまで私はもう眠らない。

8

建物は、かつては美しかったに違いない。その骨組みは、彫り師街と海に挟まれて立っている隣家の廃墟に囲まれており、今でも高くそびえたっている。通りには、灰色がかった茶色の水が流れ、人を寄せつけない臭いが立ちこめていた。藻とカモメの糞が、大きな貝殻の形をした煙突を緑や白に染めていた。私たちはヤノスが描いた地図に沿って歩いていた。細い路地は左に折れ、行き止まりにでた。そこには、鬱蒼と生えているブドウや棘のある茂みに隠れて小さなドアがあった。ドアのペンキはほとんど剝がれ落ちていた。

私はドアを押した。さらに強く押した。湿気で膨張した木は軋んで、腐った木の一片が木枠の上部から私たちの目の前に落ちてきた。私は暗い部屋の中へ目を凝らした。部屋の中は、海底の砂のように塵が舞っている。ヴァレリアは私のすぐ後ろをついてきており、私たちは中へ足を踏み入れた。

藻灯の光が、洪水に押し流された瓦礫の山を照らしだした。足もとの床は頑丈な造りのようで、私たちは、いくつかの壊れた家具や、道を塞いでいる落下した瓦や、石の手すりの破片の中を縫うように進んだ。ここはかつて居間だったに違いない。部屋の中央から幅の広い階段が上へ続いている。藻灯の光が大きくなり、最上段が十分に明るく照らしだされると、私は階段の強度を試すために一段目に足をかけようとした。すると、踏み板が空しく崩れ落ち、底が抜けて闇が広がった。

私たちは幽霊階段の手前で立ち止まり、途方に暮れた。ヴァレリアが部屋の隅にわずかに開いたままの閂《かんぬき》がついたドアに気がついて、指さした。それに答えようとした瞬間、壁から黒い影が離れ、私たちに近づいてきた。ヴァレリアはビクッとして、一歩後ずさり、藻灯を掲げた。

影は立ち止まって、フードを押しのけた。藻灯の光の中でヤノスの顔が浮かび上がる。

「ヴァレリア、彼は私の弟のヤノスよ」

私は言った。

「ヤノス、彼女はヴァレリアよ」

ヤノスは優しい表情でヴァレリアに会釈した。だが、ヤノスの動きはぎこちなく、笑顔には警戒心があった。私はしくじってしまった。ヤノスは私に一人で来てほしかったのだ。ヤノスは私たちをじろじろと見ていた。

「あっちの部屋のほうが明るい」

ヤノスはそう言うと、隅にあるわずかに開いたドアのほうへあごをしゃくった。ヤノスはもう一度ヴァレリアに目をやり、何か言おうとしていたが、口にすることはなかった。

もう一つの部屋は最初の部屋と同じくらい天井が高かった。石造りのアーチを描いた天井の一番高いところに彫刻がしてある。聖織女とその八本の手が、あらゆる方角の糸を持っていた。大きな天窓のガラスの何枚かは割れていて、うっすらと日の光が漏れている。壁には、あちこちが外れている棚がぐるりと伝い、濃緑の藻が溺れ死んだ人の髪のようにだらりと垂れ下がっていた。床の上には、割れたり歪んだりした木の一部が崩れて積み重なっている。部屋の隅にどさっと積まれた山が目に飛びこんできた。それがおそらくは水で浸食されたソファか肘掛け椅子だと気づくまで、心臓は縮みあがったままだった。床の上には、ひしゃげてばらばらになった表紙や、染みのついた濡れた羽毛のようにぐちゃぐちゃになった黄ばんだぼろきれが散らばっていた。

「ここは以前、図書館だったのね」

私は言った。壁に残った傷痕から、私はまっすぐで頑丈な棚や、煌々と照らす藻灯と枝つき燭台を思い浮かべることができた。本の背表紙をなぞったり、よく考え、選び、取りだして、推し量ったりする自分の手を思い浮かべることができた。

「そう、ずいぶん前にね」

ヤノスが答えた。

「建物は人が住まなくなって百年は経っている」

貝殻の家の物語は、島に伝わる怪談話の一つだった。建物に住んでいた商人の家系の家族はつぎつぎに非業な死を遂げていた。ある人は奇妙な事故に遭い、ある人は溺れ、ある人は夢死病と呼ばれる病の犠牲者になった。家族の最後の一人は、覚醒革命の時代に夢みる者たちのコロニーへ送られた。貝殻の家は呪われていると言われ、そのまま誰も住まなくなった。ただし盗賊たちの足は止められなかったようだ。見る限り、価値のあるものは何も残っていない。

「あなたの手紙のせいで私たちは大変な目に遭っていたかもしれなかったのよ」

私はヤノスに言った。私はメッセージを途中で水路に投げ捨てていた。このまま持ち歩くことは良い考えだと思わなかったからだ。

ヤノスは困った顔をした。依然としてヤノスの緊張は解けていない。

「わかってる。でも他に方法を思いつかなかったんだ。来月まで待てない話でさ」

ヤノスはヴァレリアを見た。ヴァレリアは状況を呑みこんで私を見た。彼女は手を上げて自分を指さし、そしてもう一つの部屋へ続くドアの入り口を指した。ヴァレリアが出て行こうとすると、ヤノスはいら立ちと申し訳ない気持ちが入り交じった顔をした。

「待ってくれ」

ヤノスが言った。

「出て行く必要はないよ。きみにも関係のある話なんだ」

ここでヤノスは咳払いをした。

「おそらく」

ヴァレリアの顔がわずかに綻《ほころ》んで、足が止まった。私はヴァレリアに頷いて、黙っていて、という視線をヤノスに向けた。子どもの時はそうやってヤノスをおとなしくさせていたものだ。ヴァレリアは引き返して私の隣へ戻ってきた。

ヤノスは片手をガウンの中へ突っこんで、両の手の平に抱えるほどの布包みを取りだした。ヤノスが包みを開けはじめると、革の背表紙が見えた。私はそれが写本の一部であることがわかった。表紙に描かれた言葉が現れた。

悪寒が走った。凍るような水に足を踏み入れた時に襲ってくる震えに似ていた。ヴァレリアは隣で体を硬くした。

「どういうこと？」

私の声が壁をかすめるように響いた。

ヤノスは包みから写本をすっかり取りだした。本の中身を挟んでいる革の表紙と裏表紙を見たが、言葉を除いて特に変わったところはない。古びた茶色い本は、毎年、広場で燃やされる何百という写本の一冊であってもおかしくはなかった。ヴァレリアは写本を食い入るように見た。

「表紙に私の名前が書かれてあるわ」

私はヴァレリアに言うと、彼女は眉間に皺を寄せた。その皺は、天井から注がれる光に照らされて深く刻まれているように見えた。気づくとヴァレリアは入れ墨が光を放ちはじめた手の平を折り曲げていた。影は部屋の隅で密度を増していた。

「この本は燃やされるところだった」

ヤノスが言った。

「ぼくが目にしたのは言葬の日の朝で、死んだ写本に仕分けられる寸前にぼくのところに運ばれてきたんだ」

ヤノスは言葉を切って、考えこんだ。つぎの言葉を言う前に、ヤノスが仕事のことを考えているのがわかった。織り子が織の家の生活について他言しないと誓っているように、書記官は言の葉の家の決まり事についてはあれこれと話してはならないことになっている。ヤノスは言葉を慎重に選んだ。

「言の葉の家で模写される写本すべてに名前と番号が付与されるんだ。名前は、聖名祝日の暦に沿って決められる。ぼくが写本をゴンドラへ移している時に、この本に気がついたんだ」

どんな書記官も気づくことはなかっただろう。私の名前は暦に記されるようなよくある名前ではない。そのことをヤノスはもちろん知っていた。そのせいで、両親が私の名前の日をヤノスと同じ名前の日についには祝うようになったことに、小さかった私は何度もふてくされていたものだ。

「最初は誰かが写し間違えたか、暦に載っていない名前をおもしろがって選んだのかと思ったんだ。ところが、読んでみると」

「何が書いてあったの？」

「自分で読むのが一番いいと思う」

ヤノスはそう言って、写本を差しだした。

手にした写本は驚くほど重みがあった。もっとしっかりと本を持っていられるように、ヴァレリアが私の手から藻灯を取った。私はページを開いた。最初の見開きは空白だった。絵が現れてくるまで、私はページをめくっていった。

絵は島の日常生活を木炭で描いたラフなデッサンだった。机の上の野菜の隣に置かれた魚、市場のパン売り場、花にとまった蝶。糸を紡ぐ手、乾かすために広げられた漁網、建物の間に消えていく水路。何枚かの絵は彫り師街だとわかった。一枚は町の石壁の間から糸の壁の迷路の端をすばやくとらえた素描だった。短い物語になっている絵も数枚ある。カモメの群れが港で魚をめぐって争っていたが、猫が集団でカモメを脅し、今度は猫同士で獲物をめぐった争いが始まった。

私は顔をあげた。ヤノスは、目にうっすらと藻灯の光を映しながら、黙って立っている。ヴァレリアはその場に固まっていた。彼女の息が止まったかのように見えた。

「大丈夫？」

私は訊いた。

ヴァレリアの口から出る声は、彼女が織の家にやって来た日の夜を思い出させる。その声には形も言葉もなく、まるで動物から発せられる声のようだった。ヴァレリアは持っていた藻灯を水が飛び散るほどの勢いでいきなり下ろすと、私から写本を奪いとった。一瞬、私はヴァレリアが本を破るつもりなのではないかと思った。ヤノスがヴァレリアのほうへ行こうとするのを、私は制した。ヴァレリアは、朽ちていく木と紙に覆われた床の上へ跪いて、開いた本を腕に抱えた。ヴァレリアの髪がさらさらとこぼれ、顔を隠す。彼女は指で絵の線をなぞり、ページが破れてしまうのではないかと思うほど荒々しくめくっていった。ヴァレリアの手が止まった見開きには部屋が描かれていた。部屋の大きな机の上には紙が広げられている。紙には図形と文章が書かれていた。机の上にはいくつもの墨壷と器具もあり、その器具は入れ墨の針だとわかった。これは彫り師の工房なのだ。

紙の上に涙が一滴、さらにもう一滴、落ちていくのが見えた。ヴァレリアは嗚咽をあげた。

私はヴァレリアの隣に跪いた。ワラジ虫が板の切れ端の下から這いでて、床に空いた穴の中へ逃げていった。

「前にもこの写本を見たことがあるの?」

私はそっと訊いた。

ヴァレリアは顔にかかっている髪を払うと頷いた。ヤノスは注意深く目を光らせ、私たちのほうへかがみこんだ。私はヴァレリアの手を握った。

「どこで?」

ヴァレリアは息を吸いこんだ。唇が動く。ヴァレリアは言葉を形作ろうとして真剣な表情になった。

「ほ……お。お。ほー。ざん」

ヴァレリアは目を閉じると、眉間に皺を寄せ、悔しさのあまり口を歪めた。そして手の平を上に向けて、入れ墨を指した。

「あなたのお父さん?」

ヴァレリアは頷いた。私は開かれたページに自分の指を置いた。

「これはあなたのお父さんの工房？　この本はお父さんのなの？」

ヴァレリアはふたたび頷いた。ヤノスは私の隣に跪いて、絵をよく見てみた。

「ありえるかもしれない。ジョヴァンニ・ペトロスは彫り師だった。ヴァレリアの家族について詳しく調べてほしいと姉さんから言われて知ったんだ」

ヴァレリアが、驚いた様子で怪訝そうに私を見た。

「私の名前があなたの手に彫られている理由を知りたくてお願いしたの」

私は言った。

「市警備隊と面倒を起こしたくなくて」

ヴァレリアは私をじっと見つめていたが、やがて説明を受け入れたようだった。彼女は私の手を握り、写本のほうへ向き直ると、何かを探しているかのようにページをめくり続けた。軽いタッチでとらえたデッサンに混じって、もっと細かく描きこまれたスケッチもちらほらあることに気がついた。それらはもっと時間をかけて描かれたに違いない。中にはインクで描かれているものもあった。つぎにめくられた見開きには、手織り機のそばに座っている女性と子どもが描かれていた。ヴァレリアは身を乗りだした。彼女の目にふたたび涙が溢れてきた。ヴァレリアは絵の上に指を置いて、子どもを指し、それから自分を指した。

絵の中のヴァレリアはずいぶん若かったが、私には彼女だとわかった。巻き毛の髪、青白い肌、灰色の目、かつては丸みを帯びていた顔。絵の中の女性も同じような髪で、長い三つ編みにして結わえている。女性は隣に座っている子どもに顔を向けてほほ笑んでいた。

「これはあなたのお母さんなの？」

私は訊いた。

ヴァレリアは目を閉じて頷いた。彼女は鼻をすすっていた。

「ミハエラ・ペトロスは織り子だった」

ヤノスが言った。

「ミハエラは織の家で学んだんだ」

ヤノスはここでいったん言葉を切って、こう尋ねた。

「ヴァレリア、写本の内容がわかるかい？」

ヴァレリアが瞼を開けた時、藻灯の光が目の中で閃いた。彼女はふたたびページをめくりだし、探している絵を見つけると指さした。その絵を見て、私は息を呑んだ。この絵が私にはわかったからだ。見開きいっぱいに島の地図が描かれ、その中央では薄黒い太陽が八方向に光芒《こうぼう》を伸ばしている。北にいる人物は入れ墨を入れられており、東の人物は安らかに眠っていた。南では理事会が出来事を観察しており、西では夢のイメージが眠っている人に近づこうとしている。眠る人の胸には夢魔が乗っていた。

「ヴァレリアのタペストリーだわ。本に描かれている何かを織ろうとしていたのね」

ヴァレリアはその通りだといった様子で、強く頷いた。

ヤノスは面食らった様子だった。私はタペストリーについて話してきかせた。ヴァレリアは最初のページに戻ると、私に差しだした。

「私に最初から読んでほしいのね？」

私は訊いた。

ヴァレリアは頷いた。私はヤノスを見た。ヤノスは高ぶった感情を隠そうとしているように私には見えた。私は写本を手に取って、最初からページをめくりはじめた。

彫り師の工房を描写した絵はデッサンの大部分を占め、何度も登場した。そのうち何枚かの絵には、彫り師が机についている姿もあった。ヴァレリアの父親だ。インクで描かれた細密な絵のうち、最初の絵の彫り師は眠っていた。眠っている表情は穏やかで、弱い光を放つ藻灯がベッドの脇にある他は、部屋には何もなかった。ページの端には言葉がいくつか書かれてあった。

「海虫瘤、クロウメモドキの実、樹液の粉末、雨水。二週間」

私は読みあげた。

「何のことかしら？」

ヤノスが言った。

「インクの原料の一部だよ」

「二週間というのは、色の原料が水に溶ける時間を指していると思う」

ヤノスはヴァレリアに目をやった。

ヴァレリアはにっこり笑って頷いた。私はヴァレリアが怒り狂ったようにページをめくっていたことを思い出しながら、つぎのインクで描かれた絵を探し、ページに顔を近づけた。天窓から漏れてくる光がよく当たるように本を傾けて、二枚の絵を見比べてみた。

「インクの色が違うわ」

私は言った。

「ほら」

一枚の絵の線は濃い緑色を帯びていて、もう一枚は濃い赤色だった。ともするとやすやすと見落としてしまってもおかしくないほどのほんのわずかな違いだった。

ヤノスがこちらにかがみこんだ。

「確かに」

赤いインクで描かれた絵の中の文章のほうが小さくて気づかれにくい。言葉は絵の一部のように描かれていたが、よくよく見てみると文字が線に紛れているのがわかった。

木炭、甲虫の粉末、硫酸、樹脂、酢。

「つまり、あなたのお父さんはいろんな色を開発していたのね」

ヴァレリアはしっかりと頷いた。

さらにページをめくっていくと、一つひとつの日常の出来事のスケッチの中でも細かい絵は、一続きの物語になっていることがわかってきた。彫り師は作業机についていて、絵を描いたり、様々なインクを混ぜたりしている。ある絵では、彫り師は入れ墨の日にやって来た人に入れ墨を入れ、ある絵では入れ墨を入れてもらっていた。話の中に登場する女性はときどき糸の壁の迷路へ姿を消した。見開きいっぱいのインク画では、ツタやリボンで飾りつけられたゴンドラに男性と女性が並んで座っている。女性は刺繍が施されたワンピースを纏い、花束を持っていた。

数枚の見開きをめくり終えると、男性と女性は一緒に島を出る船に乗りこんでいた。理事会の八人の姿が塔から後を追っている。男性はふたたび作業机についたが、さっきまでの小部屋と違っていた。室内は明るくなり、様変わりしていた。女性は布やタペストリーを織り、横糸や糸玉を巻いたりしている。ある絵では女性は海羊毛から糸を紡いでいた。紡錘の先端は入れ墨の針のように鋭く尖っていた。

「ヴァレリアのご両親は島を出たの？」

私は訊いた。

「むむ」

ヴァレリアは頷いた。

「なぜ？」

ヤノスの表情が変わった。その顔を私は昔から何度も見てきた。ヤノスは記憶の中から事柄を取りだして、自分が読んだものと今現在とを繋いでいるのだ。

「まだ二十年前は、年一回の入れ墨の日に戻ってくるという条件つきで島を出ることができたんだ」

ヤノスが言った。

「その当時は、多くの彫り師や書記官や治療師が遊学していた。たぶんお父さんは島では知られていない染料を調査するために大陸へ出発したんだろう」

私はヴァレリアを見た。彼女はヤノスの説明を受け入れるように頷いた。

私はふたたび写本に視線を戻した。女性は赤ん坊を腕の中に抱いていた。赤ん坊は女性にほほ笑みかけている。眠っている。起きている。赤ん坊が驚きのあまり目をぱちくりさせてこちらをしげしげと見つめている。新しい物語の一部がふたたび始まった。男性と女性は荷造りしている。出発の支度が整った時、男性が倒れた。男性は床に伏せっている。彼の皮膚には腫瘍ができ、額から汗が吹きだしていた。男性のかすんだ目は、女性と子どもを島に戻す船に向けられていた。女性が入れ墨の日のために入れ墨を入れられている間も、男性は病床についていた。

女性が子どもと島から戻った。男性の皮膚の腫瘍は消えて、床から立ち上がり、作業机に戻った。日々の生活の絵がしばらく続いたが、そこに今までとは違う何かが入りはじめた。男性と女性が床についている。女性は何にも乱されることなく安らかに眠っている。男性も眠っているが、彼は、彼自身から立ち上がってくる不穏な絵に取り囲まれていた。絵は依然として普段の生活を表していたが、夢の絵がしだいに多くなってきた。男性が眠ると、彼から動物や植物や建物が立ち上がり、未知の完全なる世界が続々と目覚めはじめた。

そしてすべてを裏づける絵が現れた。夢魔だ。部屋の弱い光源を背に顔のない影が男性の胸にのしかかっていた。

私はヴァレリアを見た。彼女の顔は青ざめ、何も語ろうとしない。

私はページをめくった。つぎの見開きでは男性はふたたび島へ向かっていた。彼は、入れ墨の日に妻と小さな娘と一緒に入れ墨を入れてもらっていた。つぎの見開きでは男性は夢を見ることなくふたたび眠りについていた。しかしその表情は穏やかではなかった。

目覚めた男性は作業机について、絵を描いている。彼のペン先から、入れ墨の日に夢と夢魔と一緒に列になって並ぶ島の住人たちの絵がもくもくと立ち上がっている。入れ墨の日が終わると、夢と夢魔は消えて、何も現れなくなった。ところが、住人たちに入れられた入れ墨が形を変えはじめた。腫れたり痣になったり、傷のように、枷のように、彼らの皮膚を覆っていった。

男性は作業机について、絵を描いている。塔が彼の背後でそびえ立ち、その頂上に理事会がいた。ページをめくるごとに理事会が距離を縮め、ついには大きな黒い影となって男性の小部屋の壁にまで迫ってきた。

入れ墨の針を墨壷に浸している彫り師が片側のページに描かれた見開きまでやってきた。彼に向かい合っているのは、入れ墨の日にやって来た町の住人で、腕をさらけ出していた。この絵の下にはこう書かれてある。

木炭
加熱したオリーブオイル
薄めた酢
??
??

もう片側のページは一文を除いて何も描かれていない。

そこから先は空白のページが続いていた。

私は写本から顔をあげた。

ヴァレリアは私を見た。ヤノスも私を見た。彼の唇がわずかに動いた。ヤノスが文を声に出して読もうとした時、私はできるだけさりげなくかぶりを振った。ヤノスの唇の動きが止まった。

「もし私が間違って解釈していたら教えてね」

私はヴァレリアに言った。

「あなたのお父さんは大陸で暮らしている時に病気になって、入れ墨の日に島へ帰ることができなかった。病気になってお父さんは夢を見るようになった」

私はアルヴァと交わした会話を思い出した。

なぜ理事会はそれを夢死病と名づけたのかしら？　もし別の何かだったら？

そうね、どうしてかしらね。

ヴァレリアは頷いた。ヴァレリアは写本の最後の一文が読めなくて気を揉んでいるのがわかった。

「お父さんがヴァレリアとあなたのお母さんと一緒に島へ戻ると、また夢を見なくなった」

ヴァレリアの表情がさっと曇った。彼女はこくんと頷いた。

「お父さんは……」

私は言葉を切った。つぎに言うことには私は確信が持てなかった。だが、その考えは写本に描かれたすべての絵と一致しており、ヴァレリアのタペストリーとも一致した。ヴァレリアは一つの、もっとも大切なことを話したかったのだとしたら？　それがまさにこのことではないだろうか？

私は考えを口にした。

「あなたのお父さんは疑っていたのでは……年一回の入れ墨には夢を見ることと何か関係があると？」

ヴァレリアの表情はさらに翳りを増していった。彼女は、タペストリーが写しとった絵のある見開きへ戻ると、もう一度それぞれの絵を一つひとつ指さした。私はヴァレリアの手の動きを追った。

「入れ墨を入れると安らかに眠ることができる」

私は言った。

「理事会は入れ墨の日が毎年行われるように監視している。もし夢が現れると……」

私はここで言うのをためらった。

「入れ墨が取り去ってくれる？」

ヴァレリアの顔に笑みがこぼれた。彼女は頷いて目を閉じると、深呼吸した。絵が何を表していたのかついにわかった。ヴァレリアの手の動きから何を伝えようとしているのかも見えてきた。つまり島では延々と同じことが繰り返されているのだ。

ヤノスは私を見て、考えこんだ。

「だが、それでも夢を見る人がいる」

ヤノスが言った。

私も同じことを考えていた。これは腑に落ちない点だった。

私はインクの原料が載っている見開きに戻って、原料の一覧を指さした。

「もしかしたらジョヴァンニ・ペトロスは新しいインクを開発しようとしていたのではなく、入れ墨の日に使われるインクの成分を明らかにしようとしたのかもしれない」

ヤノスが結論を推し量っているのがわかる。

「なぜ彼はそうしたんだろう?」

「全員に効かない理由を知りたかったからよ」

私は言った。

ヤノスは長いこと黙っていた。

「もし彼がすべてをわかっていたのなら」

ヤノスはいったん言葉を切って、静かに続けた。

「写本の最後の一文を書いた理由がわかる」

ヤノスは私を見た。

ヴァレリアの表情が変わった。私はそんな顔を見たくなかった。ヴァレリアは文を指さした。私は彼女の手をつかみ、まっすぐ見つめた。彼女も目を逸らさない。そして知りたがっている。ヴァレリアには知る権利がある。私は息を吸いこみ、読みあげた。

彼らは私を殺そうとしている。

光がヴァレリアの肌をまともに照らした。そのせいで、一瞬、実際よりもずいぶん年を取っているように見えた。ヴァレリアは唇を震わせ、私の手を握りしめた。

私たちは皆、黙っていた。考えは、壁に高くそびえる影のように、水路に立ちこめる霧のように、私たちの周りで大きくなっていった。私たちを見下ろす聖織女の顔は崩れ落ちていたが、その網はまだ部屋を取り巻いていた。糸は壁のレリーフのようにかけ巡り、天井を支える柱に巻きついている。カモメが外で鳴いており、水は海岸を削っている。遠くでケーブルが軋む音がする。建物の骨組みの木が、風に揺れる船のように音を立てた。目に見えない未知の危険な力たちがせめぎ合う。それに対して私の手は弱く、それらに踏み潰されそうだ。隣にいるヴァレリアはじっとしたまま、声も漏らさない。それでも、彼女の内側で猛り狂う言葉と文章のすべてを、静寂に閉じこめた叫びを、私は感じとれる気がした。

「二人はどうしたい?」

ヤノスがとうとう口を開いた。

「たぶん」

私は言った。

「私たちはもう一度会うべきだと思う。同じこの場所で。一週間後に」

私は確認するためにヴァレリアを見た。ヴァレリアは頷き、ヤノスもゆっくり頷いた。

「そうしよう。この本が死んだ写本に仕分けられた経緯を突き止められるかやってみるよ」

ヤノスは言葉を切って、こう続けた。

「先に二人が行ってくれ。ぼくはここにいて、距離が開いたのを見計らって出ることにするよ」

私たちはさよならの代わりに軽く会釈した。棘のある茂みが、まるで夢の入り口のように口をわずかに開け、ふたたび隠すべきものを覆うために鬱蒼と広がるもとの茂みに戻った。


つぎの日の夜は、昼間のちぎれた切れ端が最後の糸を空から一掃するように訪れた。写本を読んだ後から、ヴァレリアの悲しみの下で新しい核が大きくなってきているのを私は感じていた。悲しみの重みは、さらに険しく、緊迫したものへ変わっていた。それは彼女の中で蠢いて、探っていた。彼女の肌に手を触れれば、その悶《もだ》えを感じとれる気がした。私たちはヴァレリアのベッドに並んで座っていた。彼女は手もとに布の切れ端を置いており、その上に糸くずでこしらえたアルファベットを載せていた。糸はまだいくつか残っている。私はヴァレリアに自分の名前の読み方と書き方を教えていた。

「ヴァ」

私は言った。

「必要な文字はどれ？」

ヴァレリアは糸くずを二本つまんで、ヴァを形づくった。

「いいわ。つぎはレよ」

ヴァレリアが最後の糸くずを取ろうと私のほうへかがみこんだ時、彼女の息が私の首にかかった。

ヴァレリアの脇腹が私の体に押しつけられる。彼女の手が露わになった私の手首をかすめた。その感触は目に見えない跡となっていつまでも火照っていた。ヴァレリアの指はレを鏡文字の形に置きはじめた。

「惜しいわ」

私は思わず言った。

「本当にそれでいいの?」

ヴァレリアは私の肩に頭を載せて、糸の文字をじっと見つめている。彼女はレを上下逆さまにした。私はゆっくりと首を振った。ヴァレリアの体の曲線が脇腹にあたっている。彼女の手の重みを膝に感じた。

ヴァレリアは私を見つめ、左右を逆にした。

「今のは当てずっぽうでしょう。つぎに上下を逆にしてみたらよかったのに」

ヴァレリアの背後の小部屋の窓は、暗くなっていく夜を縁どっている。彼女の髪のあたりで星が一つ煌めいた。ヴァレリアの弾ける笑顔を和らげる。彼女の唇はつるりと滑らかで、傷口はずいぶん前に消えていた。ヴァレリアが私を見つめている。彼女の睫毛の一本一本も、冬の間に薄れた、鼻の両側にあるそばかすも見てとれるほど、ヴァレリアの顔は近かった。

私は視線を逸らした。

「それじゃあ、リアは?」

私の舌はもつれたが、また持ち直した。ヴァレリアに気づかれただろうか?

余っている糸くずはもうない。私は並んだアルファベットの中から糸を持ってくるだろうと思っていた。だが、そうする代わりに私の手首に自分の手を載せると、私の袖をまくって腕を露わにしはじめた。ヴァレリアはわざとゆっくりまくりあげている。私が拒んだり、身を引いたり、そうでなくとも止めるような仕草をする機会を作ってくれているのだとわかった。

私は止めてほしくなかった。

彼女の指が、露わになった腕にそっと触れ、行きつ戻りつする。両端からきつく引っぱられているみたいに、私は息が苦しくなっていった。ヴァレリアは私の目を覗きこみ、許可を求めた。私は身動きできない。彼女は指先を肘の内側に置いた。そこには、私がこの島に属していることを示す年一回の入れ墨が並んでいた。ヴァレリアの指は私の褐色の肌に青白く映る。彼女は、入れ墨の境界を壊しながら文字を描いていく。

「リ」。

私は頷くだけで精一杯だった。私の中からガラスが溶けて、小さな炎が彼女のほうへ伸びていく。ヴァレリアはいったん手を止め、指を離した。私は深く息を吸いこんだ。私の息が荒いのは、苦しくて熱いせいだ。ヴァレリアにそれが伝わっているのがわかる。彼女は最後の文字を描いた。

「ア」。

「その通りよ」

私はそっと囁いた。私はすべてを失う覚悟で彼女の首に手を回してキスをした。

ヴァレリアは両腕を私の体に回して抱きついた。彼女は暖かく、滑らかで、しっとりとしていた。しなやかな曲線も、尖ったところも、私の体にぴたりと合った。ヴァレリアはゆっくりと、ゆっくりと私の手を導いた。私たちはまだどちらも知らないことを覚えていった。

9

イレナは写本の最後の見開きをまじろぎもせず見つめている。ヤノスは、私に視線を送っているヴァレリアに目をやった。私たちはイレナの家の丸い机についていた。壁にかかっている蠟燭がオレンジや白や黄色に燃えている。その煙が束になって高く天井の際まで立ちのぼった。炎の光は紙の上でちらちら揺れていた。

「ここに書いてあるのは――」

ヤノスが口火を切った。

「あたしは読めるよ」

イレナはすかさず言った。彼女は指を写本の上において、視線を上げた。その目には、研ぎ澄まされた悲しみの他に何かがあった。

「どうしてこれをあたしに見せにきたんだい?」

イレナの言葉は部屋の暗がりに亀裂を生んだ。

私の隣でヴァレリアが身じろぎをした。彼女の温もりが伝わってくる。ヴァレリアは私に足を寄せてきた。私は、外に出てこようとする笑みを抑えた。

「この内容に興味を持たれるのではないかと思ったからです」

私は言った。

イレナの表情は柔らかな光を受けてずいぶん落ち着いて見える。だがその下には鋭い顔があった。

「たんなる作り話かもしれないとは思わなかったのかい？」

イレナが尋ねた。

「そのことについてぼくらが思ったのは」

ヤノスが言った。

「なぜそこまでしてまであなたの弟さんは書いたのかということです。そのとき弟さんには予想できていたでしょうか――」

ヤノスはヴァレリアをちらりと見て、口を閉じた。

「死ぬってことを？」

イレナは静かに言った。そしてヴァレリアに目を向けた。

「ヴァレリアが絵を見ていたってことを、ジョヴァンニは知っていたかい？」

イレナが訊いた。

ヴァレリアは首を振った。蠟燭の臭いが鼻を突き、煙が目に沁みる。

「だと思ったよ」

イレナは呟くと、最後のページの言葉を指でなぞった。

「これは作り話だと思われますか？」

私は訊いた。

イレナはすぐには答えずに、私たち一人ひとりに目をやって、ふたたび目の前の本を見た。

「思わないね」

イレナは言った。

「あたしが確かに思っているのは、この町には写本のためにたっぷりと金を出す人たちがいるってことさ。写本を焼き捨てようとする人たちはもっといる」

イレナはやおらぎゅっと拳をつくった。

「いちばん多いのは不正に写本を所持している人を摘発する人たちさ」

蠟燭の燃える炎の動きに合わせて、影は近づいたり離れたりした。ヴァレリアが机の下で私の手首をつかんだ。ヤノスの表情は硬い。私たちが初めてイレナを訪ねた時のことを思い出した。イレナに話してもらえなかったことがあったのだ。

「この写本のことで何かご存知ですか？」

私は訊いた。私の手を握るヴァレリアの指は、絹糸の締まっていく結び目のように、しなやかで強かった。

「あんたがたを信用できるっていう証拠は？」

イレナが言った。

「ぼくらは今、あなたに有利に働くものを提供しました」

ヤノスが言った。

「これで十分ではありませんか？」

イレナは私たち一人ずつに目をやった。彼女の目は黒く、鳥の目のように鋭く光っている。

「それじゃあ、あたしを信用できるっていう証拠は？」

イレナが訊いた。

「ヴァレリアが信用しています」

私は言うと、ヴァレリアが裏づけるように頷いた。

「私にはそれで十分です」

イレナの眉間に二本の深い皺が寄った。彼女の爪は拳を握った手の平に食いこんでいる。イレナは息を吸って、吐きだした。部屋の四隅は世界の黒い割れ目で、炎は空気を手探りしている。イレナはヴァレリアのほうを向いた。

「あたしはね、おまえの父さんに話さないって約束したんだよ」

イレナが言った。

「でも、あの人の願いを守れない時がきたね」

イレナは両手を机の上に置いて、根っこのように指を広げた。ツタの細い蔓が彼女の指のつけ根を越えて、螺旋を描いて這っている。

「本当のところ、あたしはこの写本を探していた。処分されたものだとばかり思っていたよ」

暗がりの中で、ヤノスの顔は驚いたように動き、ヴァレリアの顔は張り詰めた白い点となって浮かび上がった。ヴァレリアは私の手首をさらにきつく握りしめた。

「この本についてご存知だったのですか?」

私は訊いた。

「知ってたよ。でも内容までは知らなかった。ジョヴァンニは怯えていた。でも何に怯えているのか打ち明けてくれなかった。その時は、あたしは信用されていないからだとばかり思っていた。でも今思えば、あたしを守ろうとしていたんだ。ジョヴァンニは家族を思って怯えていたんだ」

「それまで夢を見ることについて話はありましたか？」

ヤノスが訊いた。

「ないね。たぶん、ジョヴァンニはあたしに秘密を抱えさせたくなかったんだろう。島で使われていたインクについてだけ話していたが、何か重大なことを突き止めたような話しぶりだった。ジョヴァンニは、入れ墨の日に使われるインクを製造する組合に入ろうと長いこと努力していた」

「あなたは、この本が処分されたと思っていたとおっしゃいました」

ヴァレリアが指を私の指に絡めてきた。

「それはなぜですか？」

イレナは私を見つめた。彼女の頰は骨張っており、眼差しは鋭かった。

「ジョヴァンニに言われていたんだよ。もし自分に何かあったらヴァレリアが知らせを持ってあたしを訪ねてくるだろうってね」

イレナはヴァレリアに目を向けた。

「あたしはそれを言の葉の家のある人物に届けることになっていた。ジョヴァンニがそこにノートを隠したと話していたんだ」

ヴァレリアが身じろいだ。彼女に衝撃が走ったのがわかった。

「でもヴァレリアは来なかった」

私は言った。

イレナはそうだと言うように首を振った。影が行ったり来たりしている。

「ジョヴァンニが亡くなって、あたしはヴァレリアを方々探したさ。誰も知っている人はいない感じだった。ヴァレリアは殺されたか、海に投げ出されたか、捕われたかでもしたんだろうとあたしは思いはじめていた。汚れた者たちの家に送られちまったのかもしれないとも思ったよ。そうして数週間後、あんたたち二人があたしを訪ねてきたってわけさ」

イレナは言葉を切って、ヴァレリアと私を見た。

「あんたたちはあたしに入れ墨を見せてくれたけど、何を意味しているのかあたしにはわからなかった」

イレナは続けた。

「二人きりで話した時」

イレナはヴァレリアに言った。

「おまえは知らせについて何も知らないように見えた。その時、あたしはピンと来たんだ。ジョヴァンニが誰にも気づかれないようにあたしに知らせたいと思っていたのだとすれば、入れ墨を使っただろうってね」

「なぜ私の名前を使ったのでしょう？」

イレナはゆっくりと首を振った。

「わからないね」

ヤノスが座ったまま身じろぎした。

「まだ話していないことがあるんだ」

ヤノスが言った。

「ヴァレリアの家族についてもう一度調べてみたんだよ。姉さんは、ヴァレリアと同じ誕生日を持つ唯一の島民だった。姉さんの名前が選ばれたのはそのためだと思う」

ヴァレリアは私を見た。彼女は机の下で私の手をぎゅっと握りしめた。

「そうだろうね。ジョヴァンニとしてはたんなる記号にすぎなかった。このせいで二人が巻きこまれることになるとは思っていなかっただろうよ」

壁にかかっている蠟燭の一本が燃えつきようとしている。高く燃えあがった炎は青い亡霊のように萎んで消えてしまった。蠟燭の芯の残り火がしばらくオレンジ色に輝いていたが、それも消えてすっかり黒くなった。

「この知らせを言の葉の家に届けましたか？」

私は訊いた。

「できなかった」

イレナが言った。

「ジョヴァンニから頼まれて知らせを送ろうと思っていた書記官が、ジョヴァンニが亡くなってすぐに汚れた者たちの家へ送られたんだよ」

ヤノスは表情を硬くした。

「イラロ・マティスだ」

ヤノスが言った。私たちがガラスの木立を訪ねた時に、ヤノスが言っていたことを思い出した。

消えた蠟燭の匂いが部屋中に漂う。

「他にもこの写本を読んだ人がいるということね」

私は言った。

ヤノスは考えこんだ。

「ぼくはそうは思わない。イラロは、写し終えたあとの死んだ写本を保管している倉庫の担当だった。そうなるともう誰も読まない。だから、他の本にまぎれて隠しやすい。おそらく彼は言葬の前に別の場所へ移すつもりだったのだろう」

ヴァレリアの手がおもむろに私の手から離れていった。私たちはじっと黙っていた。部屋の壁は冬の冷気を放ち、私たちを取り囲む。私たちはまるで海に囲まれた岩島のようで、遠くのほうで生まれつつある嵐が勢いを増しているようだった。

「写本をどうしたいんだい？」

イレナがついに口を開いた。

私はヤノスを見て、ヴァレリアを見た。このことについては、イレナを訪ねようと決める前に私たちは話し合っていた。

「入れ墨のインクと夢との関連について事実であるかどうか、私たちは調べなくてはなりません」

私は言った。

「これがもし本当なら、島民たちは知るべきです」

部屋には暗がりが迫っていた。イレナは私たちを長いこと見つめていたが、こう言った。

「上手くいくあてはあるのかい？」

私はヴァレリアとヤノスに目をやった。

「正直なところ、そこまではまだ考えていません」

私の言葉は頼りなげで、最初の風が吹けば今にも折れてしまいそうに聞こえた。

「あんたたちは言葬にいたんだろう」

イレナは腕を組んだ。

「理事会が夢みる者たちについてなんと言っていたか知ってるね。夢死病をわざと伝染させ、清らかな眠りの博物館に火をつけたと。そんな夢みる者たちの言葉をどうやって信じさせようっていうんだい?」

ヤノスは口を開いたが、何も言わなかった。ヴァレリアは視線を落とし、額に皺を寄せた。

「あんたたちには味方が必要だね」

イレナの声は低く、ずっしりと重かった。

「どうやって探しだすつもりさ?」

「島にはまだ汚れた者たちの家に連れていかれていない夢みる者たちがいるはずです」

私は言った。

思わずそう口にしていた私を、イレナはじっくりと見ている。自分の鼓動を感じ、息苦しくなるのを感じた。それでも目は背けなかった。

「おもしろいね」

イレナが言った。

「その通りさ」

イレナの鋭い鳥の目はまだ私を捕らえて離さず、黒い眉の下で睨みを利かせていた。

「夢みる者たちは隠れている。そうせざるをえないからね。ずっとそうしてきたんだ」

ヴァレリアは私の隣で硬くなったまま動かない。ヤノスは冷静に、淡々とした声でこう言った。

「どうしてご存知なんですか？」

イレナの視線がゆっくりと私からヴァレリアへ向けられると、わずかに表情が和らいだ。

「数年前のことさ、あたしのところに見えない入れ墨を頼んでくる客がちょいちょい来はじめた。藻灯の光でしか見えない入れ墨をね」

ヴァレリアは続けざまに声を発した。そのうちいくつかは何と言ったのかわかったように思った。

「ヴァレリアと同じような？」

私は訊いた。

「ヴァレリアと同じような。あたしは全員が全員、手の平に入れ墨を入れてもらいたがっていることが気になりだした。そこには普通、入れ墨を入れないからね」

ヴァレリアの不安が伝わってくる。自分の手の平の入れ墨のことを考えているのがわかった。

「もう一つ不思議だったのは、同じような入れ墨を望んでいる人が多かったことだね。かといって、彼らに何ら繋がりがあるようにも見えなかった。職業も世代もみんなばらばらだったからね」

私は、清らかな眠りの博物館で見かけた、手に傷痕のある見知らぬ男性の入れ墨をふたたび思い出した。私はこの男性のことを言いそうになった。だが、まるでそれをわかっていて私に黙っていてもらいたいかのように、ヴァレリアの手が私の手に重なり、私の指に指を絡ませて手を握ってきた。イレナはなおも話をつづけた。

「あたしのところに入れ墨を入れてもらうために人が訪れてきた。しばらくすると島で起きている噂を耳にしはじめたのさ」

「どんなことですか？」

ヤノスが訊いた。

「ずいぶん前に禁止された夢みる者たちのシンボルが、夜の闇に立つ建物に出現しはじめたってね。崖や橋や市警備隊の武器に現れたことすらあったらしい」

ヤノスは座ったまま体を強ばらせた。

「言の葉の家で、去年、事件が起きたんだ」

ヤノスが言った。

「ぼくらが朝、仕事についた時、記録室にある写しかけのすべての写本に目を思わせるシンボルが描かれていた。それらは破棄することになって、最初から写し直すことになったんだ」

「それが夢みる者たちと何か関係していると、なぜ思われるんですか？」

私は訊いた。

「目は、夢みる者たちの古くからのシンボルなのさ。他にもあるが、それが一番知られてる」

「別の集団が同じシンボルを使っている可能性もある」

ヤノスが言った。

「あたしもそう思ったね」

イレナが言った。

「あたしが仲間に入れられるまではね」

私は息ができなかった。周りの息づかいも耳に届かない。蠟燭の炎は、まっすぐ高く燃え上がっている。空気の流れは止まっていた。細い煙が部屋の暗がりの中へ消えていく。

「どういうことですか？」

私は訊いた。

イレナが目を瞬かせると、新たな皺が顔に寄った。彼女は立ち上がって、椅子を後ろに引いた。木の脚が床に当たってキィと音を立てる。イレナは別の部屋へ歩いていくと、藻灯を手に戻ってきた。それを写本の隣に下ろした。イレナは部屋の片隅にある凹んだところまで行って、薬缶から錫のコップに水を注ぐと、それを机の上に持ってきた。藻灯の光が蠟燭の炎のオレンジがかった黄色の輝きに混じる。イレナはふたたび腰を下ろした。

錫のコップの中の水面が静かになり、おぼろげな光を映しだす。イレナは手の平を表にした。そこにはよく見てもそれと判別しがたい傷痕があった。イレナはポケットからハンカチを取りだして、錫のコップに浸し、手の平を拭いた。

藻灯の光が白く輝く入れ墨を浮かび上がらせる。それは見開かれた目だった。

私たちは全員、イレナを凝視した。ヴァレリアは声を発した。

「秘密中の秘密だよ」

イレナは静かに言った。

「あたしは夢みる者じゃないが、彼らのために活動してる」

私は、清らかな眠りの博物館で見かけた傷痕のある男性の手から、入れ墨がどんなふうに消えたかを思い出した。入れ墨を露わにする方法。必要であれば人の目から隠すというやり方。そうか、これは抵抗運動だ。

「どうやって……」

ヤノスは言いかけたが、言葉にならなかった。

「彼らには存在を知らせるやり方があるのさ」

イレナはそう言うと、入れ墨をつつむように手の平を閉じた。

「この写本の内容は彼らにとって――あたしらにとって――ずっと求めてきた武器になるかもしれない」

二本の蠟燭が燃えつきた。煙が机の上へ集まり、私たちの目の前に薄く立ちこめる。匂いが鼻を掠めた。どこかでいくつもの細い砂時計の砂が流れ落ちている。最後の一粒まで落ちると、ふたたび時計をひっくり返す。煙は消えてなくなり、目の前が晴れた。

私は、私たち全員が答えを必要としていることを尋ねた。

「彼らは私たちに手を貸してくれるでしょうか？」

「もちろん。あたし自身、あんたたちの手も必要だと思ってる」

イレナは私たち一人ひとりに目を向けた。

「まず最初にやることは入れ墨のインクについてもっと情報を入手すること」

イレナは写本の最後の見開きの絵とその下に書かれた言葉を指さした。

木炭、加熱したオリーブオイル、薄めた酢。

「これは普通の調合だよ。あたしのインクもこれでできている。でも、ジョヴァンニは、入れ墨の日のインクには他の成分も加えられていると踏んでいるのさ」

「この調合のインクを少量と、入れ墨の日に使われるインクの試料を私にわけてもらうことができるなら」

私はゆっくりと考えをまとめながら言った。

「ひょっとしたら答えを出してくれる人を私は知っているかもしれません」

ヴァレリアの顔はいつになく明るかった。ヤノスは考えに耽っている。彼は瞳の奥で情報と世界を整理し、新しい可能性を見ていた。イレナがふたたび口を開いた。

「さて、あたしらはこれからどうするか作戦を立てることにするかね」


私は石鹸水をためた盥で手を洗った。盥はここ最近、ほとんどの食堂の入り口で目にするようになった。水は濁っていて、洗った後のほうが手が汚れるような気がするが、そうしないと中へ通してもらえない。食堂の店主たちは夢死病を必要以上に恐れていた。ヴァレリアとヤノスが手を洗っている間、私は手を振って水を払い落としていた。私たちは中へ入った。魚のシチューとモルトと不浄さのまとわりつくような匂いが、もわっと私たちに立ち向かってきた。理事会の絵が壁から見渡している。食堂は混んでいた。市警備隊の制服も、匠の家の色の服を着た客も一人も見当たらない。ここは、漁師や肉屋や廃棄物運搬船の乗組員たちが飲食をしにくる場所だ。夢みる者たちの黒服を纏った家族の姿もみえない。食堂の多くが彼らを中へ入れなくなっていた。

壁に机代わりの板が取りつけてある隅を私は指さした。ヤノスはカウンターに向かい、ヴァレリアと私は隅を目指した。ヴァレリアは髪を結わえていた。上着と髪の生え際の間からうなじがのぞいている。私は近寄って触れたい気持ちを必死で抑えた。昨日の夜と今日の朝になぞられた場所に、ヴァレリアの指の感触が今も残っていた。変装はうまくいった。知らなければヴァレリアが女性だとは思えない。ヴァレリアは、織の家の海緑色の上着から帽子のついた茶色い上着とゆったりした紳士用のズボンに着替えていた。はたして自分もうまくなりすましているかどうか考えた。

食堂にはたいてい明かりとして火がつけられているが、ここではその代わりに藻灯がかけられており、数々の席を照らしていた。藻灯のドーム型の傘は新しく見える。ガラス職人たちが仕上げたばかりのもののようだ。ここ最近、私は他の町でも同じような藻灯を見かけていた。それについてヴァレリアに話そうとしていた矢先、ヤノスがジョッキ三本分のホットシードルを運びながら人混みを縫ってきた。ヤノスは急ごしらえの机の上にジョッキを下ろした。私たちは何度も練習してきたが、聴衆を前にするのはこれが初めてだった。一番近い席の話が聞き取れる。つまり私たちの話も聞こえているということだ。

「この前ちょっと耳にしたんだけどさ」

私は口を切った。できるだけ低い声を出した。

「何をさ」

ヤノスが言った。

「夢みる者たちのことだよ」

私はわざと聞こえるように言った。隣の席の何度も繕い直した服を着た男性がこちらをちらりと見た。

「彼らの何をさ?」

男性はゆっくりと目を逸らしたが、男性と連れが話を止めて聞き耳を立てているだろうことがわかった。

「おかしなことがあったんだよ」

私は続けた。

「市場の片隅に居座ってるオヤジから聞いた話さ。オレは隣の屋台で野菜を買っていたんだが、どうしたって耳に入ってきちまった。オヤジの話じゃ、昔は島の皆が夢を見ていたって言うのさ。それは病気でも何でもなかったっていうんだ。夢死病なんて存在しないってさ」

「おかしなヤツがいるもんだ」

ヤノスが言うと、ヴァレリアは苦笑した。

「オレもそう思ってたんだ。だけどさ、そいつは治療師の白い服を着ていたんだよ。島民の多くが夢を見はじめてるってさ。じきにまたそれは生活の何でもない一部になって、夢みることは何も怖いことじゃないってわかる日が来るってさ。今じゃ、島はこの話で持ちきりだよ」

「オレは誰かがそんな話をしているのを聞いたことないぜ」

ヤノスは勘ぐる演技がうまい。

「オレもさ。でもそうオヤジは言い張るんだよ」

「そんな話をしてると市警備隊に捕まるぞ。どうしてまたオレに話したんだ？　まさかおまえがその一人ってわけじゃないだろ？」

「とんでもない」

私はジョッキをくいっとあおった。

「それにあのオヤジを信じてるわけでもない。ただ耳に入ったから話しただけさ」

隣の席の二人の男性は何も話さない。

「ここ最近、大陸からかなり質の悪い靴の革が入ってきてる」

ヤノスが話題を変えた。

「ああ、まったく。まあ、それでなんとか靴を仕上げろよ。布はどうなんだよ……」

私たちは靴作りや服の仕立て、天気やたわいもないことについて話を続けた。隣の席の二人の男性は自分たちの話に戻った。三十分ほど経って、私たちは食堂を後にした。

今聞いた話を後になっても覚えている人はいないかもしれない。だが誰かが覚えていて、そこから別の誰かへ話が伝わるかもしれない。噂の種は撒かれたのだ。このままどんどん広まっていってほしい。もしいつの日か噂が私たちのところへ戻ってくるなら、それが同じ形であろうと変わっていようと、すべてが望むように進んでいるということなのだ。

夢みる者たちの話をしていた客たちついて、誰かが話を聞かれることがあれば、食堂の片隅にいた三人の若い男性を思い出すだろう。靴屋、もしくは仕立て屋を。褐色の男性が二人に、青白い男性が一人。三人とも町の住人の多くが身につけている茶色い上着を着ていた。際立った特徴はない。

作戦の第一フェーズがついに始まった。


一週間後、アルヴァに呼ばれて彼女を訪ねた。診療室と病室を仕切るカーテンは閉められている。カーテンの向こう側はひっそりと静まり返っていた。クラゲが入った水槽の水が、揺れる光の煌めく亡霊のように厚手の布に映っている。水槽に目をやると、中は空っぽだった。

「あなたがどうやってインクを手に入れたのか尋ねるべきなんだけど」

アルヴァが言った。

「でも、よすわ」

「何かわかった？」

私は訊いた。

「いろいろと面白いことがね」

アルヴァは戸棚を空けて、そこからガラス瓶を六つ取りだすと、それらを机の上に置いた。

「一連の実験をしてみたのよ。結論は、片方のインクには片方にはない三つの成分が入っていたってことね。そのうち一つは鉱物の粉末で、赤い染料の製造に使われているわ。二つ目はトケイソウの一種から抽出されたもの。三つ目についてては判別できなかった。インクが藻灯用の藻にどう影響するかも試したのよ」

アルヴァは机の上のガラス瓶を指さした。

「それぞれのガラス瓶に藻を入れて、インクを加えてみたの。一瓶ごとに倍量しながら。あの二つの藻灯を覆ってくれる?」

私は、水槽のそばにある一つの藻灯だけを残して、天井に吊り下がっている二つの藻灯のドーム型の傘に布製のフードをかぶせた。次第に薄らいでいく光の中で、藻の入った六つのガラス瓶も、インクの量が多くなるにつれて光が弱くなっていた。最初の藻はいつもとほぼ変わらない明るさだったが、最後の藻はほとんど光っていなかった。

「インクで藻は死んだの?」

私は訊いた。

「最終的には、そうね。インクの量が多ければ多いほど、それが藻に触れる時間が長ければ長いほど、藻の元気はなくなっていく。藻の成長や再生をインクは妨げているみたい」

「人への影響はあるかしら?」

私は訊いた。

アルヴァは怪訝そうに私を見た。

「あるとは言い切れないわね。さっきも言ったとおり、すべての成分を把握できなかったし、人間も藻と同じ反応をするとは限らない。トケイソウは深い眠りをもたらして、鉱物の粉末は何か中毒症状に似たものを引き起こすかもしれない。いろんなことに左右されるわ。人間の耐性は藻とは違うから」

私はアルヴァをじっと見た。

「確かなの？」

「まさか」

アルヴァが言った。

「これについては、できるだけ多くの人を集めて、何年もかけて調査してみなくちゃならないでしょうね。ただそれをやれば、間違いなく疑いをかけられるわ」

「そうね」

アルヴァは藻灯の傘から覆いを取り除こうと手を伸ばす。

「あなたにあげようと思ってインクの調合を書き足しておいたわ」

アルヴァは言いながら、ポケットから紙切れを取りだした。

私はしばらく紙切れを見ていたが、息を吐いて受け取った。

「私の秘密は何もかも知っているのよね？」

アルヴァはにっこりと笑った。

「あなたのためにあたしにできることは他にも何かない？」

「できる時がいつか来ると思う」

私は言った。

アルヴァは増してゆく光の中でほほ笑んだ。

「その日は近いのかしら？」

「ええ、多分」

「力になるって約束するわ」

アルヴァが机の上からガラス瓶を片づける音を背後で聞きながら、診療室を後にした。アルヴァはわかったことをすべて薬帳に書きだすだろう。世界の表層を切り裂くナイフの刃先のように小さな文字で、アルヴァがページを埋める様子を私は想像した。


夢の狭い廊下で私は走っている。廊下は石でできていて、壁は銀灰色の糸で織られたベールで、薄くてねっとりとしており、遠くが見渡せた。廊下の先に黒ずんだ木のドアが立ちはだかっている。夢魔は私の数歩後ろについており、どんな私の動きにも反応する。私は夢の壁が消えるように念じた。夢魔を振りきろうと念じた。だが、私は逃げ疲れていて、力が残っておらず、念じても夢の形を別のものに変えられない。ドアに辿りついて、霧のように薄くあってほしいと念じた。しかし私の手のそれは厚くて硬く、屈しない。私は夢魔の暗闇を振り返った。冷気に取り囲まれ、静寂に包まれた。恐怖が押し寄せ、凍てつく金属と重たい枷を担いでくる。それを打ち砕く力は私にはない。夢魔の顔は、夢の深部にある光のない穴のように燃えている。私は自分に目を覚ませと言い聞かせるが、夢の糸の壁は退かず、私をその場に縛りつける。夢魔の手が私に向かって伸びてきた。

手が触れた。私の中にまばゆい流れが走り、力が漲《みなぎ》ってきた。

私は息を吸いこんだ。

もう一度、ドアに霧のように薄くなれと念じた。すると今度は、ドアを通り抜けることができた。私はドアの向こう側へ倒れこんだ。ドアは半透明のガラスでできており、私と夢魔の間に立ちはだかっている。ドアの向こうに見える夢魔もまた床に倒れていた。夢魔は私とともに立ち上がった。夢魔がもたらした力は今もなお私の中で爆ぜている。私の手の平は疼き、体は火照っていた。ドアの向こう側にある糸の壁の糸がかすかに煌めきだした。

行け。

私は心の中で夢魔に言った。

夢魔は動かない。無言で私を見つめたまま、立ち退《の》かない。

夢の糸がヴァレリアに触れられて緩んだ。まだ早い。窓の外の夜に光の兆しはない。ヴァレリアがツタのように私に絡んで動くたび、私の体の火照りは大きくなったり小さくなったりを繰り返した。

その熱を私はゆっくりと彼女の肌に移した。

昼食が終わって、砂時計が六回、ひっくり返された時、ケーブルの軋む音が作業場まで響いてきた。手を止めることはなかったが、私は耳を澄ましていた。というのも、織の家を訪ねてくる人はめったにおらず、今日の貨物便はとっくに到着していたからだ。しばらくすると廊下で重々しい足音が近づいてきた。

作業場に四人の市警備官が入ってくると、私たちは皆、作業の手を止めた。四人とも以前に見た覚えはなかった。織り子の何人かは起立した。

「お座りください」

四人のうち一番背の高い警備官が言った。この警備官は、耳の上のあたりで縮れた白髪を刈りこんでいた。彼は別の警備官に頷いた。すると別の警備官が前へ出て、ポケットから紙を取りだすと、折り目にそって開いた。彼は咳払いをして、こう言った。

「つぎに呼ぶ織り子はわれわれと一緒に来るように」

警備官が紙に書かれた名前を読みあげはじめた。

「ヴィオラ・マティア、シシ・ディトス、キエラ・ラネロ」

ヴィオラとシシは動揺して顔を見合わせた。キエラはじっと前を見つめている。彼女は病院街から視力を失って戻ってきた織り子の一人だった。警備官は引き続き名前を読みあげた。

「ニタ・ルポリス、レイア・ニエヴェス、レリ・ヌンティオ」

ここで長身の警備官が口を挟んだ。

「席をお立ちください」

別の警備官が名前をさらに読みあげる。呼ばれた織り子が一人ずつ立ち上がり、手織り機の前へ出た。シシは私の近くに立った。彼女の目は赤くなっていた。私は自分の名前が呼ばれるかもしれないという恐怖から、呼吸が乱れて浅くなった。しかし、それはないだろうと思いはじめた。名前があがった織り子たちにはある一つの共通点があったからだ。

廊下でけたたましい足音が響く。アルヴァが使いの織り子と一緒に入り口に現れた。

「ここで何をしているんですか？」

アルヴァの声が石壁にキーンと響いた。

四人の警備官が一斉にアルヴァを振り返った。名前を読みあげていた警備官は口を閉じ、長身の警備官がアルヴァに向かって一歩前へ出た。

「夢死病を患っているすべての織り子たちを織の家から連れていくように命じられております」

織り手も入り口に現れた。

「どこへ？」

アルヴァが訊いた。

警備官は誰も答えなかった。だが、彼らの表情から私は読みとった。アルヴァもそうだった。彼女の顔は嵐を呼ぶ雲のように沈んだ表情になった。

「やめてください」

アルヴァは言った。

「彼女たちはそうじゃありません。みんな完全に治りました。最後に戻ってきた織り子が復帰してもう何週間も経っているんです」

「夢死病は治りません」

長身の警備官が言った。

アルヴァは織り手を振り返った。

「こんなのどうかしてる。彼女たちは健康よ。私が保証するわ。何人かは以前よりも目が弱くなったけど、仕事に何ら差し障りはないわ。彼女たちの手は糸の道をわかってる」

一番背の高い警備官は織り手にまともに目を向けた。織り手の黒い目は揺るがない。しかし、とうとう織り手は作業場のほうを向いてこう言った。

「理事会の新しい規定に従い、夢死病の感染者は他の島民から隔離されなければならないことになりました」

シシはふらつき、レイアもよろめいた。

「行け」

長身の警備官が言った。

名前を呼ばれた織り子たちはドアのほうへ動きだした。目が見えない織り子たちは確かめながら小刻みに進んでいる。名前を呼ばれなかった織り子たちが手を貸して導いた。織り子たちが横一列に並んだ。シシが泣くのを堪えているのが見える。織り手が目を逸らすのがわかった。

アルヴァは背を向けた。窓を叩きつづける風のように、今にも叩き割ってしまいそうなほど鋭く、廊下の床を踏みならしながら立ち去った。

私たちにはゴンドラを見送ったり、作業を中断したりすることが許されていない。それでも、その日の夜、私たちはそうした。ゴンドラ港が見える塀のところへ集まり、私たちから引き離された二十三人が甲板に座っている様子を見ていた。彼女たちの顔は私たちのほうを向いていた。

そのうちの一人が手をあげた。その手が誰の手なのか、遠くて私にはもはや見わけがつかない。私たちもそれに応えてゆっくりと手をあげた。ゴンドラに乗っている他の織り子たちも同じように手をあげた。そのうちの多くの織り子たちには私たちが見えていないことはわかっている。それでも私たちは、ゴンドラが見えなくなるまで手をあげていた。

夕食の時間になって、ヴァレリアの姿が見えないことが妙に思いはじめた。ヴァレリアは、今日は作業場に来ていない。調理の当番だったからだ。最後に会ったのは昼食の時だった。昼食の後、食器を片づけているヴァレリアの姿を見かけたことを、シルヴィが覚えていた。アニアは、夕食がちょうど始まる頃、庭で鶏に餌をやっているヴァレリアを見ている。私は診療室に立ち寄ってみた。そこで、織り手の書斎へ行くヴァレリアを見たがいつだったかよく覚えていない、とアルヴァから聞かされた。

私は、ヴァレリアの居所を知っているか訊くために織り手の部屋へ近づいた。すると、部屋の中から声が聞こえた。二人の男性がぼそぼそと話しているが、何を言っているのか聞きとれない。話し声に混じって三人目の声が低くなったり遠くなったりしながら、声を出そうとしている。だが、その言葉は不完全で声には言葉を形にする力がなかった。それは話すことのできない声だった。

がらんとした廊下で身動きできないまま私は立ちすくみ、どうすべきか必死で考えた。助けを呼びにいく時間はないだろう。このまま中に踏みこめば、自分を危険にさらすことになるかもしれない。ふたたびヴァレリアの声がした。私は勇気を振り絞ってドアへ大きく踏みだし、取っ手を思いきり引いた。

織り手の部屋には鍵がかかっていた。織り手は普段からドアに鍵をかけたりしない。

私はドアをノックした。声は一瞬、止んだが、ふたたび聞こえはじめた。さっきよりも緊迫している。言葉はなおも厚いドアの向こうで形になりきれていなかった。私はもう一度ノックした。誰も開けようとしないので、私は激しくノックしはじめた。

部屋の中から、重たい家具を引きずっているような音がする。その後、何かが床に落ちたような衝突音が聞こえた。

「ヴァレリア！」

私は声をあげた。

「ヴァレリア！」

ドアはいっこうに開く気配がない。私一人の力では開けられない。私は踵を返して走った。

織り手は表の塀の上にいた。

「貴女《あなた》の部屋で何かが起きています。戻って、ドアを開けていただけませんか？」

織り手が私のほうを振り向いた。その顔には影がかかり、暗すぎて表情が見てとれない。織り手は夜のような声音を響かせた。

「いったい何のことを言っているのです？」

「ヴァレリアのことです。彼女は貴女の書斎にいるようです。部屋の中から声がするんです。でも、ドアには鍵がかかっていて」

織り手は、風が静止したかのように微動だにせず、しばらくして歩きだした。長足で階段を下りて、建物の中へ入っていく。私は織り手の後を追った。私たちは作業場を通り過ぎ、そびえ立つ木のドアに向かって廊下を進んでいった。

ドアは開け放たれていた。部屋には誰もいない。

「ここに誰かがいたわけですね？」

織り手が訊いた。

「姿は見えませんでした。ドアには鍵がかかっていたからです。でも、声が聞こえました。ヴァレリアがここにいたんです」

織り手の眼差しは石と空でできているかのように揺るがない。

「なぜヴァレリアが私の書斎に鍵をかけて閉じこもるのです？」

「彼女は一人ではありませんでした。二人の男性の声も聞こえました」

「二人、ですか？」

織り手は眉を上げた。元の表情に戻ると、深く考えこんで決断しようとしていた。その立ち姿は、ありとあらゆることを支えている建物の壁の一つであるかのようにびくともしない。

「今日、市警備隊が織の家を訪れた時に、小部屋と共同寝室を調べたのでしょう」

織り手は私の反応を待っている。隅にかかっているタペストリーの聖織女が、招いているとも警告しているとも知れない手をあげている。タペストリーの後ろのドアはわずかに開いていた。絵空事に思えるほどほんのわずかに、暗闇への門が開いていた。

私は声も震わせず、表情一つ変えずにいた。ここで動揺の色を私は見せない。

「ヴァレリアは夢みる者ではありません」

私は言った。

「どうしてそう思うのです？　ヴァレリアがあなたに話したのですか？」

「彼らは何を見つけたと思いこんでいるんでしょうか？　もし誰かが――自分が夢死病に感染していたことを知らない誰かが――夢みる者だとして、市警備隊はそのことをどうやって知るのでしょうか？」

「新たな法によれば、彼らが知っている必要はありません」

織り手が答えた。

「夢を見ることを示すと思われる何かを発見するだけでいいのです。夢みる者たちのシンボルを表す入れ墨。本。彼らの色だとわかる服。お守り。もしくは指輪。夢みる者に結びつけられるものなら何でも」

頭の中で一つの考えが形になり、私を凍りつかせた。

許可を待たず、請うこともなく、私は小部屋に向かって大股で歩きだした。広場を突っきって近道をした。空気は見えない結氷のように肌に張りついた。織り手がついてきているのかどうかなんてどうでもよかった。私は小部屋に入って床に跪くと、ヴァレリアのベッドの床板を手で探ってみた。膝が石の床に当たってずきずきと痛む。織り手の長い影が入り口に現れた。手に当たるのは、木の板、目の粗いマットレスの裏、布に詰めた乾燥させた海藻の塊だけだった。探しているものが見つからないとはわかっていたが、私はベッドの床板を隈なく手探りした。私は向き直って、ベッドの端にもたれかかった。ベッドが背中に食いこんだ。

織り手は小部屋の入り口に立っている。

「なくなってる」

織り手は中へ入って、ドアを閉めた。

「何がですか？」

織り手がそっと尋ねた。

「ヴァレリアのタペストリーです。貴女が彼女に解くようにおっしゃったタペストリーです。ヴァレリアはこっそり織りつづけていました」

織り手は口をさらに引き結んで、背を伸ばした。

「なぜそれが彼女にとって大切なのです?」

私はしゃべりすぎてしまったのかもしれないと思った。

「わか……りません」

私の口から言葉がためらいがちにゆっくりと放たれた。

「糸の壁ではないものも織りたかっただけなのかもしれません」

織り手は、藻灯の冷ややかな雫を映した黒い目で私を射るように見た。

「タペストリーには何が織られていたのです?」

ここで嘘を吐いたほうが賢明なのか、無難な真実を半分だけ話したほうがいいのか、私は考えた。

そして後者を選んだ。

「島です」

私は答えた。

「島の地図でした」

「他にも何かありましたか?」

「あとは人だけです」

私は言った。

「それから理事会も」

織り手は首を傾げた。

「理事会?」

「単純な模様でした。おそらく清らかな眠りの博物館で見たタペストリーを興味本位でまねていたのだと思います」

「ヴァレリアはタペストリーをどこか他の場所に隠すこともできたでしょう？」

「そうだとしても隠す理由が私にはわかりません。ヴァレリアは――」

私の手がベッドの脚の脇の床の上で、何かに当たった。金属が石を引っ掻く音が聞こえる。

そのときわかった。

もっと早くに私は繋がりに気づくべきだったのだ。それは私の目の前にずっとあったというのに。

物体は重くはなかった。だが、床に沿って手前に滑らせて手に取った時、体中でその重みを感じた。

私はそれを目の前で角度を変えながら見てみた。

光が、黒く汚れた金属に当たって屈折し、鈍く光った。金属から、ちぎれた灰色の糸が垂れ下がっている。楕円形の目の中心から先端が八つに分かれた太陽が、全能者のように世界を見つめていた。

それは、ヴァレリアが首にかけていた鍵だった目に見えず、闇の中で大きくなるそれらの重みと刺すような痛みはもっとも大きい。というのも、光の中ではすべてが軽くなっていくからだ。ときに何本もの細糸が長いことお互いを探しあい、闇の中で手探りし、網に探されていることなど知らずに一つに結ばれる。

ドアは霧のように薄い、ドアは厚くて硬い、ドアは半透明のガラスでできている、ドアの向こうの時間は夢の時間で、そこでは張り巡らされた糸が微光を放っている。そこでは始まった者も終わった者も、そして過ぎ去った者も彷徨《さまよ》っている。彼らの思考はつねに夢の方向へ開かれ、糸は彼らに触られて痙攣し、何か別のものになる。細糸は固い結び目を作り、解けるところまで伸びて、並びあう。そして、ふたたび世界を建て直すことができるように世界を崩す新しい形を作る。時間は──夢の時間は短く、終わりがない。ここにあるのにここにない。時間は始まったばかりなのに、思考はそれに追いつかない。過ぎ去った時間は一瞬なのか、無限なのか。糸を動かす者はもはや誰もいない。

霧が島をぐるりと覆う。道路や建物に立ちこめて、澱《おり》となって海に沈んでいく。それは生きている者すべてに、死んでいる者すべてに巻きついて、消えない重しのように糸にまとわりつく。霧はベッドを取り囲む。そのベッドに乗って、人々は夜の海を越えてゆく。霧は、出発すべき者と残るべき者を取り囲む。だが、夢は鎖に縛られない。その勢いと熱がもっともさかんな場所で、夢は自由に彷徨いつづけている。夢の崖ができた。夢の海ができた。夢の糸がひっそりとできた。島の深奥では訪れつつあるものを感じとっている。消えてしまわぬよう、遠くへ運ぶべき物語を。

夢魔の門であり私の家である打ち砕かれた闇に私は立つ。

世界は沈みかけている。世界は膨らみかけている。その表面を、夢を忘れた生き物たちが歩く。彼らの瞬間《とき》は短く、彼らの日々は脆く、幸運の機会は何度も訪れない、ということを覚えている者はめったにいない。

じっと黙って

10

織り手は鍵を私の目の前にある机の上に置いた。暗闇が角窓に重たくのしかかる。私は寝ずに数時間起きていたが、その分の睡眠をとるように織り手に言われた。夜が明けるにはまだ早い。光は夜の端から割りこんでさえもいなかった。

「ヴァレリアはどこでこれを手に入れたのです？」

織り手が訊いた。

「織の家にやって来た時には持っていませんでした。誰からもらったのです？」

藻灯の光に金属が青白く光った。それを見た時、私は冷たい刃を向けられた気がした。

「知りません。ヴァレリアはそれを首にかけて持ち歩くようになっていました。サンゴの欠片のようなお守りだろうと私は思っていました」

織り手は私をじっと見据えて、顔の動き一つひとつを読みとっている。

「これが何か知っていますか？」

「いいえ。でも、想像はつきます」

私は言った。少なくとも嘘ではない。

「これは夢みる者たちが仲間を増やすのに使っているものです。こういうものを所持することは重大な罪です」

織り手が言った。

広場で女性が私の足もとに鍵を落とした理由が今わかった。私は涙が溢れでてくるのを感じた。

「ヴァレリアは知らなかったのだと思います」

私の声は弱々しく、影の中へ散っていった。喉の中で石のような塊が大きくなっていく。

「いずれにしろ彼女から見つかったわけです。タペストリーと鍵の発見は、市警備隊にとって彼女を取り押さえるのに十分すぎる理由になるでしょう」

ヴァレリアの言葉なき声、物がぶつかる音、引きずられる音。これらを理解しようと、私は聞こえた音を映像に変えようとした。しかし、映像を目にしたくなくて私は振り払った。私は織り手を見た。

「お考えになったことが起こったのだと思われますか？」

「賢いあなたなら自分で結論を出せるでしょう」

織り手の眼差しは、いつになく深刻だった。

私はしばらく目を閉じて、息を吸いこんだ。これが夢なら、すべてを反対にできるだろう。ヴァレリアを無傷で部屋に入らせて、鍵を消し去り、起きたことを取り戻すのだ。だが、私を取り巻いているのは夢の瞬間ではない。私は現実に対して力を持たないのだ。

織り手には私の葛藤が見えているに違いない。織り手の表情はまったくと言っていいほど変わらないが、ふたたび話しはじめた織り手の声に同情が聞きとれた。

「エリアナ」

織り手が言った。

「あなたはヴァレリアのことをどれくらい知っていますか？』

私は涙を拭った。

「私たちは三ヶ月の間、小部屋をわかちあってきました」

これが答えになっていないことはわかっていた。

織り手の顔は陰っていて、読みとれない。織り手は机の上に置いた自分の両手を見て、ふたたび私を見た。織り手の表情を考えがよぎった。

「もう一つの可能性もあります」

織り手はつぎの言葉を長いこと考えていた。

「ヴァレリアが逃げだせたのだとしたら？」

私は自問自答した。ヴァレリアがこれまでに自分について語ったことはわずかだった。殻に閉じこもって過ごし、私さえも避けていた時間も多かった。それでも、秘密の模様を形にするために糸を所定の位置に並べている時、織っている途中で私を見上げる癖や、私が文字と言葉を教えている時の彼女の途切れない集中力、私の体に重なる彼女の体の曲線を思って、こう言った。

「私に何も言わずに出ていくことはないだろうと思います」

織り手は机の向こう側に座ったまま動かない。

「彼女には彼女なりの出ていく理由があったのかもしれませんね」

織り手が言った。

「どういうことでしょうか？」

「島には、汚れた者たちの家以外にも夢みる者たちがいます。彼らは町中へスパイを派遣していることで知られています。病院街、彫り師街、清らかな眠りの博物館、そして匠の家へ」

「ヴァレリアはスパイだとお思いですか？」

織り手は表情一つ変えない。

「あなたにはあり得ない話ですか？」

私は考えた。夢みる者たちの動きについてイレナから聞いたこと以外に、私は果たして何を知っているだろうか？　私は夢みる者たちに会ったことはない。どんな活動をしているのかも知らない。しかし、ヴァレリアが彼らと一緒なら、彼女は安全だ。私はそれを信じたいとすら思った。

「いいえ。でも、そうかもしれないとはなかなか思えません」

織り手の頭がほんの少し傾いた。

「なぜです？」

私は織り手の目をまっすぐに見た。

「私は彼女のことをわかっている気がするからです」

織り手はゆっくりと頷いた。

それでも、その考えは私の頭から離れなかった。市警備隊はヴァレリアを他の織り子たちと一緒には連れていかなかった。その理由を私はどうやっても考えつかなかったのだ。

「ヴァレリアはあなたにとって大切だということがわかりました。できるだけのことをしましょう」

織り手が言った。

「不思議に思うことがあるんです」

私は言った。

「ヴァレリアがどこを通って織の家を出たのか、私にはわかりません。糸の壁の迷路を歩いているところを見た人は誰もいないし、昨日の朝以降、港を出た空中ゴンドラは一基もありません」

織り手は眉を上げた。織り手は親指で机の縁を軽く叩いた。それは壁の中に隠れている甲虫のようにかすかな音だった。

「あなたはいろいろと当たってみたというわけですね」

「彼女がどこにいるのかわかるなら、あとを追うつもりです」

織り手は、私の言葉の真意を測るように、じっと私を見つめた。ついに織り手はわずかな笑みを口もとに浮かべた。

「わかります」

織り手は言った。

「これまでに島の昔の話についていろいろと聞いたことがあるでしょう。おそらくこれから話すことについても。私からというよりも他の誰かから聞いているかもしれません」

織り手の声は、水路の水のように深く、迷わず自らの道を進んでいった。

「島には、誰も通らなくなってずいぶん経つ秘密の通路がいくつかあると噂されています。このことを知っているのは一部の人たちだけですが、夢みる者たちはそれらの通路の場所を突き止め、ふたたび使いはじめたと言われています」

織り手はここでいったん言葉を切った。

「その一つの入り口が織の家にあるという噂を聞きました」

希望が、藻灯の藻のように私の内側で光を放ちはじめた。

「どの辺りに？」

私の声はうわずっていた。

「もし私が探すのなら」

織り手は続けた。

「めったに人が通らない場所を探すでしょう。誰の目にも留まらない、薄闇に隠れた片隅のどこかを」

織の家には隠れるところがなかった。共同寝室では他人の目にさらされながら眠っている。小部屋は共有しているし、洗面所や食堂は共同だ。作業場では監視の目が光っている。織り手の部屋だけがたいてい空いていた。

私は糸の壁を、闇の中で擦れる音を思い出した。私を調べる足を。海の深奥から、どんな温もりも届かない裂け目から立ちのぼる凍てつく空気の流れを。

「もしそのような通路があったとしても」

織り手は続けた。

「それが一番安全だとは言えないでしょう。どこに通じているのかわからないのですから。通路をよく知らない者なら、その道を行くかどうかよく考えることが賢明でしょう」

織り手は無表情になり、私の返事を待っていた。織り手の片手は机の縁に置かれたまま動かず、もう一方は膝の上にあって隠れていた。

「わかったように思います」

私は言った。

「今夜、私の書斎は空いています。さあ、下がってよろしい」

私は出ていこうと立ち上がった。

「なぜ私に話してくださったのですか？」

私は訊いた。

織り手の表情の中に、悲しみか後悔に似た何かを見た気がした。だが、薄暗い部屋の中では確信が持てなかった。

「私はそうしなければならないからです」

織り手は言った。

私は入り口に向かいながら、十二人の聖織女の視線を背中に感じた。織り手が私を見ていたかどうかはわからなかった。


その日はずっと考え事をしていた。ヴァレリアから言葉を奪った見知らぬ手と市警備隊の鋭利な武器のことを考えた。汚れた者たちの家を想像した。塀は棘のあるツタに覆われ、囚人たちがけっして外へ出ることのない門がついている。ヴァレリアに贈った鍵の重みを私は感じた。彼女はこれをずっと首に下げていた。杼《ひ》のつるりとした木の表面と私の肌に置かれたヴァレリアの手。薄闇の中の彼女の顔。彼女のタペストリーに隠された物語。

夜の帳《とばり》が降りるとともに私の心は決まった。

もしヴァレリアが夢みる者たちのところにいるなら、身の危険はそれほどないだろう。

もしどこか別の場所にいるなら、私が鍵を贈ったせいだ。

どちらにしても私は彼女を見つけなければならない。

私は海羊毛を何枚も重ねて着た。靴を選ぶのはたやすかった。一足しか持っていなかったから。ドライフルーツとパンをひと切れと、水を入れた皮袋をスカーフの真ん中に置いて小さな包みにした。ナイトテーブルの上から藻灯を一つとって、広場の光る池から藻を入れた。

最後に、私が持っている唯一の紙切れを探した。私はそれを小銭袋に入れてずっと持ち歩いており、小部屋に置きっぱなしにしなかったおかげで誰にも見つからずにすんだのだ。アルヴァが書いてくれたインクの調合は、もう空で言える。私は紙切れの何も書かれていない側に木炭で数行書いた。

聖織女の指し示す道からヴァレリアを探しに出発します。一週間以内に戻らなかったら、織り手に道を教えてもらって、言の葉の家の私の弟に連絡を取って。Eより

裏側に書かれたインクの調合のレシピに×印をつけ、紙切れを折り畳むと、表に「アルヴァへ」と書いた。

織り手の書斎へ向かう途中、診療室で立ち止まり、ドアの下の隙間からメッセージを滑りこませた。聖織女が壁から私を観察している。タペストリーが揺れるたびに、彼女のあまたの指先の糸は締まり、動き、ゆるみ、ふたたび引き締まった。部屋の片隅の低いドアが開いているのは見なくてもわかっていた。

私は藻灯を手に持って、別世界のような場所へ足を踏み入れた。

そこは妙な匂いがした。その匂いは死んだものを思い起こさせ、前回よりも強烈に襲いかかってきた。大きくなっていく藻灯の光の中で、暗闇で感じていた部屋の大きさと違うことに気がついた。こ

の前来た時は、高い天井は大きなアーチを思い起こさせ、壁から壁までの幅は作業場の何倍も広く感じた。古代の生き物が棲んでいる奥は、海や空のように遥か遠く感じられた。だが、目の前に今はっきりと映っている部屋は織り手の書斎とたいして変わらない広さだった。奥は依然として影に包まれていて、糸の壁はねっとりとしており、遠くまで続いている。その中央で待ち構えている生き物は私の何倍も大きかったが、理解できないほど巨大なものではなかった。光の中では多くのことが不可能性を失い、世界の一部が理解できるものに変わるのだ。

今回、わかったことが他にもある。部屋の端の糸の壁には、絹糸に絡まっている塊がいくつもぶら下がっていた。人間ほど大きいものは一つもない。大部分は小鳥ほどの大きさだった。そのうちいくつかは山羊か、犬くらいかもしれない。誰かがここに持ってこなければならなかったのだろう。織り手だったかもしれない。私はわずかに吐き気を覚えた。

紡ぐ者が、破られた暗闇の中に立っている。ここは紡ぐ者の家であり、私の門だった。紡ぐ者の足は止まっていたが、その手が紡ぎだしている網はゆらゆらと揺れつづけていた。

私は紡ぐ者が話してくれるのを待った。静寂はなおも続き、私のほうから話しかけた。

「戻ってきたわ」

私は言った。

「なぜ私がここにいるのかわかる?」

紡ぐ者は黙っていた。空気が糸を伝っている。

「私が誰かわかる?」

私は続けて話しかけた。

影の中から声が形を取って現れた。人間のものではない摩擦音を集めたような声だった。

「もちろん知っているとも」

紡ぐ者の返事は両方に対してなのか、片方だけなのかはっきりとはわからなかった。

「おまえ自身はどうなのだ？」

紡ぐ者を目の前にして、私の言葉は小さく、頼りなく、暗闇の片隅に消えていった。

「あなたが私の力になってくれると思ったから」

私は紡ぐ者が尋ねたであろう二つの質問のうち、片方にだけ答えた。

「そうか」

紡ぐ者の声は乾いた海藻のように枯れていた。

「別の模様を織っている少女。自分の地図を織ろうとしている少女。おまえはそこに入りこんで、後を追いたいのだな」

紡ぐ者は言葉を切った。静寂が私を侵し、私の思考を包囲し、明確に描き出す。

「彼女がここを通るのを見ましたか？」

私は訊いた。

「興味深いな。おまえの輪郭が以前よりはっきりと見える。以前のおまえの魂は隠れていて、あてもなく彷徨っていたが、道が決まったのだな」

紡ぐ者は長い足の一本を動かして、石の床を優しく擦った。

「織の家には外に通じる秘密の通路があるんでしょう？」

足が私のほうへ持ちあがる。避ける間もなく、足は私の胸の上におりてきた。戦慄が走り、体中が震えた。重くもなく押されている感じもないのに、まともに足の力を感じた。素早い一撃、容赦ない一打。紡ぐ者にとっては、私についている織物の糸屑をつまみ取るほどのものですらない。私はもはや話すことも、動くこともなかった。

「仮にそうだとして」

紡ぐ者が言った。

「なぜその道を行きたいのだ？」

大地の影の中へ消えていくヴァレリアを思い浮かべた。赤い髪は片隅の向こうへ薄れていく。上着の裾は翻《ひるがえ》り、私はそれに向かって手を伸ばすが、空しかつかめない。私の声はどこか胸の下へ縮んで、唇まであがってこない。心臓は赤く、滑るように胸を打つ。その鼓動と、紡ぐ者の未知の強い足の間には、脆い人間の骨と薄い皮膚一枚しかない。紡ぐ者の心に私の思考を探られているのがわかった。

「少女が唯一の理由か？」

私は紡ぐ者の質問の意味がわからなかった。

「他にどんな理由が私にあるというの？」

糸の壁よりも薄い言葉で私は答えた。

紡ぐ者はすべての目で私を凝視した。しかし、それらの目は紡ぐ者自身の暗闇しか見つめていなかった。記憶が、別の何かが私の中で蘇る。私が半ば忘れかけていた夢。それらはするりとすり抜けて、薄闇の中へ掻き消えた。紡ぐ者は沈黙している。紡ぐ者の心は向こうへ遠のいていった。ひやりとした空気に囲まれ、静寂が訪れた。

「たいしたことじゃない」

ついに紡ぐ者は口を開いた。

「私の心は長い間世界を旅してきた。ときに迷い、ときに存在しなくなったものを探している」

紡ぐ者の声は暗闇の中へ消えていくと、静かになった。

「私はヴァレリアを見つけたいだけ」

私は言った。

「通路を教えてくれる？」

紡ぐ者はじっとしたまま何も言わなかった。やがて大きな溜め息が部屋中を吹きぬけ、海上に風を起こした。足が私の胸の上から離れ、音もなく床におりた。私はまた息ができるようになった。

紡ぐ者が壁に向かって歩いていくのが見える。カチリと音が聞こえた。紡ぐ者の背後の影から部屋の中へ風が吹いてきた。冬の海よりも冷たく、割れたガラスの縁のように鋭かった。

「行きなさい」

紡ぐ者が言った。

「おまえのような者たちの瞬間《とき》は短く、日々は脆く、幸運の機会は何度も訪れない」

私はストールをさらにきつく巻いた。私は震えていた。糸の壁を抜けて、紡ぐ者を横目に歩いていく。紡ぐ者をまともには見ることはしないが、すぐそばにある姿をひしひしと感じていた。壁に開かれたドアの入り口を出ると、背後でドアが閉まる音が聞こえた。ここでドアをもう一度開けることができるか、試しはしない。そうする必要は私にはない。

藻灯は、暗闇の中の不動の嵐に立ち向かう昆虫の翅のようにおぼつかない。その光は、私の腕と袖口からのぞく手首の入れ墨と目の前の数段をかろうじて照らしだしていた。私は階段のいちばん上の段に立っていた。階段は地中深く続いている。他に道はない。私はおりていった。

石の階段は急で、磨り減っていたが、私の重みにびくともしなかった。私は広さを耳で確かめた。織の家や町の音はいっさいここまで届いていない。ざわざわと潮騒のような音が遠くで聞こえる。水の上を駆けて、高く、荒々しく波打たせる風を聞いた。私は早々と自分の方向感覚に頼るのを諦めた。階段は、紡錘に巻き取られた羊毛のように自らうずを巻いているようだった。

この通路が最後に使われたのは昨日なのか、それとも百年前なのか、知る手がかりはなかった。私は感覚を研ぎ澄まして足跡を探った。壁にくっついた髪を求め、淀んだ空気に漂う残り香を嗅ぎ、前方から人の声を聞き取ろうとした。石は知っていることを内側に秘めたまま、明らかにしようとも語ろうともしなかった。

思いもよらず階段が終わった。すぐそこに平らな床があるとは思わなかったので、かなり強く足が着いた。

床は池に張った氷のように目の前に広がっている。それは階段よりわずかに幅が広いくらいで、手をあげると、天井についた。壁は一方向にしか伸びていない。私はそのまま前へ進んだ。黒ずんだ細長い藻は、大地の深奥に向かって燃える炎のようだったが、それは逆さまとなり、天井伝いに伸びていた。石が汗を掻いているような滴り落ちる湿り気を感じる。それでも空気は切りつけるように冷たかった。

ようやくもっと広い場所へ出た。

まず目に入ったのは、暗闇を取り巻いている壁をぼんやりと照らす光だった。頭上の天井は高く弧を描いており、影の中へ消えていた。目の前の岩床は、人々の足跡がすっかり消されてしまったかのように平らだった。闇のさらに奥深くにぽっかりと空いた黒い入り口が見える。私は壁のほうへ歩み寄って、藻灯をかざして近づけた。壁に指をそっと這わせていく。触った感じはつるりと滑らかで、表面は透き通っており、オレンジがかった黄色をしていた。それは琥珀だとわかった。そのまま壁に手を這わせながら数歩さらに進んだ。滑らかな表面が尖った縁に変わった。藻灯の光が白く輝く表面を浮かび上がらせている。

貝殻だった。

貝殻のほとんどが私の指先よりほんのわずかに大きく、真珠の光沢を放つ内側を表に向けていた。貝殻は模様を形づくるように並べられていたが、全体像をつかむには光が足りなかった。

洞窟のカーブに沿って私は進んだ。およそ中程までできたところで壁が窪んでいるのがわかった。窪みの内側には、銅像の台座のような小さな台がある。台の上のほうには鎖で取り付けられた凸状の円盤があった。その表面は、輪が幾重にも重なっているように見える。私は藻灯を近づけた。円盤はよどんだ空気の中で、半透明のオレンジがかった黄色を放っていた。

琥珀だ。

藻灯の光が円盤に当たると、光は窪んでいる壁の中へ散り、輝きを増していくように見えた。

藻灯を台の上へ下ろし、琥珀の円盤を用心しながら下へ引いた。どこか上のほうから金属が軋む音が聞こえる。鎖が動いた。円盤が藻灯を覆うように下りてきた。

私は広間を振り返り、胸に夢魔がのしかかってきたかのように息を止めた。

琥珀のレンズの中で藻灯の光は大きくなり、満月の輝きにも増して明るくなっていった。それは幾千もの貝殻の真珠層をとらえて模様を浮かび上がらせた。さらに光は滑らかな蜂蜜色の壁の表面を貫いて、閉じこめられたものを映しだした。

私よりも背の高い生き物たちが、何本もの細い足を曲げた状態で半透明の琥珀の中にじっと立ちつくしていた。私はまっさきに紡ぐ者のことを考えた。生き物たちは紡ぐ者と同じような体の造りだが、ここにいる生き物たちのほうが紡ぐ者よりも大きく、顎も大きく見える。顎の棘は鋭く、冴えた黒い目をしていた。

心臓の音が高くなった。私は呼吸を整えようとした。これらの生き物たちは何千年もの間、動くことも立ち去ることもなかったのだ。一本の足すら持ちあげることも、自分の網に誰かを絡めとることも。琥珀が彼らを閉じこめたのだ。私には言い当てられないほどずっと昔に。しかし、忘れられているようにも、隠されているようにも、得体の知れないもののようにも見えない。私は一つの琥珀にもっと近寄ってよく見てみた。私と生き物を隔てているのは半透明の壁の薄い層だけだ。足や胴体の触覚の一本一本、丸く光る目の一つひとつが見えた。固まった姿勢は今にも襲いかかろうとしているようだった。

他の同じような生き物たちも琥珀の止まった時間の中に浮かんでいた。一つは固い結び目のように縮こまり、一つは関節のあたりで足が一本折れていた。外に出ようともがいて、妙に窮屈そうに隅に固まってしまっているものもいくつかあった。顎に獲物をくわえているものもいる。獲物は私と変わらない大きさで、見た目も似ていた。

洞窟はいびつな円の形をしていた。海の浸食と人間の手で形づくられたものだろう。誰かが琥珀から生き物たちを研ぎだしたにちがいない。何年も何年もかけて多くの手が貝殻を集め、色分けし、壁に貼りつけたのだ。最初に模様を見た時、私のよく知っている、それでいて忘れてしまった言葉のように、あるいは夜明けと同時に死にゆく夢のように見えた。しかし、見れば見るほど、何かもっと大きな断片のように見えはじめた。やがて、糸それぞれに収まるべき場所があるということがわかった。

それぞれの断片が一つに結ばれ、私は理解した。

貝殻は世界の網を形づくっているのだ。それはぐるりと洞窟内を取り囲んでいた。細糸が出会う編み目を作り、青く光っている。たくさんの小さな月はほっそりとした三日月から満ちて丸くなり、ふたたび縮んでほんの小さな爪の欠片になっていく。すべての細糸は網の中心に向かって走っていた。中心には、銀白色と青みを帯びた黄色の貝殻で作られた太陽らしき形があった。それは夢から覚めた油断のない眼光のように私を見つめている。八つに分かれた先端は全方向を指していた。じっと見つめつづけていると、それらの先端は腕に変わり、そこから閃く光は大地と空と海を束ねる糸に変わった。

それは太陽であると同時にすべてを見通す目であり聖織女だった。聖織女は糸を束ねているだけではなく、それらを紡ぎ、整え、生命そのものを織っていた。模様がすべてイメージというわけではなく、なかには言葉もあった。だが、一つとしてわかる言葉はなかった。なぜなら、それらはずいぶん昔に忘れられてしまったからだ。しかし、それらは文字で、意味をもった何かを形づくっていることはわかった。

聖織女の周りには小さな人間たちの姿が配置されていた。聖織女の指から出ている糸は彼らに行き渡り、今度は彼らの指から糸が出ていた。それらの糸は木々や建物や雲や海の生物たちになった。

私が目にしている光景が何を意味しているのかわからなかったが、模様を見ていると、私の中で長いこと解かれることのなかった結び目がほどけていくような気がした。

別の通路を見落としていないか確かめるために、私はぐるりと広間を回った。外に出る道は、反対側の壁から出ているさっき通ってきた道しかない。私はその道を行かなくてはならない。

私は藻灯を掲げた。すると、広間がふたたび薄暗くなり、模様は暗闇の中へ沈んだ。瞳が閉じていく。

入り口まで来ると、背後で気配を感じた。後ろを振り返って見てみたが、自分の影の他に何も見えなかった。影は私についてきて、背中を伝って這いのぼり、私に絡みついた。

私は影とともに出た。通路に出ると、入り口から海の冷気が薄いベールのように肌に吹きつけた。入り口の後ろの壁はふたたびごつごつとした黒ずんだ石に変わった。通路は島の下へ深く深く下っていく。数百歩進んだところで、袖口からのぞいている自分の手首が目に入った。手首が見えるように藻灯を掲げたが、入れ墨は以前ほどはっきりと見えなかった。私は、通路を彷徨いはじめてどれくらい経っているのか考えた。出発してから一時間か二時間そこらだと思う。紡ぐ者の小部屋へ入る直前に、藻灯の水は新しく替えているから、少なくとも一日、おそらく二日はもつだろう。

私はさらに前へ進んで、歩数を数えた。三百歩進んだ後、藻灯をもう一度掲げて手首を見た。光はますます弱まっていた。

私はペースを上げた。

通路は分岐しておらず、単純であることに私は感謝した。後ろを振り返らずに、とにかく前へ進んだ。藻灯の光がすっかり消えてしまったら何が起こるか、考えはじめた。暗くなっても、もと来た道を手探りで見つけられるだろう。しかし、紡ぐ者の小部屋のドアまで辿りついても、誰が私の声を聞いてくれるだろう？　織り手は私を織の家にまた入れてくれるだろうか？　紡ぐ者が気づいて伝えてくれるだろうか？

輝きはみるみるうちに失われていった。ガラスの水の中には青みを帯びた点がいくつか漂っているだけで、かろうじて藻灯を持っている自分の手と私のそばにある壁の断片が見える。光がすべて消えてしまうと、一人ぼっちになってしまうことに私は気がついた。藻は生きているが、私の傍らで死につつある。それを止める手だてはない。

暗闇が近づくにつれ、私は手探りしながら前へ進んだ。

時が石の床の隙間の中へ消え、蒸気となって宙に固まっていく。地上の世界はないのかもしれない。島も、町も、織の家も、ヴァレリアもいないのかもしれない。これが唯一の現実で、それ以外はすべて夢なのかもしれない。私は町のどれくらい深いところにいるのか考えた。そして、もっと息苦しい映像が心に浮かんだ。私はもしかしたら海の下にいるのかもしれない。

私は頭上の石の天井が割れる様子を想像した。水が中へ勢いよく流れこみ、通路を浸し、階段まで溢れて、私を光のない懐に閉じこめる様子を。私がどこにいるのか誰に知られることも、見つけられることもないだろう。織り手にも、ヤノスにも、アルヴァにも、ヴァレリアにも。そしてヴァレリアは私よりも先にいて、水の闇に包まれて漂っているのかもしれない。流れが私たちをお互いに引き寄せ、私たちの手足は一つに絡まり、誰の目にも触れられず、奇妙な音のない腕に抱かれて動いているのだろう。ゆらゆらと揺らめく私たちの服は水に剝ぎとられ、私たちは永遠にお互いに包まれながら、そうとは知らずに眠りつづけるのだろう。もしかしたら私たちは嵐の外海へ漂流するかもしれない。そこでも、気づかぬうちにふたたび私たちは波に引き離されるかもしれない。

暗闇が私を引きずり下ろしていく。通路はなおも下っていった。壁に触れる指先が湿った。遠くで波打つ水の音が聞こえる。私はこのまま深淵に向かっているのだろう。そこでは溺れた者たちが泣き叫び、二度と見ることのできない日の光を欲しているのだ。私はここに留まって、彼らの迎えを待つべきなのかもしれない。

疲れて手足に力が入らない。

私はあなたがたの手の中にいます。

溺れた者たちに心の中で呼びかけた。

仲間に入れてください。

そのとき、光が現れた。

輝かしいものでもなく、すべてを変えるものでもないが、すべてがそこにあった。長方形の入り口の細い輪郭線が遠く前方に見える。骨の髄まで冷えきり、強張った体でそこへ向かった。道のりは長かったが、なんとか入り口の手前まできた。私はずいぶん前から藻灯をベルトに下げていた。両手をドアの表面につけて探ってみた。思いがけず温かかった。木でできている。指でドアをなぞってみたが、取っ手らしきものはない。

私は息を吸いこんで、両手でドアを押した。

光が私に向かってなだれこみ、目の奥に鋭い痛みが走った。肌に温もりがおりてくる。すると声がした。

「私たちはあなたを待っていました」

11

目が光にまだ慣れないまま、私は両肩をつかまれ、入り口から引きずりこまれた。私よりも体格のいい誰かが背後に回り、荒々しく私の手首を捕まえる。藻灯はかじかんだ指からずり落ち、床に砕け散った。足もとの水は池のように広がり、そこに映る炎が見えた。私はもがこうとしたが、自分が震えていることに気がついた。手も足も空っぽの殻のように脆く感じた。

しだいに辿りついた部屋の様子がわかってきた。窓は一つもない。その代わりに壁の四隅に火のついた大きな暖炉があった。それらの火が私の肌に当たる。だが、私は通路の冷気で芯から冷えきっていた。

死者の中で何も動かなくなった時、こんなふうに死者は凍えるのだ。すべてが止まった時、再び変化するものはもう何もない。

私はそう思った。

唯一の家具はロープの束が置かれている机だった。暖炉のそばにいる男は、私に背を向けて立っていた。彼は火掻き棒を持って火を熾《おこ》している。火花は宙に舞いあがり、死んだ昆虫の群れのように暖炉の前へくずれ落ちてきた。

男が、火掻き棒を持ったまま私のほうを向いた。男は市警備隊の制服を着ていた。すぐさま私は男の顔を思い出した。

私は声が出なかった。言葉が舌に絡まりついていた。火掻き棒の先端はナイフのように尖っている。耳元で声がした。

「新入りはやや驚いている様子です。そうではありませんか、ラザロ隊長？」

「紛れもなくその通りだ、バイロス隊長」

ラザロはバイロスに頷いた。バイロスは私の手首をさらにきつく握ると、私を前へ突いたので、倒れそうになった。私に言葉が戻ってきた。

「待って」

私の声は嗄れて張り詰めたように部屋に響いた。

「この場所は何なの？　私はどこにいるの？」

ラザロが軽く頷くと、バイロスは私を前へ押すのを止めた。

「じきにわかる」

ラザロが言った。

私は頭の中でもう一度地下通路を思い返してみた。見落としていたかもしれない入り口や、うっかり通り過ぎた出口がなかったか考えたが、思い当たらなかった。どこかで通路が分岐していたということはありえない。道のりの最後は真っ暗な闇の中を歩いた。だが、ラザロとバイロスは私を待っていた。それはつまり、たった一つの通路と行き先を誰かがどこかで知っており、どのみち私がここに行きつくことになっていることをわかっていたのだ。

通路をよく知らない者ならその道を行くかどうかよく考えることが賢明でしょう。

織り手はこう言った。机の上に置かれた、働いた跡のない手。片隅のドアにさっと向けられた、私が気づくには十分なほどの視線。

「なぜ私はここにいるの？」

私は訊いた。

ラザロは火掻き棒の先端を床の上に置くと、ほんのわずかだけ横にずらした。石を擦る耳障りな金属音が響く。

「上からの命令だ」

ラザロはそう言うと、ナイフのような、燃えあがる火のような笑いを浮かべた。

「バイロス隊長、私がその続きを話そうか？」

「ラザロ隊長、今の説明に私は非常に満足しています」

バイロスが言った。

「ですが、少し手をお借りできますか？」

バイロスに腕を曲げさせられた。これでラザロは私の手首を見ることができる。

「喜んで」

ラザロが言った。

ラザロは火掻き棒を暖炉の手前のラックにかけると、机のところへ移動した。机の上からロープの束をつかんで、こちらに向かって歩きながらゆっくりと束を解きだした。つづいてラザロが私の手首に何重にもロープを巻きつけてきつく締めていき、その時もバイロスは手を離さなかった。ロープは皮膚に食いこみ、繊維が突き刺さった。

「感謝します、ラザロ隊長」

「こちらのほうこそ、バイロス隊長。準備完了だな？」

「はい」

バイロスは返事をすると、私を部屋の隅にある二つの暖炉に挟まれたドアの方へ押しやった。躓きながら部屋を横ぎり、後ろを振り返るのもままならなかったが、ラザロの目を背中に感じていた。バイロスがドアを開けるために私を止まらせた時、私は首が痛くなるほど後ろを振り返った。私は部屋に向かって肩越しに話しかけた。

「ヴァレリアはどこ？」

ラザロの顔が歪んだが、黙ったままだった。バイロスが私を前へ押しだす。ドアは開いている。バイロスの息遣いを肌に感じるほど、彼の口は私のすぐ耳元にあった。思わず悪寒が走ったが、私はそれを必死で抑えようとした。バイロスは私を薄暗い通路へ押しやると、ドアが背後で閉まった。私たちは長い階段を上りはじめた。バイロスは私の後ろにぴたりとついている。

火から遠のくにつれ、冷気にふたたび囲まれた。通路はがらんとして窓はなく、壁が迫っている。私たちの足音は壁に吸いこまれ、静寂の中へ放りこまれた。松明が足もとへいくつもの光の輪を投げかけ、それらを縫って闇が肌に降りようとしていた。私たちは何度も鍵のかかった門を通るために立ち止まった。バイロスはそれぞれの門の鍵を持っていた。私は、どんどん逸れていく迷路の中心に向かっているような気がした。バイロスは一言も私に話しかけることはなかったが、私の腕をつかんでいる彼の手は鍛えられた金属のように緩まなかった。バイロスの靴先が私の踵に何度も当たる。偶然なのかわざとなのか、わからなかった。逃げだそうとすれば、バイロスは容赦なく私を傷つけるだろう。逃げると言っても、どこへ逃げられるだろう？　二つの鍵がかかった格子門の合間からのぞく通路では、遠くまで逃げることはできないだろう。

ようやく私たちは通路を曲がった。その先には理事会の太陽のシンボルマークのついた制服を着た看守が立っていた。私は、看守が女性であることに驚いた。彼女のベルトには、太い取っ手のついた長い鞭がぶら下がっていた。

「彼女ですね」

看守が言った。

「はい。彼女の処置については理解しているかと」

バイロスが言った。

看守は眉一つ動かさず私をじっくり見た。

「指示は明確です」

「ではよろしくお願いします」

バイロスが言うと、看守は頷いた。バイロスは一歩下がり、看守は私の腕をつかんでドアを開けた。ドアは厚く、金属音が響く。

「ぐずぐずするな」

私は中へ入った。背後でバイロスの遠のく足音が聞こえた。

つぎの通路はさらに広かった。私たちはドアをいくつも通り過ぎたが、どのドアも閉まっていて、目線のあたりに小さな穴があった。穴の向こうは淀んだ薄闇しか見えない。一つのドアの反対側から、張り詰めたような、引き伸ばされた音が聞こえてくる。誰かが細い糸をきつく引っぱっているような、もしくは呻いているような気がした。

「前を向け」

看守が命じた。

私たちはさらに一つの階段を上った。ふたたび新たな門が現れた。門の向こうから織の家と同じような匂いが押し寄せてきた。ここのほうがもっと強かった。それは人間と体の匂いだった。ここの匂いには強烈な便所の臭いも混じっている。私は嗅がなくてすむように口で息をした。

監房にはドアらしいドアはなく鉄格子だけがついていた。そこを通り過ぎながら、監房の住人たちを目の端にとらえた。何も敷いていない板のベッドで寝ている者もいれば、座っているのか横になっているのかわからないが、両手で顔を覆って隅で丸くなっている者もいた。多くの者はおそらく眠ろうとしているのだということがわかった。あたりを照らしているのは廊下の直管蛍灯だった。看守は私を突いて前へ進ませ、通路の行き止まり近くで足を止めた。看守は誰もいない監房のドアを開けて、私の手首を縛っているロープを解きはじめた。そしてぐいっとロープを引っぱり、私を中へ押しいれた。ガチャンと鍵がかかる音がした。

「おまえの番号は５０５だ」

看守が言った。

「待って」

私は言った。

「いったい何が起こったの？　私はどこにいるの？」

看守は何も答えず、鍵をポケットに押しこんで立ち去った。遠のいていく足音が廊下に響いた。

私は鉄格子のそばに立った。向かいの監房の住人が隅から立ち上がり、鉄格子のところへ歩いてくると、顔をそこに押しつけた。自分がどこにいるのか、ようやくはっきりとわかった。

住人の額の中央の入れ墨がくっきりと見える。

汚れた者たちの印だった。


時計が大きな音を立てて鳴りはじめた。私は一睡もできなかった。体中が痛い。硬い板のベッドで寝ていたせいで首と背中が凝っている。喉はガラスの破片を飲みこんでしまったかのようだ。寒気がおさまらない。時計の音に合わせるように監房の中で衣擦れやうめき声が起こった。重たい足音が廊下に現れた。ドアが開けられると、大きな軋んだ音がした。光が変わる。私は一瞬、どこかに窓があって日の光が差しこんでいるのだと思った。だが、看守たちが松明を持ってきたのだとわかった。うんざりした様子の看守がついに私の鉄格子の前に姿を現した。彼女は私を外に出し、列に加わって並ぶように命令した。列にはすでに二十人ほどの囚人が並んでおり、三人の看守が見張っていた。

「行け！」

三人のうちの一人が声をあげた。


私は食堂であたりを見回した。長い机にはかれこれ二百人がついて食事をしていた。皆、女性か少女だった。見覚えのある一人の少女に目が留まった。彼女はミレアだとわかった。夢魔のせいで数ヶ月前に織の家を出た十歳の織り子だ。彼女の額の入れ墨は入れられたばかりで、線がくっきり見える。短すぎる袖から露わになった手首は魚の背のように細い。彼女は私に気づいていなかった。他の多くの囚人のように、ミレアは目の前の薄い粥をじっと見つめていた。

私の隣には、長い白髪を三つ編みにして結わえている年配の女性が座っていた。彼女に睨まれて、私は粥に視線を移したが、女性の手が瘡蓋《かさぶた》で覆われていることに気づかないではいられなかった。指の皮膚は、傷が完全に治らないうちに繰り返し傷ついては治ろうとしているように見える。茶色い手の甲には、そこだけ白っぽい傷が長く走っていた。向かいには、私とさほど変わらない年齢の女性が座っている。彼女の手の皮膚も、半ば治っているところとそうでないところがあるように見えた。

私は机に沿って視線を滑らせた。全員が手に傷を負い、瘡蓋に覆われている。年若い者ですらそうだった。それだけでなく、多くの人が顔や腕に発疹があった。

ヴァレリアの姿はない。ミレアの他に織の家から夢死病のせいで連れていかれた織り子たちの姿もなかった。

時計が合図のようにふたたび鳴りはじめた時も、私の皿の上にはまだ粥が残っていた。他の皆は席を立ち、長い列に並んだ。看守がドアを開けると、囚人たちは食堂から列をなして進んでいく。私は列に加わり、皆についていった。自分が間違ったことをしていないか私は不安になった。看守たちは鞭の近くに手を置いていた。

囚人だけではなく、何人かの看守の額にも汚れた者たちの家の入れ墨があることに気がついた。

列は細長い部屋へ向かっている。部屋の壁には小さな戸棚で仕切られた棚が取りつけられていた。それぞれが自分の戸棚を持っているようだ。私の周りの女性たちは服を脱ぎはじめ、棚に畳んでおいてある服を取りだした。

私はどうしたらいいのかわからず一人立ちつくしていた。

「すみません」

私は、隣で着替えている黒いあざだらけの中年の女性に声をかけた。

「私は入ってきたばかりなんです。自分の棚がなくて」

女性は無表情な顔で私を見て、近くにいる看守のほうへ首を振った。私は心もとなく看守のほうへ歩いていった。その額には入れ墨があった。見たところ三十歳は超えていないように見えるのに、入れ墨はすでに薄れかけ、端の輪郭はぼけていた。きっと彼女は子どもの時からここに住んでいるに違いない。ここで男性の看守を一人も見かけていないので、私は看守を女性だと思うことにした。とはいえ、彼女はがっしりと角張った体つきで、中性的な顔をしている。短く切られた髪は、看守帽からはみ出そうにない。彼女の顔は妙に見覚えがあったが、特定できなかった。

「すみません」

私は言った。

「私には棚がありません」

看守は私を振り返った。その表情は優しくはなかったが、恐ろしくもなかった。彼女は私の額に目をやった。

「おまえは新入りだな」

彼女の声は低かった。私は頷いた。

「番号は？」

「505です」

私は言った。

「ついて来い」

私は彼女について部屋の奥へ行った。そこで彼女は鍵のかかった戸棚を開け、そこから服を取りだし、私に差しだした。

「もし大きすぎてだぶついたり、小さすぎて入らなかったら、替えてもらうように言え」

彼女が言った。

「なるべく私に」

彼女は戸棚に鍵をかけた。

「この先に空いている棚がある」

そう言うと、彼女は空いた棚のほうへ顎をしゃくった。棚の前には誰も立っていない。私は彼女にお礼を言った。

他の人はすでに服を着替え、膝上のショートパンツとゆったりとした袖なしのシャツ姿で体を縮こまらせていた。夏でもしない格好だ。この時期なら下着も同然だった。

「ぐずぐずするな！」

看守が部屋の反対側から叫んだ。私に向けられていることがわかり、私は急いで服を脱いで、まるで暖かくない服を着た。自分の服を棚へ押しこもうとしている間にも、列はすでに脱衣所から外へ進んでいた。私は両腕で自分の体を抱きしめながら列についていった。

「腕を下ろせ！」

看守は声を上げた。私は肘をのばして脇につけた。腕に鳥肌が立っているのがわかった。

階段と廊下を通って私たちが連れていかれた場所には見覚えがあった。

ここは、幽霊たちが彷徨い、跡形もなく姿を消し、夢と死の国から客たちがやって来るという古い辺鄙な港だった。この間までは向こう側から見ていたのに、今、私は幽霊の一人だった。こちら側から町が見える。だが町はこちらを見つめ返さない。町の視界の中に私はもういないのだ。私たちの誰も存在しないのだ。

私たちは船の中へ連れていかれ、甲板の下でぎゅうぎゅう詰めになった。そこは汗や海や汚れた匂いがし、じめじめしていた。

船倉には、いくつにも枝分かれした手すりが走っている。囚人の中には座りこんだり、隅にしゃがみこんだりしている者もいた。立っている囚人もいる。船倉内は薄暗く、片隅に藻灯がいくつか吊り下がっているだけだった。私は縫うようにして人混みの隅に場所をとった。船倉には看守はいなかったが、一定の間を置いて看守の一人が私たちの様子を見にきていた。

看守がいない間、周りはざわついた。大きな声で話す人は誰もいない。私に話しかける人もいなかった。私は視線を動かしてミレアを探した。船倉の奥のカーブした壁によりかかっているミレアをついに見つけると、私はゆっくりと彼女に近づいていった。海は時化《しけ》てはいなかったが、足もとの揺れる床に慣れていなかったので、バランスを保つために手すりを握っていなければならなかった。

ミレアの隣は空いており、私はそこに落ち着いた。彼女は私のほうを見ていない。

「ねえ」

私は声をかけた。

ミレアは聞いていないようだった。船倉の暗がりの中の彼女の顔は、青ざめているというよりも真っ青で、頬はこけていた。ミレアは何も言わない。

「私のこと、覚えてる?」

私は声を落として訊いた。

ミレアは話しかけられたことに驚いた様子で、振り向いて私を見た。ミレアはすぐには私のことがわからなかったようだった。私だとわかっても少しも嬉しそうではなかった。

「覚えてる」

ミレアが言った。

「あたしをあいつらに引き渡したでしょ」

共同寝室の薄闇の中で流したミレアの涙を、見つかって悲嘆に暮れていたミレアの表情を思い出し、私は胸が締めつけられた。

「そうね。ごめんなさい。私ね、怖かったの。助けようとしたら私も連れていかれると思ったの」

私は言った。

ミレアは白い目で私を見ていた。

「でも、連れていかれた」

「ええ、そうね」

ミレアと同じようにではなかったけれど、と私は心の中で言った。それは口にしても意味がないように思えた。結果は同じだからだ。

「いい気味」

ミレアはそう言うと、私から目を逸らし、天井の低い船倉の奥の影をじっと見つめた。

私は何も言うことができなかった。私たちは押し寄せる波や軋む木の音を聞いていた。

とうとう私は沈黙を破った。

「あなたが私に怒っているのはわかってるわ。当然よ。でも一つ訊きたいことがあるの」

ミレアは私から顔を背けたまま前を見つめつづけていた。ミレアの息遣いが聞こえる。彼女の足首は私の指の数本分ほどの細さしかない。どちらの足首も紫色の発疹に覆われていた。

「何」

ミレアが言った。

「私たちはどこに連れていかれるの？」

私は訊いた。

「仕事よ」

私はぐるりと見渡した。寒々しい下着姿でどんな仕事をするのか、私は想像できなかった。

「どんな仕事なの？」

「これからわかるわ」

ミレアはやはりまだ私と話したくないのだ。私には彼女を問い詰められない。私が彼女なら、さっさと立ち上がって他の場所を探していただろう。

ミレアは青白い指で足の甲を掻いた。波が絶え間なく寄せては返している。

「でもそれで死ぬことはないわ」

ミレアは長い沈黙の後、付け足した。

「それって？」

「仕事よ」

私は頷いた。それにミレアが気づいたかどうかはわからない。彼女は頑なに私を見ようとしなかった。

「もう一つ訊きたいことがあるの」

私は言った。

ミレアは何も言わない。私はそれを同意とは思わなかったが、拒絶とも思わなかった。

「最近、私の他にもここに入ってきた人はいる？　それとも私だけかしら？」

ミレアの視線が薄暗い空間を漂う。

「503が先週入ってきたわ。向こうの壁際に座っている白髪の人。だいたい週の半ばくらいに」

私はそちらに目を向けた。女性は床の上にしゃがみこみ、うつむいたまま両手を合わせていた。女性は無言のまま唇を動かしている。おそらく聖織女に話しかけているのだろう。皺だらけの顔にある入れ墨は、真新しくて赤く浮かび上がっていた。

「彼女だけ？」

私は訊いた。

「昨日、もう一人来たわ。504よ」

ミレアが言った。

「あなたと同い年か、少し上だと思う」

私は周りを何度も見てみた。ヴァレリアが船倉にいるのなら、私は絶対に気づいていたはずだ。私の中の希望が浮き沈みを繰り返した。

「見た目はどんな人？　彼女はここにいる？」

「あそこの昇降口のところ。黒い髪で、あなたよりも少し背が低いわ」

私はそちらを見た。黒い額にくせ毛がかかっている少女がいる。私に見られていることに気づくと、少女は睨み返した。私はきまりが悪くて目を逸らした。

「囚人は全員、仕事に連れていかれるの？　それとも、どこか別の場所があって、そこに囚人を入れておくのかしら？」

「遅番の人たちはあたしたちの後に食事をして、その人たちの乗った船は別の場所に連れていかれるわ」

これを聞いて私は少し気を持ち直した。ヴァレリアはやはりここにいるのかもしれない。織の家から連れられていった他の織り子たちを見かけなかったのは、遅番のせいだろう。

「男性組もあるけど、あたしは一度も見たことがない。それから隔離された監房もあって、入ってきてそのままそこに入れられる人もいる」

私は看守に引っぱられて通り過ぎた重厚なドアを思い出した。ドアには小さな覗き穴があった。私は頷いた。

昇降口が開いて、看守が中を覗きこんだ。おしゃべりが途切れた。

「もしまたしゃべりたいなら」

看守が立ち去るとミレアが言った。

「ここ以外の場所はダメ。面倒なことになるから」

ミレアは私から離れて、向かい側の壁際に立っているグループに加わった。グループでは誰かが話をしている。話はとぎれとぎれにしか聞こえない。彼女たちは笑っていたが、何がおかしいのか私にはわからなかった。

船に乗ってからずいぶん経った。船の揺れのせいで私は気分が悪かった。船内にいると時間がどれくらい経ったのか推測しづらいが、甲板に出るように言われて外に出ると、光が差してくる方向から昼になっていたことがわかった。船は小島群に停泊した。岩礁は、まるで巨人の手から撒き散らしたように海に点在している。近くの島は小さな塚のように水平線上に突きでており、町の高い建物と見わけがつかない。そうは言っても、ここから町が見えるかわからなかった。島からこんなにも離れたことは今までになかったからだ。

やがて囚人たちが船縁の脇についているいくつかの台の上に整列しはじめた。しだいにその理由がわかってきた。台の上に乗っているのは合わせて二十人くらいだろう。残りは後ろに並んでいる。寒風が甲板を吹きぬけた。私の歯は音を立てて鳴り、吐き気をもよおした。

私たち全員に軽くて目の細かい編み籠が渡された。他の人たちが腰に結びつけるのを見て、私も同じようにした。看守の一人がフックに吊り下がっている銅製の鐘を鳴らして、砂時計をひっくり返した。砂が時間を刻みはじめる。最初の囚人たちが台の上から海の中へ潜った。私はようやく着ている服の意味がわかった。薄着なら泳ぐのに邪魔にならない。だが、この時期の海水は凍ったガラスのように冷たい。

波はうねって、塩を空に吐きだしている。カモメが岩礁から飛び立った。体毛の一本一本がブラシの剛毛のように突き立つ。最初の潜水者たちが水面に姿を現した。一人か二人が、日に焼けて銀色になった枝のような、何か白いものを手に持っていた。

それは骨サンゴだった。

私は一瞬、驚いた。骨サンゴは島の至る所にあったからだ。人々はお守りとして首にかけて持ち歩いたり、夢魔除けにドアの入り口の上にぶら下げたり、ボタンの中に入れて服に縫いつけたりしていた。大量の骨サンゴが、毎月、海岸に流れ着いている。それなのになぜわざわざ遠くまで連れていかれて集めさせられるのだろう？

潜水者たちは、船にロープで繋がれた波に浮かぶ無人のボートの中へ枝を放りこんだ。彼女たちはつぎつぎと腰に結びつけた籠の中からサンゴを取りだした。

「色が違うぞ！」

看守の一人が叫んだ。

「白に何の価値もない」

「これしかありません」

囚人の一人が叫び返した。

「探せ。砂時計にはまだ砂があるぞ」

そのとき私は腑に落ちた。私たちに求められているのは、骨サンゴではなく、血赤サンゴを探すことなのだ。

彫り師街が血赤サンゴを粉末にして赤い染料をつくり、それをもう何十年もの間、船が遠方の国々へ運んでいた。私は、血赤サンゴは鬱蒼とした森のように海底に生えており、ふたたび生えるようにするために間引かれるのを待っているものとばかり思っていた。

囚人たちは深く息を吸いこんで、水面下へふたたび消えた。

私の番はつぎだった。私は流れ落ちる時計の砂を目の端にとらえた。あと少しで海に飛びこまなくてはならない。潜水者たちが水面に勢いよく顔を出し、苦しそうに喘ぎながらわずかばかりの収穫物をボートの中へ投げ入れる。女性たちは皆、祈るようにお互いに目を配っていた。誰かが大量のサンゴを探し当てていれば、皆が分け前に預かれるからだ。

最後の砂が流れ落ちた。鐘が鳴りはじめる。私の前に海に潜った囚人が水面へあがってきた。彼女の唇には血の気がなかった。彼女は何も持っていなかった。

看守たちが縄梯子を海に放りなげた。潜水者たちは寒さで体を震わせながら梯子を登ってくる。私が話しかけたことのある看守が彼女たちに毛布を渡しはじめた。甲板にあがった人から順々に毛布に包まった。私は飛びこむことに頭を切り替えた。

私は台にあがった。二番手の他の潜水者たちは海に飛びこんでいる。足が一歩も動かない。体の重心も移らない。足もとの水は波打ち、波頭は牙を剝いた歯のようだ。

非情な手に背中を押され、突き落とされた。

衝撃と寒さに押されて息ができない。私は横向きに落ちて、海に激しく叩きつけられた。息をするためにもがきながら水面に顔を出す。外気は水ほど暖かくなかった。

「そこのおまえ！　潜れ！」

看守の一人が私を見て叫んだ。

「この船には無賃乗客のための場所はない」

私は思いきり空気を吸いこんだ。私を取り巻く凍てつく海に体が強張らないように、私は必死で動きつづけた。

海は静かに音もなく私を閉じこめる。私はどんどん潜っていって、手当たりしだいに探った。私の指は尖った石に当たったり、柔らかくてぬめぬめした藻に当たったりした。何かが私の手をすり抜けて、固くて先の分かれたものに触った。私はそれを握りしめ、水面に向かって足を蹴った。

肺の中の息が切れそうに感じた。鼻から空気を出すが、息を吸いこむことができなくて胸が痛い。私の頭は水面を突き破り、裂くような冷たい空気が肺に流れこんだ。手足は刺すように痛かった。私は手に持っている枝を見て、泣きそうになった。それは藻に覆われたただの木の枝だった。おそらく小島に曲がりくねるように生えている丈の低い松だろう。

私は枝を波へ放った。

看守たちは甲板から私に目を光らせている。私は息を吸ってもう一度潜るしかなかった。今度は水中で目をこじ開けた。これでサンゴが見つかる望みが少しはでてきた。目を閉じたままだといっこうに見つからないからだ。塩がしみて私は何度も瞬きをした。すべてがぼやけて見える。

徐々に形が見えはじめた。背後に黒くて細長い船がある。小島の斜面から海へ連なる隆起線。そこには岩壁と深い洞窟があった。私はふたたび息継ぎするために水面にあがらなくてはならなかったが、ほぼ確実にわかったことが一つだけあった。血赤サンゴがあるとすれば、それは洞窟の中の、深く突きでた岩壁の下の手の届きづらいところに生えている、ということだ。

サンゴの収集に潜水者を使う理由もようやくわかった。サンゴ船の採取機は先端が四つに分かれており、錨よりもわずかに大きなものだ。しかし、血赤サンゴがもはや採取機では届かないところ――精確さを求められる割れ目や、岩の窪みにしか生えていないのだとしたら、人間の手を使うしかない。

つぎに潜った時、私の推測はより確かなものになった。他の多くの潜水者たちは岩の暗い穴や崖下めがけて潜っていく。そこはあまりに深く、行くのをひるんでしまうくらいだった。岩の隆起線に孔の空いた暗礁が見える。私は近くに寄って手で表面を触ってみたが、もう何年も前に成長が止まってしまっていることがわかった。分岐している枝はわずかで、短くて死んだように白いところばかりだった。何の価値もない。私は暗礁にかかっている錆色の雲のような澱をゆっくりと動かした。

何度潜ったかわからない。だが、もう何度も潜れないことはわかっていた。手や足の感覚はなくなりつつあった。悪寒が時おり襲ってくる。ふたたび潜ろうとしていたその時、鐘が鳴って縄梯子が下ろされた。体が思うように動かず、私は船端を伝って体を持ちあげた。指が滑って縄をつかめない。私は驚いて自分の指を見た。海底の澱が皮膚にべったりとくっついているせいで、指が言うことをきかないのだ。看守が私の手首をつかむと、おっくうそうに手すり越しに引き揚げた。私は毛布に包まれ、かすかにハーブが香る一杯のお湯を押しつけられた。

客室の鉄製ストーブのそばへ連れていかれる時、水が跳ねる音が聞こえた。砂時計の中の絶えず落ちつづける砂のことを思い、私は待った。心臓は体のどこよりも冷えきったままだった。

客室にいても体は震えていた。ストーブの火は、凍てつく日に吐く息とたいして変わらなかった。暖かいのは一瞬だけで、体についた水気が蒸発するともっと寒さが骨身に沁みてくる。短髪の看守が私を見て、もう一人の看守に何か言っているのが見えた。もう一人は私を見ずに肩をすくめた。

船が島へ向かって帰航したときは、日が暮れかけていた。

私は乾いた服に着替えて、夕食の薄いスープをもらい、自分の監房に入った。それでも体の震えは治まらなかった。体に巻きつけた毛布は薄っぺらで、骨は凍りついたように感じた。喉の中のガラスの破片はさらに増えたみたいに飲みこむたびに痛くて息ができない。私は目を閉じて眠ろうとしたが、あまりに寒すぎた。私は震えながら浅い眠りに落ち、時間の感覚を失った。

私は、汚れた者たちの閉じられたドアの向こうの石の迷路へ迷いこんだ。そこにヴァレリアがいるかどうか感じられるよう、一つひとつのドアに手を触れた。彼女を私のもとへ呼ぶためにそれぞれのドアの穴に向かって囁いた。だが、ヴァレリアは来なかった。

ずいぶん経ってから暗がりの中に燃える目が現れた。まともに見るとずきずきと疼いた。私は小さな輪のようにかたくなに縮こまっていたが、寝台から引っぱりあげられた。私は話そうとするが、うめき声やかすれ声しか出てこない。燃える目は、廊下を歩いている間ずっと私を見下ろしていた。その目の奥に、塔の頂上で燃え上がる太陽が見えた。それは、赤々と私を見返し、今にも世界を焦土と化そうとしていた。私は塔を根元から引きちぎり、大地の骨を引き抜きたい。だが、私にそんな力はなかった。石の太陽を引きずりおろしたいのに、それはあまりに高くて遠かった。塔の側面は滑らかで足場がない。下にある石はあらゆる方向に硬く無情に広がっていた。

12

眠りの水が私から離れていく。水が私の体の上を流れていく。私はもう一度沈みこもうとした。だが、唇は乾いている気がした。鼻は詰まり、頭がずきずきと痛んだ。私は目を開けた。シーツは私にまとわりついており、脇の下に汗を掻いていた。見たことのない部屋だ。白い上着を着た治療師の女性が、部屋の隅に座って靴下を繕っている。私は物音を立てた。女性が私をちらりと見た。

「喉が渇いた」

私は言った。声は言葉にならなかった。

それでも治療師はわかってくれたのか、席を立って小さな机の上の水差しを手に取ると、コップに水を注いだ。治療師はコップを持ってきた。私はじっとりと濡れたシーツからもがきでるようにして起きあがって飲んだ。水が顎を伝って流れ落ちる。何も聞かずに白い上着の女性は二杯目を注いだ。三杯目を飲み終えた後、ようやく気分が落ち着いたように感じはじめた。シーツは汗でぐっしょりと濡れていた。鼻が詰まって自分の匂いを嗅がずにすんだが、喉の痛みはなくなっていた。私はきれぎれに何度か目を覚ましていたことを思い出した。熱いハーブティーと、飲みこめなかったしょっぱいスープのこと。一人で立っていられず、白い上着を着た誰か――おそらくこの同じ女性か、別の女性に――支えられて、恥ずかしい体勢で便器に座ったこと。額にのった濡れたタオルと目の前にちらつく小さな赤い斑点のこと。

私はふたたび眠りに落ちた。

用を足したい思いからやむをえず目が覚めた。治療師が不安げに私を連れていく。私が途中で倒れなかったので、彼女は安心したようだった。私たちが部屋に戻る時、私は入り口で足を止めた。看守の制服に身を包んだ一人が部屋で私たちを待っていたからだ。私はてっきり市警備隊の一人かと思っていたが、制服の感じがわずかに違っていることに気がついた。制服には太陽のシンボルの他に、汚れた者たちの印もついていた。看守が振り返った。彼女は、最初の日に潜水服をくれた短髪の看守だとわかった。

何が待ち受けているのかわからず私は立ち尽くしていた。

「休むといい」

看守が言った。

「時間はとらせない」

私はベッドに腰かけた。白い寝巻きを着た私は、なるべく冷静に見えるように努めた。冷気が私の胸を打ち、ぶるっと身震いした。看守は治療師に目をやり、治療師は見つめ返した。一瞬のうちに時が止まり、砕け散った。治療師は縫い物を集めて、部屋を出た。私たちは二人きりになった。

看守は片隅にあった治療師の椅子を引き寄せて、私の前に置いた。彼女は帽子を脱いで腰かけると、私をじろじろと眺め回した。

看守の肌の色は私よりもいくぶん濃かった。彼女の顔のどの部分も見たことがないのに、どこか見なれた形をしている。短い髪は頭のカーブに沿ってうねっていた。彼女は黙ったまま私を見つめている。天井際に細い窓があり、そこから四角い光が差しこんでいた。鳥が通り過ぎる影が、窓をかすめた。とうとう看守が手を伸ばし、私の手首をつかんだ。彼女は私の手の平を表に向けて、腕の入れ墨を指さした。

「おまえは織の家の者だな」

看守が言った。

「そうです」

私は言った。私は手を引っこめたかった。

「そこがどんな様子なのか私はいつも考えていた」

私は看守が話しつづけてくれるのを待っていたが、続きはなかった。

「匠の家に行かれたことはありますか？」

私は沈黙を埋めるために尋ねた。

「おまえは印のある汚れた者たちが町を歩いているのを見たことがあるか？」

看守が刺々しく言った。

私は入れ墨の日のことを考えた。皆の目にさらされた壇上の夢みる者たちの前には二つの道しかない。汚れた者たちの家へ戻されるか、もしくは島から追放されるかだ。

「いいえ」

私は言った。

看守は私の手をつかんでいた手を離した。

「織の家のことを話してくれ」

看守が言った。

これはつまり事情聴取だ。私はヴァレリアのことを表に出さず、意識しないようにした。私はヴァレリアを中味のない文字に変え、発音すらままならない名前に変えた。

「何を知りたいのですか？」

私は訊いた。

「何でもいい」

妙な注文だった。眉間に皺を寄せると、額を縦に走る傷が痛んだ。頭を打った覚えはないが、きっとぶつけたのだろう。

「何でも？」

「何でもだ」

看守が念を押した。

これは私にうかつに語らせる策略なのだろう。私は何の意味もなく当たり障りのないものを頭の中で探った。

「毎朝、パンの匂いがします」

私は言った。

「いいえ、毎朝ではありません。週に二日、たぶん三日。その匂いは私たちの……私の小部屋まで匂ってきませんが、顔を洗いに行くためにドアを開けると、廊下を伝ってパンの匂いが漂ってきて、それで朝食には焼きたての温かいパンが出されることを知るのです。そのパンの皮は、気をつけながら食べないと口の中を切ってしまうほどパリパリしていて、白い中身は、太陽を浴びた雲のように舌の上でふわふわしているんです」

「ここでは、焼きたてのパンが出されるのは週に一度だ」

　看守が言った。

「だが、パンはいつだってオーブンから出す前から茶色くて硬い。週末にかけて、汚水のような味の白い斑点が出てくる」

　看守は腕を組んだ。

「他の話も聞きたい」

「仕事が始まる前の作業場では、織りかけの糸の壁が、窓から網の目のように差しこむ日の光の中で霧みたいに見えます」

　柔らかくしなやかでありながら、多くの石造りの家のよりも頑丈にできている糸の壁が、私の目に浮かんだ。

「作業場に入る時、私たちは壁から私たちを見つめている聖織女にお辞儀をします」

　さらに私は、朝の洗面所が手狭なこと、港に到着する空中ゴンドラのこと、外との仕切りがないも同然の部屋のことについて話した。糸の壁を織ること、掛けること、解くことについても話した。私はあえて看守の関心をたいして引かない話をした。鶏舎の掃除について、暑さの盛りの晩夏に香るローズマリーとラベンダーについて、きらきら光り輝いては深海の生物のように消えてゆく町の柔らかい光について、私は話した。広場の中央にある池のことや、タペストリーの部屋の古い絹織物の見たこともない目も綾な色彩のことも話した。

　看守は、私の言ったことをすべて脳裏に焼きつけるようにじっと耳を傾けていた。

　私は話しながら、自分も理解しはじめた。

私は織の家の長い廊下を何年も歩いてきた。自分の小部屋に隠れるように閉じこもって、来る日も来る日も私は糸を手にとった。糸は枷のように重たい時があった。だが、洗面所の匂いに安らぎを覚え、藻灯のゆったりとした青い火は夜の帳が降りた後の道しるべとなった。いつの日かまた戻ることができるなら、糸の壁の迷路の小道で覚えたように、織の家のすべての表面に指を這わせ、すべての匂いを吸いこみ、すべての部屋の形や大きさを記憶しておくだろう。糸の壁を引き裂いてしまいたい日々もあった。だが、それはまた私の拠り所であり皮膚であり、私が成長していくための形を与えてくれた。糸の壁がなくては、私は一人、崩れてゆく空の下でゆっくりと沈んでいく海岸に身をすくませて立っているだけだ。

疼く熱い泡が胸の中で弾け、締めつけられた嗚咽が漏れた。私は話すのを止めた。

看守は周りを見渡し、机の上の水差しの隣にあった、皺は寄っているが清潔そうな布きれをつかんだ。

「涙を拭きなさい」

看守は言うと、私に布きれを差しだした。

「それから洟《はな》も」

私は布きれを受けとると、洟をかんだ。布に涙の跡が残った。ふたたび私が顔をあげた時、看守は床に目を落とし、優しい面影が彼女の顔から消えつつあることに気がついた。

「おまえは織の家の主《あるじ》について何も話していない」

看守はそう言うと、顔をあげた。

「どういう人だ?」

長身の織り手が廊下を歩く姿が見える。ドアの入り口で黙ったまま立っている姿が。これが訊きたいことなのだろうか？　織り手は信頼できる人かどうか、それとも裏切りについて？　私は慎重に言葉を選んだ。

「私は織り手のことを良識があって親切な人だと思っていました」

看守は探るように私を見た。

「何か変わったことがあったのか？」

暗がりの書斎にいる織り手が見える。毅然と道を示し、罠の糸のように滑らかな声で話している織り手が。私は助かるのか、罰せられるのか、できることが何かあるのかわからない。真実なら話せる。

「私がここにいるのは織り手のせいです」

私は言った。

「織り手が私をここによこしました」

看守の表情が一瞬、変わった。それは稲妻のような一瞬で、はたして本当に表情が変わったのかわからないほどだった。私はさらなる質問を待った。質問が彼女の舌の上で形になり、訊かずにはいられないほど口いっぱいに溢れるのを。

ところが、看守は立ち上がって、こう言った。

「休むといい。仕事の再開は明日だ」

看守は部屋の隅に椅子を戻した。椅子の脚が床を引きずっている。看守は振り向いて私をじっと見つめた。光が彼女の額の入れ墨を照らしていた。

「おまえがここにいるのは織の家の主のせいじゃない」

私は待った。看守は言葉を吟味しているように見えた。そして、秘密を打ち明けたい人がそうするように、頭の中で練っているように見えた。部屋の外で誰かの足音が聞こえる。おそらく治療師だろう。

「おまえがここにいるのは夢死病にかかっているからだ」

看守はそう言うと、帽子をかぶってドアを開けた。彼女はもっと別のことを言おうとしていたのは確かだった。看守は、自分が言ったことが本当ではないとわかっていながら話したのだろうか。彼女の言動の裏に何も見えなかった。

看守が立ち去った後、治療師が部屋に入ってきた。

額が痒い。そこを爪で引っ掻くと、皮膚が剝がれた。

「軟膏を塗るわ」

治療師が言った。

「傷が治るまでしばらくかかるわ」

「何の傷？」

私は訊いた。

治療師は軟膏の瓶の蓋を開けはじめた。

「針で炎症をおこすことがたまにあるの」

治療師はそう言うと、私の表情に気づいてこう続けた。

「大丈夫？」

「見てもいいですか？」

私の声は潰れていた。

部屋には鏡がなかった。だが、脇にある小さな机の上には金属製の小皿があり、治療師がそれを私に差しだした。彼女の顔に何かがよぎる。それは同情だとわかった。皿の表面に映った自分の顔はぼんやりとかすんでいたが、輪郭はどうにか見てとれた。それでも見えてしまう額の真ん中に、私の肌よりも黒い入れ墨があった。泳いでいる時になぜ赤い斑点がちらついたのか、眉間に皺を寄せた時になぜ痛みが走ったのか、わかった。濡れたシーツには血の跡がついていた。

私は皿を差しもどした。

「軟膏はいりません」

私は言った。

治療師は首を傾げて、口をへの字に結ぶと、瓶の蓋を閉めなおした。私は毛布に包《くる》まって、壁を向いた。口の中に流れこむ涙のしょっぱい味がした。

私は、島と海を見下ろす夢の岩に立っている。額の印が疼く。私は世界を覆う糸の壁のような夢の雲から、鈍く光る篠突く雨を追い払う。水路から水が溢れ、通りや敷居や何も知らずに眠っている人々がいる寝室を洗い流す。私は夢の波を私のほうへ呼び寄せて、ふたたび押し返し、両手で波頭を形づくり、空に向かって波を押し上げる。危険に満ちた高波の海の中で一隻の船も残らず沈没するまで。私はさらに深く潜り、海底の下に隠された根と脈を、岩とサンゴと泥層の下に埋もれたものを探す。私の足もとのはるか下にある大地の骨と腱を引き抜く。海が勢いを増しながら、町に向かってどんどん流れていくのを感じる。そしてついに海は島の表層からすべてを拭い去る巨大な一波で覆うのだ。空に向かって伸びる塔も、高い屋根も低い屋根も、ゴンドラを運ぶケーブルも、人々の薄っぺらな人生も。

後に残るのは夢の岩だけだ。それはもの言わず波に囲まれて立っている。波はゆっくりと静もり、海のしじまを覆った。

そうして私は目が覚めた。疲れきっていた。私の中には最後の一滴の力さえも残っていない。


つぎの日の朝、夜明け前に私は監房に連れ戻された。ふたたび他の囚人たちと一緒に船に詰めこまれ、海へ押しだされた。自分がなおも踏み潰された泥水入りの皮袋のように感じていた。しかし痛みは鈍い疲労へ変わっており、頭痛も前日よりいくぶん軽くなっていた。水がふたたび氷の指で私に絡みつく。またも私は息苦しくなりながらやみくもに手探りした。海底の澱を肌にべっとりつけたまま私は甲板へ登り、味のないハーブティーを飲んだ。鐘が鳴って、砂時計がひっくり返される。すべてがふりだしに戻った。

最初は、短髪の看守がさらに私に質問しにくるだろうと思っていた。ところが、時間はだらだらと進むだけで、看守は私に近寄ってこなかった。汚れた者たちの入れ墨のある看守たちは、私たちと一緒に食堂で食事をとっていた。だが、入れ墨のない看守たちはけっして一緒にはとらない。彼女たちは大勢いたが、なかでもよく見かける看守たちに私は勝手に名前をつけた。「タコ」は長身で体格がよく浅黒い。彼女は私たちを容赦なくつかんだり、突き飛ばしたりする。「カメ」は、動きは遅いがぬかりなく見ている。「カキ」は頭から爪先までくすんだ色をしており、口数は少ない。青白い目で赤い髪の看守もいる。彼女の命令は厳しく、即座に鞭が飛んでくる。私は彼女を「アカエイ」と呼んだ。

入れ墨のある看守たちには昆虫の名前をつけた。「バッタ」は樹皮のような色をしており、どこが折れてもおかしくないほど痩せていた。「アリ」は背が低く、まるで足が二本以上ついているみたいに歩く。「コンチュウ」は濡れた黒い目と髪の持ち主で、他の看守よりも親切だった。短髪の看守は「ガ」と呼ぶことにした。

入れ墨のある看守たちの仕事は、私たちに監房を掃除させたり、食器を洗わせたり、排泄物を片付けさせたりすることだった。一方、入れ墨のない看守たちは入れ墨のある看守たちに命令を与えた。一度、アカエイが船内でコンチュウと言い争っているのを見かけたことがある。アカエイは鞭を取りだして、コンチュウの素手を二度、鞭で打った。打たれた跡は赤くなっていた。コンチュウはうな垂れて、罰を受けていた。

汚れた者たちの家の一日をしばらくの間見ていてわかったのは、入れ墨のある看守たちも私たちと同じ囚人だということだった。ただ、彼女たちは私たちよりも優先的な立場にあった。考えれば考えるほど、ガが私を事情聴取した理由がわからなくなった。ガが私を見ている時があるが、その表情からは何も読みとれず、私は目を逸らした。

私は汚れた者たちの家の地図を二通り思い描きはじめた。間取りだけではなく、時間や、家の中で行われていることも組みこんだ。私は自分が潜りこめる隠された穴や裂け目を探した。ヤノスにメッセージを送らなくてはならないのに、どうやったらいいのかわからなかった。持っているものといえば、この服と毛布と便器と石鹼の欠片だけだ。この家でペンや紙が使われているのを見たことがない。どこかに水報機があるはずだが、使われている様子はない。それで水報機は男性用の棟にあるとますます確信をもちはじめた。時折、入れ替わりの女性の囚人たちを遠目から見かけることがある。私たちが食堂を後にする時に、彼女たちは格子門の向こうで列を作っており、港で船に乗っている。ヴァレリアがその中にいたとしても、遠すぎてわからないだろう。男性の囚人たちは私たちとけっして一緒になることはない。建物は二つに分かれており、二棟は廊下で繋がれているだけだった。男性たちを目の端にとらえたことが一度だけある。私たちが船に乗りこんでいた時に、遠くのほうで彼らは籠いっぱいのサンゴを黙々と運んでいた。

私は水面下の潮の流れや、汚れた者たちの家の内部を支配する上下関係の動きを覚えた。ある日、私は自分だけが皆と離れて海に浮かんでいることに気がついた。他の皆は寄り集まっていた。そっちに向かって泳いでいると、背が低くて肩幅の広い少女が目に入った。年は私とほぼ同じくらいで、一つか二つ年若いかもしれない。彼女は真っ赤な枝を籠いっぱいに詰めて水面から顔を出し、ボートの中へ投げ入れていた。私も潜ってみると、血赤サンゴの赤い点が見えた。サンゴは生い茂っていてよく見えたが、あまりに深いところにあって、そう簡単には集められそうになかった。彼女の泳ぎは速く、恐れる様子もなく深く潜っていった。私たちも後に続いたが、彼女が採るサンゴの量は群を抜いていた。

その日の晩、私たちは、野菜スープを受けとるために列に並んでいた。スープにはキャベツと海藻しか入っていない。肩幅の広い少女は私の前に並んでいた。調理師は少女を見ると、看守たちが見るのと同時にスープの中に何かをさっと入れた。ローストした肉の香りが鼻孔に漂い、口の中で唾が湧いてきた。ヤギか、子ヒツジだろう。最後に空腹を感じたのは、ヴァレリアが失踪する前で、織の家にいた時だった。少女はスープ皿を受けとって、長い机についた。看守が少女の近くに移動した。少女のスープ皿を二度見する人はいなかったが、出来事を目撃した人は多かったはずだ。

　ここでの生活が長くなるにつれ、私がより強く確信を抱いたのは、優秀なサンゴ採りには褒美が与えられるということだった。他の誰もが採れない枝をつかみとった女性には、看守から毛布が余分に差しだされる。他の者には狭すぎる穴にも届く、長くて細い腕の少女には、靴が渡されていた。

　私は以前に比べて長い時間、息を止めていられるようになった。両手はサンゴ採りのせいで傷だらけになった。腕や首や脚に発疹が斑点となって現れた。それでも、私は他の人より速いわけでも、強いわけでも、手際が良いわけでもなかった。お腹は満たされることはなく、体はいつも冷えていた。手や足の傷はいっこうに治らなかった。

　どんよりと曇った日の夕方のことだった。どしゃぶりの雨が降り、私を取り巻く壁や、人々が気ままに歩くどこかの通りを激しく打ちつけた。空腹が私を引き裂いた。空虚さが私の体に絡みつき、一つひとつの思考や行動に現れた。私たちはいつものように薄いスープを飲んでいた。ス―プと一緒に、味も色も悪く、オーブンから出す前から硬いパンの欠片が出される。私がガと名づけた看守が言っていた通りのパンだった。

　ミレアは私の隣に座っていた。船で話を交わした後も、一度か二度、話しかけようとしたが、ミレアは答えないか、答えてもそっけないものばかりだった。私はパンの欠片の端を齧った。パンの硬さが歯の元まで感じる。パンを机の上に置いて、スープ皿を口もとに持っていった。向こう端の机で何かが割れた音がして、私はそっちに気を取られた。床に落ちたスープ皿の破片を拾う年配の女性が目に入った。女性の腕がテーブルの上のスープ皿にうっかり当たってしまったようだ。当たる前に、女性がスープを飲み干していることを願った。二杯目は与えられないからだ。

自分の皿に目を戻すと、私のパンが消えていた。気づく間もなく、浅黒くて体格がよくて入れ墨のない看守のタコが勢いよく机に向かってきた。

「おまえ！」

タコは手にした鞭を振りあげて言った。

「それを戻せ！　今すぐ！」

私は穴があくほどタコを見つめた。やがて自分に話しかけているのではないことがわかった。タコは机にぴったりついて、隣に座っているミレアを見ていた。

「見たぞ。さあ、出せ。それとも、隔離された監房に行きたいか？」

ミレアは打ちひしがれたように手を袖の中に入れると、パンの欠片を出した。それは私が齧ったパンだった。

「誤解です」

私はタコに言った。

「何も問題ありません。よかったら食べて、と私がミレアに言ったんです。私の歯には硬すぎて」

ミレアは目を丸くして見ており、タコは信じていないようだった。

「これは盗んでいないと言うのか？」

タコが言った。

「パンはミレアのです。私が彼女にあげました」

盗みは厳しく罰せられるが、食べ物を分け与えることは禁止されていない。以前にも囚人たちがそうしていたのを私は見たことがあった。

タコはまだ納得していないようだった。

「これからは疑わしい行動をしないように気をつけるんだ。わかったか」

ミレアは頷いた。

「さあ、食べろ」

タコが言った。

ミレアはパンの欠片の端を噛みはじめた。看守はしばらくの間見ていたが、やがて私たちに背を向けた。ミレアは私をちらりと見たが、何も言わなかった。私も黙っていた。

一週間後、洗濯する番が回ってきた。汚れた者たちの家に来てひと月はゆうに経っていたが、洗濯するのはこれが初めてだった。私の着ている服はここにいる他の皆と同じ臭いがしはじめていた。涙と海と汗の臭い。塩の臭いは、肌に触れている糸を腐らせているように感じた。

部屋の奥の洗濯鍋から灰汁《あく》のねっとりとした臭いが立ちのぼり、私の鼻をついた。湯気が髪の生え際まで集まってくる。汗が額に吹きだして滴り落ち、入れ墨がひりひりと痛んだ。私は手前の洗面器の中で斜めの石に水着をあてて何度も擦って洗った。私の両側でも何十人もの囚人たちが同じように洗っているのが見える。私の隣にいるミレアはズボンについた染みを一心に擦り落としていた。ガが部屋を見て回っている。彼女の視線は私のところで不必要なほど長く留まっていた。

ガがその場を立ち去ると、ミレアのかすかな声が私の耳に入ってきた。

「どうしてあんなことしたの?」

ミレアは汚れに目をやったまま言った。

私はさっと周りに目をやった。彼女の言葉は水の弾ける音に掻き消され、他の人の耳には届いていない。

「あんなことって何？」

私は、手を動かしつづけながら自分の洗濯物から目を離さずに訊いた。

「どうしてあたしを助けてくれたの？　あなたのパンを盗んだのに」

重く締めつける黒い池のような罪悪感が、私の中に広がった。

「私よりあなたのほうが必要としていたから。あなたのほうが長くここにいるんだもの」

私のせいで、と言いそうになった。

ミレアはずいぶん長いこと黙っていた。ミレアは洗面器から水が滴っている服を引っぱりあげて水を絞り、後ろにある盥に落とした。そして、二本目のズボンをつかんで、石にあてながら擦りはじめた。

「ありがとう」

ミレアが言った。

私はシャツの水を絞って、盥に放りなげながら、それとはなしに周りを見た。看守は部屋の反対側にいる。私はミレアのほうへ手を伸ばし、彼女の手をぎゅっとすばやく握った。私はもっと前に、共同寝室で夢魔がミレアのところに訪れていた時に、手を握ってあげるべきだった。ミレアは驚いた様子だったが、嫌がってはいなかった。

「あたしたちのほうに移ってきた人と話したの」

ミレアは手もとを見つめたまま言った。

「船であなたが尋ねていた女の子のことについて」

希望がふわりと私の中を吹きぬけた。それはまるで夢の風のように私を地上から吹きあげた。

「彼女は私の年くらいなの」

私は言った。

「赤い髪。青白い肌。彼女は話せないの。彼女は……ケガをしているわ」

「じゃあ違う人だわ。どこかに匿《かくま》われているのかも」

私はふたたび水と憂いでいっぱいになり、気持ちが沈んだ。

「とにかくありがとう」

私はヴァレリアの名前をただ感じたくて、こう付け加えた。

「彼女はヴァレリアというの。ヴァレリア・ペトロスよ」

ミレアの顔が強ばった。ミレアがわずかに頭を動かした。私たちの背後にガが立ち止まっていたのだ。ガは、私かミレアに鞭を振り下ろせるほど近くに立っている。だが、そこに立ち止まったまま、何も言わなかった。

私たちの話をガが聞いていたのか、私にはわからない。しばらくしてガは部屋の見回りを続けたが、ミレアと私はもう話さなかった。

洗面器を空けて、洗濯物を外の屋根の紐に吊るした。屋根は高い塀に囲まれているが、晴れた日には日が差す。盥は乾かすために洗濯場の壁に並べて立てかけた。燃えつきた火の煙が空気中に残っている。私たちは洗濯場を出るために一列に並んでいた。ガとカキが部屋を点検している。

「二名に床掃除をしてもらう」

ガが言った。

「505と317はここに残れ」

他の人たちが通り過ぎていくのを私は見ていた。カキは承知したように頷くと、囚人たちの後について部屋を出た。部屋には、ミレアと私とガの三人だけになった。

「バケツは隅にある」

ガは奥の壁を指さした。

「洗濯鍋の水を使え」

床は灰汁の水溜りと汚れた足跡でまみれていた。私たちは雑巾で拭きはじめた。拭いて、洗って、絞って、ふたたび拭いた。もともと荒れていた私の指関節は、擦りつづけたせいでまた擦り傷になり、灰汁が沁みた。ガは私たちからいっときも目を離さず監視している。

「ここの洗濯は織の家とかなり違っているか？」

ガが訊いた。

私は頭の中でいろいろと返事をめぐらせた。ガは私がヴァレリアについて話しているのを聞いていたのだろうか？　こうやってヴァレリアの話に持っていこうとしているのだろうか？　一方で、なぜ、もっと高位の看守ではなくガに事情聴取させるのだろう？　さらには、他の囚人たちの前で懲戒処分を与えたり威勢を示したりせずに、なぜこっそり行うのか？

「ここよりも頻繁に洗濯しています」

私は警戒しながら言った。ガの反応を私は見守った。彼女は落ち着いており、親切そうにすら見える。心から興味があるように見えた。それにしてもなぜ、洗濯のような日常のことについてガは知りたがるのだろう？

「冷水は週一回、大きな洗濯鍋での煮洗いは月二回です。ベッドのシーツ類もそうです」

「洗濯物の干し方は？」

ガが訊いた。

「ここと同じです。外に吊るして太陽にあてますが、雨の日は庇の下に干します」

「織の家の織り子たちはどういう格好をするんだ？」

ミレアは床と、それを拭いている自分の手から目を離さない。

「私たちは海緑色の上着をはおり、その下に灰色の長いスカートを履いています。ここに連れてこられた織り子たちを見てわかっていると思います」

「確かに。よくよく見たのはおまえの服だったが、とてもいい生地だった」

「海羊毛です」

ガが私の上着を手にして生地を触っているところを想像するだけで、気分が悪くなった。

「私たちの主は服装にとても細かいんです」

「興味深いな」

ガが私に近づいた。ガのブーツは私の手のすぐそばにある。それで私の指を踏み潰すこともできるだろう。

「もう十分だろう」

ガは言った。

ガに連れられてそれぞれの監房に向かっている時、私はガが何を望んでいるのか考えてみた。だが未だにわからない。

昼が周りで解けて、夜が昼を一つに結ぶ。それとともに夢がやって来る。どんな光も差さない通路を私は歩いている。ヴァレリアのものだと知っている手を握りながら。毎朝、私の指は空をつかんでいた。船が波に揺られている時、船酔いにならないように揺るぎない大地にいる自分を想像した。夜、監房で横になっても、海の波の揺れはなおも手足に残った。それでも航海は私にとってありがたくもあった。なぜなら、それは世界は閉じられていないということを意味しているからだ。時間の経過を把握するために月を探した。聖織女は手を開いて手の平にある銀貨を見せ、手を閉じ、ふたたび開きはじめた。私がここに来て二ヶ月あまり経っていた。

私はパンの欠片を取っておいて、機会を見てミレアにこっそり渡した。食堂でミレアは私の隣の席を探すようになり、船にいる時のほうがよく隣に座ってきた。話をすることもたまにあったが、たいていは静かな時間をわかちあっていた。洗濯の日以来、全員に命令を出す時を除いて、ガは私に話しかけてこなかった。春はまだ遠いが、時おり、暖かくなってきた風が冬の寒風をそっと撫でた。ふたたび夜の帳が降りて、船が島へ積み荷を運ぶ。血赤サンゴの枝と疲れた体と傷ついた指を。ミレアは私の隣で倒れるように座っていた。彼女の黒い髪と小枝のように細い手足が見える。

「ここで話されていることを聞いた？」

しばらくしてミレアが訊いた。

「何のこと？」

最初は、ヴァレリアのことについて何かわかったのかと思っていた。

「あの子のことじゃないわ」

私の気持ちはまた沈んだ。

「じゃないとしたら?」

「すごくおかしな話なの」

ミレアは声を落とした。私は体をわずかに寄せた。看守が船倉の様子を覗いた時にすぐに体を離せるよう、視線は昇降口に向けていた。

「何人かの女の子たちが話しているのを聞いたの。夢について何か言ってたわ」

「どんなこと?」

ミレアはためらいながら言った。

「それは病気じゃないって。移されることもないし、それで死ぬこともないって」

「誰がそんな話をしていたの?」

私の胸は高鳴っていた。天井に吊り下げられた藻灯が輝きを増しているように見えた。

「どこでそんなことを聞いたのかしら?」

「243と111。479。他にもたくさんいるわ」

ミレアは足にまとわりついていた海藻の欠片をさっと払った。

「新しく入ってきた人たちから聞いたらしいの。外でみんなが話していることだって。でも、それってありえないわよね、それとも本当なの? あたしたちは病気だってことをみんなは知っている。そのためにあたしたちはここにいるんだもの」

外でみんなが。ここには毎日、外界の情報の切れ端を携えて新しい囚人がやって来る。町の人々が夢について話しているとしたら、それはつまり、夢みる者たちが私たちの計画の実現を引き継いでいるということだ。

「もし本当だとしたら？」

私は声をひそめて言った。

ミレアはこちらに顔を向けなかったが、表情が変わったのがわかった。

「そんなことどうやったらありえるの？」

「よく考えて。私たちは全員、夢死病のためにここに送られてきたわ。でも、町にいたときに比べてここにいるほうがより頻繁にあなたのところに夢魔はやってきている？　寒さや空腹や体を洗えないことで病気になる人はいるけれど、それ以外が原因で病気になっている人をミレアは見たことはある？」

ミレアは考えている様子だった。すべての声は監房ごしに伝わっていくだろう。多くの監房には三人か四人いる。私たちは、お互いのいびきや咳、用を足す音や毛布に包まって静かに嘆く声を聞いていた。夢魔の訪れが気づかれないはずはない。

私は周りを見渡した。私たちに気を留めている人は誰もいない。私はミレアに体を寄せると、声を落として囁いた。

「ミレア」

私は言った。

「あなたは病気じゃない。私たちの誰も病気じゃないのよ」

ミレアの頭がぴくっと動いた。だが、彼女がどう思っているのか、他に知りようがなかった。ミレアはひたすら自分の足を見つめていた。

「あなたがここに連れてこられた時、いい気味ってあたしが言ったの覚えてる?」

「覚えているわ」

「本当はそんなことない」

ミレアが言った。

「誰もこんなところに来てほしくない」

「私だって同じよ」

ミレアの目が暗がりの中で動いた。私たちの声が聞こえているとしたら503の囚人しかいない。だが、彼女は目をつぶっており、またしても声に出さずに、失った者たちへ、聖織女へ話しかけていた。誰にも聞こえていない。503にも聞こえていないだろう。

「できるならみんなを自由にしてあげたい」

ミレアが囁いた。

「ええ、私もよ」

私がそう言うと、ミレアは長いこと黙っていた。昇降口が軋みながら開いた。看守の黒い影像が眩しい日の光を背に現れて、消えた。そうしてミレアがふたたび口を開いた。

「もしみんなが私たちは病気じゃないと知れば、もし看守たちも知れば、私たちを自由にしてくれると思う?」

私はちらりとミレアを見た。自然と笑顔になっている自分を感じて、心が軽くなった。私はそうなるにまかせた。

「わからないわ。でも、きっと」

私は答えた。

ミレアは私にほほ笑み返した。一瞬、ミレアが自由に歩き回り、二枚貝を海岸で拾い、笑顔を太陽に向け、木のように育っていくのを想像した。

噂は広がっていった。夢みる者たちは計画を進めるために力を尽くしていた。これまでの数ヶ月で初めて私の中を希望が流れた。さまざまな形となって輝き流れる水銀のように理事会は、塔の石の円卓に向かい合って座っている。物も言わず、周りで崩れていくものから視線を逸らし、物音一つたてず席についている。トカゲが円卓を横ぎり、水よりも速く曲がる。トカゲは、ドアのところで近づきつつある足音にひるんで、壁の裂け目に姿を消した。その尻尾は机の上でじたばた動き、痙攣し、蜘蛛の巣に引っかかった獲物のように、やがて岩か岩の影のように黒くなって動かなくなった。

席についている理事会はそれを気にもかけず、見ようともせず、何も言わない。湿った塔の裂け目には他にも棲みついている生き物がいて、それらはたびたび部屋を横ぎっている。一匹のために手を上げる者は誰もいない。

ドアが開く。松明を手にした使用人が部屋に入って、円卓のほうへお辞儀をする。使用人は窓から窓へ歩きながら、窓の外側につけた松明に火をつけていく。これらの火は、夜の島を監視する塔の目だ。部屋を立ち去る前に、使用人は海のほうを見やって、理事会には見えないものを見る。

雲から鈍色のどしゃぶりの雨が降ってきた。景色に鞭を打ち、水を動かし、重苦しい錆色の輪となって、本来ならば生命が蠢いている場所に静かに沈殿しているものをかき回す。海底の根と大地の骨が町からすべてを剝ぎとろうと動かしつづけている。空を目指す塔も、高い屋根も低い屋根も、ゴンドラを運ぶケーブルも、人々の薄っぺらな人生も。夢の岩はもの言わず波に囲まれて立っている。夢の糸の動きはなおも流れつづけ、それは強さを増し、世界へ解放する

13

降りしきる雨と猛烈な風が、一週間以上、毎日、船を揺らしつづけた。ようやく時化《しけ》が少し治まってきたことに私は感謝した。私は船倉の昇降口近くに座り、その縁に輝く金色の日の光を見ていた。ミレアは船倉の端に腕を曲げて枕代わりにしながら横になっている。ミレアは穏やかな寝息を立てており、そこにいびきが小さく混じることもあった。私は壁に頭をあずけて、目を閉じた。ふいに誰かに腕を小突かれてはっとした。

私は目を開けた。４７９が私の隣にしゃがんでいる。彼女は私の手の中に何かを置いて、さっと指を自分の唇にあてると、船倉の奥のほうへ立ち去った。

看守は見回りを終えたばかりだったので、思いきって手の中の物をよく見てみることにした。それはとても柔らかく、てっきり私は布の包みだと思った。だが、包みを開けていくうちに、それが小冊子のように折り畳んだ長い紙片だということに気がついた。何度も開けられたために、その表面は毛羽だっていた。

紙片の中身は以前に見たことのあるものだった。

どの絵も、見てそれとわかるように模写されていたが、おおまかだった。細かい部分はかなり削られている。しかし、それらは一つの同じ物語を語っていた。島を出た彫り師が大陸で病気を患い、入れ墨の日に戻ってくることができなかったという物語だ。彼は夢を見るようになり、入れ墨のインクは夢を見ることと何か関係があると疑いはじめた。彫り師は理事会に目をつけられるようになった。絵には、わかりやすくするためにいくつかの新しい物語が付け加えられていた。理事会は空中ゴンドラのケーブルを断ち切り、彫り師を乗せたゴンドラが地面に落下した。彫り師街から海へどろりとした黒い液体が流れ出し、そのせいで植物やウタクラゲが死んだ。紙片の最後のページには目が描かれており、その瞳孔は先が八つに分かれた太陽だった。

ここ数週間のいくつかの出来事が新たな意味をもつものとして思い出された。船倉の隅で囚人たちが集団になって誰かを囲んでいた。通りすがりに聞こえた会話の断片の中に彫り師という言葉があった。ある囚人は別の囚人に何かを手渡そうとしたが、昇降口が開いたため急いで隠していた。これら全てが別の事を示唆している可能性は十分にあるが、短期間のうちに度重なったことには意味がある。

錨の鎖が甲板の上から水の中へ、飛沫を立てながらドボンと落ちるのが聞こえた。船はまだわずかに前進していたが、これは看守がまもなく囚人たちを甲板に上がらせる合図だった。479はすでに船倉の奥のほうまで行っていた。私はどうすべきか考えた。紙片を手にしたままつかまりたくなかったが、彼女と話す必要があった。私は唯一の隠し場所であるズボンのウエストバンドの下に紙片を慌てて押しこんだ。

片隅で揺れている藻灯の下で479をつかまえた。他の囚人たちもすぐ近くにいたが、私はどうしても尋ねる必要があった。

「どこで手に入れたの?」

479の黒い瞳が藻灯の弱い光の中で煌めいた。彼女は他の囚人たちに目をやって、半ば囁くように言った。

「話しちゃダメよ」

「大事なことなの。他の場所でも同じ絵を見たわ」

甲板から足音と大声が聞こえてきた。４７９は昇降口のほうをさっと見たが、開かなかった。

「手から手へ回されてもう二週間になるわ。くれぐれも看守たちに漏れないように気をつけて」

「もちろんよ」

私は紙片をウエストバンドの下から取ろうとした。

見つからない。

もう一度探してみたが、紙片はなくなっていた。きっとどこかで落ちたにちがいない。後ろを振り返ると、二つのことが同時に起きていた。

ミレアが目の前で紙片を広げている様子が見えた。

船倉の昇降口が軋みながら開いて、そこから鋭い光が強く斜めに差しこんだ。看守の影が入り口に現れる。

ミレアははっと気づいて、紙片を後ろに回そうとしたが、すでに看守に見られていた。しかも、看守はコンチュウでもカキでもガですらもなかった。アカエイだった。

「そこのおまえ。それは何だ？」

アカエイが言った。

ミレアは息を呑んだ。私はその場に立ちつくし、４７９を見る勇気がなかった。

「それをこっちに持ってこい」

アカエイが言った。

「今すぐ」

ミレアは歩きだし、階段を上って船倉の昇降口へ出ると、紙をアカエイに手渡した。

「表に出ろ」

アカエイが声を荒らげた。

「他のやつらもだ！」

囚人たちがミレアと私の間に集まってきた。ミレアはもう甲板に出ている。騒ぎを目の前にしながら、私は汚れた床に立って順番を待っていた。風が、外ではためく言葉を呑みこんでいる。ついに私は昇降口から甲板へ出た。昼はガラスのように澄みきっていて、輝く色に紡がれた太陽で磨かれたようだった。今日の看守は、アカエイの他に、タコとガとアリだった。

「ぐずぐずするな！」

タコが声をあげた。二人の女性を小突いてもっと速く歩かせた。

アカエイがミレアの隣に立っている。アカエイの髪は火のついた藁《わら》のようにオレンジ色に燃えていた。アカエイはじっくりと目の前の絵を見ている。囚人たちは、二人の周りに集まってきていた。

「誰にもらった？」

アカエイが問い詰める。

ミレアはうつむいたまま、しゃべらない。

アカエイは手の中で紙をくしゃくしゃに丸めて下に落とすと、ブーツで踏み潰した。その手が鞭の取っ手にのびる。

「ここに書いてあることはでたらめだ」

アカエイが言った。

「そして冒瀆だ。汚れた者たちの家でさまざまな噂が立っているが、この紙片が発信源だということは間違いない」

アカエイはミレアに体を寄せて、棘を柔らかく包んだ声で話しかける。

「なぜおまえたちはここにいる?」

ミレアの唇は動いているが、言葉は聞こえない。

「もっと大きな声を出せ。みんなに教えてやれ」

「私たちは病気で汚れているからです」

ミレアは声を詰まらせながら言った。

「何に汚れているのだ?」

「夢です」

「なぜ理事会は大いなる慈悲をもっておまえたちを生かしているのだ?」

「私たちは仕事をするからです」

「その通り」

アカエイはそう言うと、背筋を伸ばした。午後まだ早い光を受けてすっくと立ち、ぐるりと見渡す。

その声が、冴えた金属のように私たちに襲いかかった。

「夢死病はおまえたちの命をやがて奪う。それまで汚れた者たちの家にいられる唯一の方法は仕事だ。

そして正直であることだ」

アカエイはミレアのほうに向き直る。

「さて、このくだらない紙をどこで手に入れたか話してくれるかい？」

ミレアはじっと下を向いている。私は恐怖を感じはじめた。ミレアを困らせたくない。私はもっと気をつけるべきだったのだ。こうなったのは私のせいだ。

「話してくれるかい？」

私は言葉が出なかった。

ミレアは黙っていた。アカエイは鞭を振りあげた。ミレアの顔を正面から打つつもりなのだと思った。ミレアはそれでも何も言わなかった。

「いいだろう」

アカエイが言った。

「さあ、全員、仕事につけ」

アカエイは鞭を振りあげたまま言った。

「おまえは今日は最初に潜るんだ。場所につけ」

アカエイはミレアに言った。

ミレアは顔をあげて、一番近くの台に移動しはじめた。アカエイは鞭を下ろした。

ローテーションが始まった。最初の列が潜水し、砂時計がひっくり返された。最初の組が獲物を持ってあがってきた。血のように赤いものと、白いものもいくつかあった。彼女たちはまた潜っていく。砂が砂時計の底に落ちてしまうと、看守たちが縄梯子をほうり投げた。潜っていた囚人たちがそれを登りはじめる。私は台にあがって、自分の番を待った。ミレアが船縁を乗り越えて甲板に上がろうとした時、アカエイが立ちはだかった。

「おまえはまだだ」

ミレアは目を凝らしてアカエイを見た。私は周りに目をやった。タコは顔を動かさずに黙って見つめている。ガは身震いしている囚人たちに毛布を差しだしている。彼女が顔を背けようとするのが見えた。

「おまえは戻れ」

アカエイが言った。

「私に話すべきことがないのなら」

ミレアの表情が変わった。彼女の口は開いて、ふたたび閉じた。ミレアは私のほうを見ない。何も言わずに下を見て、水の中へふたたび飛びこんだ。

言葉が私の胸に冷たく重くのしかかる。それでもまだ言葉が出なかった。

つぎは私の潜る番だった。飛びこむ前に、私はミレアの場所を頭に入れておいた。ガは砂時計をひっくり返そうとしている。ガも海を見つめていた。

冷たくて重い海が私を引きずりこんでいく。私はミレアの姿を見るまで沁みる目を開けて探した。ミレアの動きは遅く、鈍かった。濁った澱のずっと向こうに血赤サンゴが群れているのに気がついた。珊瑚礁は白くなりつつあったが、そこよりも深いところにはまだ赤い枝がある。それは熱い血の蔓みたいに枝を広げていた。私は、サンゴの場所がここから離れすぎてはいないか距離を測ってみた。他の皆も同じことを考えているのがわかった。いつもよりも良い食事か暖かい夜を約束してくれる枝を採りにいこうとする泳ぎには迷いがあった。結局は皆、諦めたようだった。サンゴはあともう少しで手の届きそうなところにある。だが、たとえ籠の代わりに長い柄のついた網を特別に使えるとしても、そこまで十分に届くとは限らなかった。

私は息継ぎするために水を蹴って水面にあがった。

つぎの潜水でも私はミレアから目を離さず、数本の細い枝くらいしか集めることができなかった。

ついに鐘が鳴った。縄梯子が降りてくる。私は船体を伝って震えながら梯子を登った。ミレアが私の後から登ってきている。私は甲板にあがった。ガから渡される毛布まであと少しだ。私は熱いハーブティーのことを考えていた。それは水ほどもおいしくないが、一瞬でも体を温めてくれる。

その時、アカエイの声をまた聞いた。

「戻れ」

アカエイはミレアに言っていた。

「おまえの考えが変わらないなら」

ミレアの体は寒さで紫色になり、唇からは血の気がすっかり失せていた。言葉は私の中で粘っこく腫れて、のたうっていた。

水が跳ねる音がした。ミレアが海にまた飛びこんだのだ。ガは私に毛布を差しだし、私の手はそれに触れていた。

だが、私は背を向けた。

「あれは私です」

私は言った。

アカエイがぐるりと見渡し、私を食い入るように見た。

「何と言った?」

「ミレアを船にあげてください。あの紙は私のです。どこかに失くしていたのを、うっかりミレアが見つけたんです。ミレアは中身に目を通してもいません。彼女を海からあげてください」

「おまえ」

アカエイが言った。

「そういうことならおまえがあいつを引き揚げるんだな」

私は看守たちを見た。そして海を見た。手も足も寒さとのしかかる言葉の重みで震えていた。私は海に飛びこんだ。

目を開けていると、海水が目の中へどっと押し寄せた。だが、最初に潜った時ほどは沁みなかった。ミレアを見つけるまで私は向きを変えつづけ、胸はきつく締めつけられた。

ミレアは深いところに生えているサンゴのほうへ泳いでいた。

やめて。

私は心の中で言った。

サンゴを採ってもあなたの助けにならないわ。それにそんな必要はないの。私が責任を取ったから。

そうすべきだったように。

しかし、ミレアに私の言葉は聞こえない。

私はミレアの後を追った。彼女はあまりに長く海に潜っている。ミレアには、潜り慣れている者たちですらしない潜水をする力はない。ミレアはどんどん深く潜っていく。目と鼻の先を泳いでいるのに、あともう少しのところで手が届かない。一度、彼女の足首をつかんだが、魚のようにするりと滑りぬけた。私は胸が苦しくなり、息継ぎするために水面にあがった。ミレアも私と同じように今にもそうすることを私は期待した。

私は水面に顔をだし、これ以上ないほど深く息を吸いこんだ。

「３１７はどこだ？」

ガが船の甲板から私に叫んだ。私はミレアが水面に現れるのを待ちつづけた。だが、彼女は来ないとわかった。

私は潜った。

ミレアは、血のように赤い枝を採るために深く潜っていた。だが、そうする力はもうなかった。ミレアの意志ではなく、海が彼女の手足を前後に揺らしているのがすぐにわかった。私はミレアに向かって泳いだ。思いきり水を蹴っても、十分な速さが出ない。それにはもっと丈夫な下半身ともっと大きな足が必要だった。オオカモメのような水かきや、手の代わりの幅広いひれが。何十人分もの息が入る胸も必要だった。そこから半分を彼女にわけてあげられるように、もう一度ミレアが自分の意志で動くことができるように。

見えない手で内からも外からも頭を締めつけられているように感じはじめた。目の前に影がちらつき、光もちらついた。あざなう光と影は深くて静かだった。私はやっと近づいて、腕をミレアに回した。彼女をぎゅっと胸に抱きしめて、力の限り水を蹴ってあがっていった。力が私から流れ落ちていく。もうわずかも残っていなかった。水はもはや冷たくなかった。私は泳ぎつづけたが、私を下へ引っぱる重さも、上へ引き揚げる軽さもなく、水の宇宙に吊るされていた。大きな風を翼に孕んだ鳥のようにじっとそこにいた。私は海藻の一片で、波にさらわれてしまいそうだった。やがては魚や時間に引き裂かれて塵となるだろう。

影が密度を増し、私を取り囲んだ。私は影のものになる。

その時、誰かが宙に私を引っぱりあげた。私の体は何千という石のように重く、胸は裂けるように痛み、塩辛い海の涙を吐いた。


私は甲板の上で身動きできずにぐったりと横になっていた。一メートルか二メートル先で、ガがミレアの胸を両手で押しつづけている。ミレアの頭は、水だけではない液体に溺れていた。彼女は白化したサンゴのように白く、息を吹き返さなかった。

隣に立っていたタコが砂時計を指さした。最後の砂粒が底に流れ落ちる。ガはおそらく砂が落ちきるまでミレアの心肺蘇生を試みたのだろう。

ガは、曇っていく空のような暗い表情で、ミレアの腕をまっすぐ伸ばして脇につけた。そして、ミレアの瞼を片手で閉じた。

「何かかぶせろ。今日はこれで戻る」

タコが言った。

すると、もう一人の声が聞こえた。誰なのか見ようとするにも首が曲がらない。だが、アカエイの声だとわかった。

「日の光はまだあと何時間分も残っている」

アカエイが言った。

短い沈黙の後、声が続いた。

「陸に戻る」

タコだった。タコの立ち去る足音が板にずっしりと響いた。

ボートとその中に積まれた血のように赤い枝が甲板に引き揚げられ、私たちは船倉に下りるよう言われた。私はガに連れられて船室に行った。最初は私の体を温めるためだと思っていた。だがそうではなく、看守たちが他の囚人たちから私を隔離したいからだとわかった。汚れた者たちの家へ戻っても、私は自分の監房にではなく、もっと寒くてもっと狭い場所へ連れていかれることはわかっていた。

ミレアの動かない顔が目に浮かんだ。私は、彼女を溺れ死にさせることになった絵のことを考えた。私は氷であり苦い水であり、岩に挟まれた暗闇の裂け目で燃えている何かだった。

私は最後に船から下ろされた。甲板を進んでいると、水平線が見えた。海は穏やかで、波すらほとんど立っていない。波が息を止めているかのように、海岸線がくっきりと見える。すべてが死者のように静かだった。


監房のたった一つの光源はドアの上にある直管蛍灯だった。それは壁にかかっており、青白く波打っていたが、今が昼なのか夜なのか語ってくれない。冷たい石の床が背中にあたる。足をまっすぐに伸ばして両腕を頭の上に持っていけば、爪先と指が壁に届く。ここには毛布も板のベッドもない。ひと隅《すみ》の床には穴が空いていて、嫌な臭いがした。もうひと隅には、ピッチャーに注がれたカビ臭い水があり、表面に白く粉が吹いているパンの欠片があった。

肌についた海水が乾いて、発疹がでていない場所までつっぱって痒い。私はまだ水着を着たままだった。ミレアのことを思った。彼女の動かない手足と顔を思った。しょっぱい涙がまた目からこぼれた。洟水で鼻が詰まった。私は手の甲で洟を拭った。胸の中は尖った石でいっぱいだった。私が広めた噂について誰か尋ねにきてくれるのを待っていた。噂を流した張本人は私なのだ。だが、流したのは彼らが知るずいぶん前のことで、その時は私たちには作戦があると信じていた。ヴァレリアが姿を消す前から私は闇を突き進んできた。誰も来ない。

細長いガラス管の中で青い藻が浮遊している。束の間ともそれ以上ともつかず、私は眠った。私はヴァレリアを夢みた。彼女は私の隣で寝ていて、私を温めてくれた。ウタクラゲが部屋を横切って、私の顔の上に下りてくる。それは気持ちを鎮めるどころか、ひりひり痛んだ。額の痛みと寒気で目が覚めた。私は額を引っ掻いた。皮膚がぽろぽろと剝がれ、指先にくっついた。

ここに来てどれくらいの時間が経ったのかわからないまま、私は洪水の鐘の音を聞いた。汚れた者たちの家の地図が閃光のように目の前に浮かんでくる。私は地図をじっくり見た。隔離された監房は地下にあるわけではないが、他の囚人たちの監房や食堂よりも何層も下にあった。どんな洪水であれ、ここは最初に呑みこまれるはずだ。

立ち上がると、足が震えた。まるで空気の圧力が私を押さえつけ、私の肩の上に鎮座しているようだ。私は耳を澄ました。どこか遠くで人々が叫び、床を踏み鳴らし、金属の格子が音を立てているのが聞こえる。足音は勢いよく走り去るが、立ち止まらない。

私はドアを叩きはじめた。

「助けて！」

私は声をあげた。

「外に出して！」

上の遠くのほうで声は絶えず響いているが、近づいてくる声はない。私は拳が痛くなるまでドアを叩きつづけた後、いったん後ろを向いて踵で蹴った。喉が痛くなり、声が半ば嗄《か》れてしまうまで私は叫んだ。水がここに到達するまでにどれくらいかかるのかわからない。洪水は、織の家の丘と両親の家からしか見たことがなかった。私は床の上にくずおれると、目を閉じて、海の静寂と深淵に呑まれるのを待った。海はミレアだけではなく私も逃がしてくれはしないのだと知っておくべきだった。

鍵がカチリと開いた。

ドアが開いた時、私はよろめきながら立ちあがった。ガがこちらを見ている。私は一歩後ずさった。呼吸が乱れた。

「急げ」

ガはそう言うと、ブーツを一足とたっぷりとしたズボンと茶色のフードつきの上着を私に放りながた。

「とっとと着て、後についてこい」

ガの冷ややかな無表情の顔と、長身でがっしりした体をじろじろと見た。彼女は洗濯の日から私に近寄ってこなかった。だが、私は食堂や更衣室や船上でガの視線を感じていた。織の家について尋ねる時のガの声には、妙に追求してくる響きがあったことを思い出した。

私はガから目を離すことなく警戒しながら上着をつかんだ。

「もうすぐ洪水が流れこんでくる」

ガの声色にはわずかな焦り以上の何かがあった。

「そうすると出口はない」

それが脅迫なのか警告なのか私にはわからなかったが、真実であることは確かだった。私はできるだけすばやく服を着た。これで少なくとも寒くはないし、すっぽりと私を隠してくれる。

「素直についてくれれば、手っ取りばやくいく」

ここに残ることは確実に終わりを意味していた。私は外に出た。廊下は薄暗くて狭かった。どちらを向いても鍵のかかった門がある。私たちは最初の門を抜けて、二つの階段を上った。ガは私の数歩後ろにいる。叫び声と足音が近くなり、反響しあい、殺風景な廊下の中で歪んでは撓《たわ》んだ。私たちが階段の上に到着した時、ガが私の腕をつかんだ。私は足を止めた。彼女の指は固く、表情には毅然としたものがあった。

「よく聞くんだ」

ガが言った。彼女の片手が動き、一瞬、鞭を出すのかと思った。鞭の代わりにガは私の手の中に鍵を押しつけた。

「これでおまえが通るべき門がすべて開く。この廊下に沿って進み、右に曲がって、階段の下に隠れた小さなドアを開けろ。その向こうにある廊下を進め。狭い螺旋階段の下まで来たら、上れるだけ上るんだ。階段の上にドアが三つある。左の門を行け。その道が一番安全だ。気づかれないように行け」

脳裏に浮かぶ地図が形を変え、引き伸ばされた。廊下と階段が見える。すでにわかっている家の地図とぴたりと一致した。新しい地図に道が記されるまで、もう一度行き方を頭の中で繰り返した。ガは私をじっと見つめている。私も見つめ返し、彼女の顔をよく見てみた。その黒い瞳の中に何か隠されていないか見抜こうとしたが、騙しているとは思えなかった。だが以前にも私は判断を誤ったことがある。

「他の囚人たちは?」

私は訊いた。

「避難中だ。ここに洪水が来るのはこれが初めてじゃない。道はわかるか?」

「多分」

私は答えた。ただ一つだけ、私はもしかしたら彼女のことを最初から誤解していたのかもしれない。そのことが引っかかって、私は訊いてみた。

「なぜ私を助けたの?」

ガの顔に考えがすばやく去来した。彼女は笑っているようにも見えた。

「私はおまえが誰だか知っている」

ガは真剣な顔つきになった。その言葉には異様な響きがあった。

「おまえの主《あるじ》が何をしたのか知っている。おまえはここにいるべきじゃない」

「でも私は夢死病にかかっているのよ」

「それは真実でないことは、おまえも私も知っている」

ガが言った。

「行け。おまえが探しにきた人を探せ」

「なぜ私がそのために来たことを知っているの?」

ガの目が光った。

「洗濯場で話しているのを聞いた。名前も言っただろう。彼女はここにいない。行け」

下の方で、鋭い叫び声やごうごうと轟く音がした。

「走れ」

私がこのまま動かなければ、ガは私を突き飛ばしかねないように見えた。

「後ろを振り返らず走りつづけろ」

私は走った。

音は、炸裂し、鳴動し、骨を裂くような振動になり、私の足元につきまとった。その音に埋もれてしまうのではないかと思うほど、私は追いつめられた。まるで海面下の大地が島を粉々に打ち砕き、地上を進むもののすべてを沈めようとしているかのようだ。床は傾き、離れ、引き裂かれた。一度は天井から敷石が私のすぐ後ろに落下して、その弾みで破片が肌にあたるのを感じた。だが、私は一度も後ろを振り返らなかった。

太腿が強ばり、胸が苦しくなるまで走った。三度、ドアや門を開けるために立ち止まらなくてはならなかったが、最後の鍵を開けると、ついに私は高い塀の上の開けた場所にでた。ちょうどその時、木や人間や家具や家を丸ごと呑みこみ、さらに高い波が海のほうから新たに近づいてくるのが見えた。私は今まさに通ってきた鉄の門にしがみつき、廊下の入り口に身を隠して、頭上のアーチ型の石の天井が持ちこたえてくれるのを願った。

そして世界は渦を巻く海となり、打ちのめされた痛みとなり、すべてを呑みこむ闇となった。

私は、水と光と空の景色に囲まれて立っていた。建物はなくなり、人々も消えていた。眠りの感触がやって来た。眠ろうと思えば眠ることもできたが、私はそうしなかった。この空間と静寂の他に何もいらなかった。

私の前で見覚えのあるタペストリーが落ちていく。端から中心に向かって、ごく細い糸が走っており、その糸は太陽から放たれた光のように輝いている。中央には穴が空いていて、暗黒そのものだった。それは影で塗られたようにも、大地の深淵に閉じこめられた夜のようにも見えた。もし、その中に手を突っこんだら、私はすっかり吸いこまれて、世界に私の跡は残らないだろう。

タペストリーの後ろに人の姿がある。その姿は糸の壁を通して影だけが見えた。

「ヴァレリア」

私は言った。

影は振り向いたが、タペストリーに遮られて輪郭がわからない。影は遠くへ歩いていく。私は手を伸ばしたが、タペストリーの暗い中心に触れてしまいそうになり、慌てて手を引っこめた。私はもう一度夢を整理することにした。タペストリーを消し、その人物を戻すように命じた。

人物が立ち止まった。その周りに、タペストリーの向こうに、島がぼんやりと見える。まるで上空から見ているかのように、水路や通りや建物が見えて、それらは模様に溶けこんでいた。私は島をもっとよく見てみたかったが、影が近寄ってきて、ぐんぐんと高く、大きくなり、闇を閉じこめた。影はタペストリーの穴から出てきて、私はふたたび取り憑かれた。私はもはや立っていない。硬い地面に横になり、見えない枷に縛られていた。

夢魔が私の頭上に立ち上がる。その輪郭は光を背にした私自身のものかもしれない。夢魔は私の上に下りてきた。夢魔に触れられると体中に電気が走り、それとともに予期せぬ力が閃いた。力は手の平の中で疼き、体を熱くした。力は私を満たし、体内で波打った。熱が腹の底から柔らかくも鋭く沸きおこる。自分の呼吸がしだいに乱れていくのを聞いた。そして、全身の毛が逆立つのを私は感じた。力は高波となって私の中で膨らみ、出口を探していた。しかし、夢魔に激しく抵抗すればするほど、夢魔は私をますますきつく縛りつける。動かせたのは目だけだった。私は水と波でできていながら、空気と光でもあった。私は自分が横になっている岩に縛られていながら、何にも拘束されない場所で漂ってもいた。夢魔は私には見えないが、その口は目と鼻の先にある。夢魔の呼吸が私の皮膚を焦がした。

夢魔は、かろうじて理解できる言葉を囁いた。それは舌の上で味わえる文章にきわめて近い声だった。その時、私はこれまでで初めて、夢魔が私に何かを語ろうとしていることがわかった。

もはやたんなる恐怖ではない何かが私を締めつけている。私は体を動かすことができない。だからそこから心を解き放とうと懸命になった。言葉にしようとしたが、私の口の中は不動の石になり、顔はガラスのように固まっていた。

夢魔がふたたび囁いた。声は泳ぎ、渦巻き、ふたたび遠のいた。

雨粒が私の額に落ちてきた。夢魔が逃げていく。言葉をつかんでいた私の手はするりと滑り、言葉は行ってしまった。私の筋肉はぴくりと痙攣し、息を吹き返した。

自分が生きていることにこれほど驚いたことは、今までになかった。

14

波に流されて私は開けた岩場にいた。雨がもの言わぬ風景に音を立てて降り注いでいる。自分の体の中で膨らんでは引いていく痛みに耳を澄ました。無理に体を起こそうとすると目の奥に痛みが走った。手や足に手を這わせて、体を確かめるように触り、袖とズボンをまくり上げた。皮膚は痣と瘡蓋で覆われていたが、骨はどこも折れていないようだ。服を絞ると、水が地面に滴りおち、血管のような小川となって流れ去った。私はいったん跪いて、それから立ち上がった。大地は傾ぐことなく、私の骨が砕けることもなかった。私は用心しながら数歩進んだ。

私は開けた岩場に一人で立っていた。

洪水がもたらした漂着物が辺り一面に散らばっている。屋根瓦、ガラスの破片、木片、へこんだ錫のコップ。子どもの足ほどもない片方の靴。私はミレアのことを思い出し、悲しみにさらわれそうになった。だが、それを押しのけた。悲しむことができる時が来るまで、別の場所に置いておこう。私は地面からコップを拾って、ポケットに入れた。水を探さなくては。

汚れた者たちの家へ続く道は断たれていた。ドアの入り口と階段の上部は残っていたが、そのすぐ下の屋根は陥没している。海は高い塀を越えて容赦なく押し寄せており、建物のあちこちが損傷していた。その中でも、海から離れたところにあり、男性の囚人たちが住んでいた棟の反対側はまだ残っていた。辺りは静寂に包まれ、いくつもの石の山が鎮座していた。

海は鈍色と緑の光景をなし、押し寄せては引いていく。開けた岩場をめぐる塀に沿って歩いていると、切れぎれに町が見えた。多くの建物は以前と変わらず立っていたが、世界に揺さぶられて倒壊しかかったような建物もあった。一見すると、遠くにある織の家は被害を免れているように見えたが、しだいに何かがずれていることに気がついた。それは見逃してしまうほどわずかなずれだった。塀は以前とほぼ変わらないところで地面に接しており、丘の新しい形は光と影の単なる気まぐれかもしれなかった。それでも見れば見るほど、戯れとは違う何かが起こっているという思いは強くなっていった。

塔は依然として屹立していた。塔と織の家を行き来する空中ゴンドラの道は崩壊していた。他に少なくとも三つの道が断たれていた。空を行き交うケーブルはなくなっている。ここからだと通りの様子はわからない。私はどんなことが起こっているか想像した。人々は破壊した町に立ち、所持品の欠片を集めているだろう。泣いている者もいれば、叫んでいる者もいるだろう。空を見つめているだけの者や動かずにじっと寝ている者もいるかもしれない。彼らが死んでいるのか生きているのか、そのそばにいる人ですら必ずしも知らないかもしれない。

震えと嗚咽を私はこらえた。今はそれどころではない。ここにはいられない。ならば思いつく場所は一つしかない。

私はやっと錆びた鉄の梯子を見つけた。そこで塀が終わっている。その下は海へ続く断崖の絶壁だった。梯子は下まで届いていないが、ここよりも狭い開けた場所へ続いている。その場所は岩から突きでていた。梯子は非常事態に使われるように備えられていたに違いない。さもなければ使われないだろう。踏み板の間隔は大きく開いており、どれも厚い錆で覆われていた。上から二段目は外れてぶら下がっていた。

私は塀の上縁に手をかけると、よじ登って乗り越え、一番上の踏み板に飛び降りた。

一段一段、私は止まって深呼吸し、ついに開けた地面にたどり着いた。筋肉が小刻みに震えている。ふたたび立ち上がれるようになるまで、冷たい岩の上で横になった。開けた岩場から、道がないと言ってもいいような急な道が続いていた。私はその道を進んだ。道は、絶壁から斜面に点在する小さな家々に向かってうねうねと下っている。途中、洪水で潰れたところがあったが、水は引いていた。

眼下の町のほうでは、通りは海に浸食されていた。歩道や地下は水に呑まれ、そこから建物が歯のように突きでている。家と家の間は今や水路となっていた。私は行き方をいろいろと考えた。私が行きたい場所へ行くには、ここから少なくとも二十ブロックか、おそらくそれ以上はあるはずだ。途中までは水の中を歩いていけるかもしれない。だが、その場所自体は海抜が低く、海に近かった。

ボートか筏のようなものが必要だ。

島の中でもこの地域は町から離れていて、辺鄙な村と言ってもよかった。村の市場になっている場所を見つけるのにそれほど時間はかからないだろうし、そこへ行けば必要なものも見つかる。深緑色の水中ポンプを見つけた。ポンプには鍛鉄でできた太陽の飾りがつけられている。ハンドルを何度か押し下げると、水が勢いよく吹きだした。水は澄んでおり、洪水で濁ってはいなかった。私はコップを洗って、喉の渇きが癒えるまで飲んだ。

家はひっそりともの言わずまばらに建っていた。話し声も足音も聞こえない。皆、高い丘へ避難したのかと思いはじめたが、煮立った海藻の強い匂いが辺りに漂っている。私は灰色の雲に覆われた空を見上げた。煙突から立ちのぼる煙が空に一筋の航路を描いている。雨は止んでいた。水溜りや小道ほどもない通りを渡っていると、長靴に踏まれた泥がびちゃびちゃと音を立てた。

煙の出所が見つかるのにそう時間はかからなかった。家の裏には庭があり、山積みになった石や、曲がりくねった茂みや、しなびた自生ハーブが雑然と生えている。そこにはボートもあった。

それは小さなボートで、ペンキは剝がれ落ちていた。ボートは木でできていた。木は、私の両親が生まれるずっと前に切り倒されたものだろう。それでもボートに変わりはない。それは、タイヤのついた手押し車に、斜めに傾けて載せられていた。このまま水際まで簡単に移動できそうだった。

家の勝手口は開いており、中から白い湯気がもうもうと出ていた。食器のぶつかる音が聞こえる。煮えた海藻と小麦の匂いがした。その時、自分が無性にお腹が空いていることに気がついた。門を少し開けて、庭へ入った。

表に出てきたのは、背の低い痩せこけたオリーブ色の肌をした男性だった。彼の頭頂部には小さなハゲがあり、長靴は修理を必要としていた。男性は湯気の立っているボウルを両手で運んでいる。私に気づくと、彼はその場に足を止めた。

「ご主人、申し訳ありませんが」

私は言った。

「おたくのボートをどうにかしてお借りすることはできませんか？　できるだけすぐにお返しすると約束します。何でしたらお代も払います」

それほど大きな嘘は吐いていない。私は本当にお礼と一緒にボートを返却するつもりだったのだ。

男性は私をしげしげと見つめて何も言わなかった、私は一歩、彼に近づいた。すると男性はボウルを私に向かって投げつけた。だが、ボウルは私に当たることなく、私のすぐ横に落ちた。煮えた茶色の小麦と海藻スープが地面にこぼれた。

私はもう一歩近寄って、なるべく愛想よくふるまった。男はドアのほうへ後ずさり、踵を返し、家の中へ駆けこんだ。ドアは勢いよく閉まり、鍵がかかる音がした。

私はボウルの残飯を見た。ズボンで手を拭い、素手で残りの小麦をすくって口に運んだ。ボウルには一握りほどしか残っていなかった。私はボウルを敷居のところへ運んだ。

ドアをノックすると、拳の関節に痛みが走った。

「おたくのボートをお借りしたいだけなんです。どうぞお願いします」

私は言った。

「あっちへ行け」

男性が中から言った。

ドアの隣の小窓のカーテンがそっと開くのが見えた。私は中をのぞきこもうとしたが見えづらく、家の中は明かりがついていなかった。窓ガラスに映っているのは、白と鈍色の空と、私の背後にある岩だらけの斜面、そして自分の顔だった。

その時、わかったのだ。

私の額の入れ墨の線はくっきりと浮かび上がり、入れ墨の周りの皮膚は赤く腫れていた。

「病気はよそへやってくれ」

男性が言った。その声は古びて固くなった石と木の建物に絡みつき、歪んで聞こえた。

私はボートを見て、鍵のかかったドアを見た。そしてふたたびボートを見た。

平坦な道のりではなかった。ボートはミニボートとすらも言いがたく、揺れたり、傾いたり、ぐるぐる回ったりした。ミニボートには片方のオールがなかった。残っている一本も先が折れていて、まともな竿ほどもなかったが、それでミニボートを進めた。しばらく何かが舟底を引っかいていたので、水が漏れていないか見てみるために漕ぐのをやめた。だが、ミニボートは腹立たしくなるような見た目と小っぽけなサイズのわりには頑丈な造りで、その先も足が濡れることはなかった。人の目を避けるのは難しくなかった。汚れた者たちの家の近くに住みたいと思う人は誰もいないし、島の北の海岸線は——洪水のせいですっかり変わっていたが——ほぼ見捨てられていた。彫り師街の臭気と蒸気に耐えられる人はほとんどいなかった。だが、万一に備えて、私はフードで額を隠した。

イレナに話をしに行く前にヤノスとヴァレリアと私の三人で集まった廃屋にようやくたどり着いた時には、雲の向こうから差す光の角度は変わっていた。思っていたとおり一階は浸水していた。私は一本のオールでなんとか家の周りを漕いでみると、この前と同じ棘のある茂みが見つかった。茂みに隠れていた私たちが使ったドアも見つかった。ドアは今や半分が水没していた。私はオールで茂みを脇へ押しのけた。その向こうに窓があり、見たところ、ぎりぎり私がそこを越えて通り抜けられる大きさだった。私はズボンを引き裂いて、それで壁の錆びついたフックにボートを結びつけた。窓枠のずいぶん古びた木は膨張して開かなくなっており、ついには中に入るためにオールで窓を割らなければならなかった。私は茂みでミニボートを覆い隠した。近くで見ると目は騙せないが、遠くからならミニボートと私の痕跡くらいは隠せるだろう。

中はじっとりと湿っていて、足もとの板はすぐにも崩れそうだった。私は部屋の端にとどまって動きまわらなくてすむような場所を探した。部屋の中央に穴が空いている。そこから階段が下へおりていたのだろう。その近くまで思いきって行けば、どこにも通じないまま水面下に沈んでいる幅広の階段の最下段が見えるはずだ。打ち捨てられた数々の本のページが無重力の水の中で漂っているのも目にするだろう。

私の体は重たかった。床の上に縮こまって、オールを脇に置いた。部屋の四隅がしだいに暗くなってきた。私は明かりを一つも持っていなかった。額が疼く。喉が渇いてねばっこい。夜になる前に食べ物と水を探しに外へ出るべきか、それとも朝まで待つべきか、考えてみた。出かける勇気はない。暗闇の中では、来た道を見つけられないだろう。このままここにいよう。

遠くで大きな声が聞こえる。鳥なのか人なのか、私にはわからない。影は回りながらどんどん近寄ってくる。私は、自分自身と、私が知っているこの世界に残されたものをぎゅっと抱き締めた。

闇が部屋の中で広がっていく。しばらくすると窓枠を叩く音がした。私はオールをつかんで、がくがくと震える足で立ち上がった。フードをかぶった姿が窓から頭を突きだし、しばらくしてそこで立ち止まり、姿を消した。やがて足が現れ、体全体が現れた。私は片隅で息をひそめたままオールを振りあげた。部屋の中に入ってきた姿が、窓から外へ手を伸ばす。すると鮮烈なオレンジ色を放つカンテラが現れ、その中で本物の火が燃えていた。

「エリアナ？」

その声に聞き覚えがあった。声の主は一歩また近づいてきた。床板がわずかに撓むと後ずさり、気をつけながらふたたびこちらに近づいた。そしてカンテラを床に置くと、フードを脱いだ。

私はオールを下ろした。

「廃屋にいる怯えた逃亡者に近づく前に、顔が見えるように配慮してくれる人もいるでしょうに」

私は言った。

「見つけられて嬉しがってくれる人もいるぜ」

弟が言った。

泣き声にも似た笑いが私からこぼれた。

「そうよね。とても嬉しいわよね」

ヤノスは慎重にもう一歩近寄って、距離を縮めた。彼は私をぐいっと引き寄せて抱きしめた。ヤノスはインクと石鹸と、わずかに汗の匂いがした。

「ケガは？」

ヤノスはそう訊くと、一歩下がった。私の額をさっと見たように感じた。目を逸らそうとしたが、ふたたび印に戻った。

ミレアのうつむいた顔を思い出した。彼女の指は足の甲の発疹をかきむしっていた。ミレアが私から泳ぎ去っていくのが見える。いつの日か、いつになるかはわからないけれど、私が語り継いでいく物語へミレアが姿を変えていくのが見えた。

「打ち身だけよ。お腹が空いてるの。水はある？」

ヤノスは水筒をベルトから外して、私に差しだした。私はそれを飲んだ。

「ボートにまだある。全部飲んでいいよ」

ヤノスは手をポケットに突っこむと、布に包まれたパンの欠片を私に差しだした。

「これも食べて」

私は食べた。皮はパリッとしていて、中はふわっと柔らかかった。少なくとも今朝、焼いたものだろう。私は嬉しくて胸がつかえそうだった。ヤノスは私をじっと見つめながら、こう言った。

「これから向かう場所で、ちゃんと食べてもらうよ」

ヤノスの言葉には、憂いと笑いが入り交じっていた。

私は水筒を返して、手の甲で口を拭った。ヤノスは私の顔をじっくり見ている。

「あそこに姉さんは入れられてたってわけか」

汚れた者たちの入れ墨にヤノスの視線をひしひしと感じた。

「だと思ったよ」

ヤノスの指が私の額にそっと触れた瞬間、ビクッと体が強ばった。軽く触れられただけなのに、燃えさしで火傷したように皮膚がひりひりした。

「私の居場所がどうしてわかったの？」

「一時間前にメッセージが届いたんだ」

ヤノスが言った。

「言の葉の家は洪水の被害をほとんど受けていない。でも、一日かけて写本を移動させて、一時的な図書館を屋上に造ったんだ。使いは、ぼくを探してまるで大陸まで行ってまた戻ってきたような感じだったよ」

「メッセージには何て書いてあったの？」

「姉さんは生きていて、汚れた者たちの家から逃げた、とだけ。ぼくはこの場所以外に思いつかなかった」

「メッセージはどこから送られてきたの？」

「わからない。他に何も書いていなかったんだ。でも、織の家からじゃないと思う。織の家の基礎は洪水で被害を受けてね、今、警備隊が織り子たちを避難させているところさ。そこにはもう誰もいないと思う」

私は、丘の上に立つ織の家が、風景に入った亀裂のように不気味に傾いている影像を思い出した。ガは、私が誰だか知っていると言った。私が知らないだけで、彼女は夢みる者たちの仲間だったのかもしれない。だがもしそうなら、なぜもっと早くに私を助けてくれなかったのか。

「どれくらいの間、私はいなかった？」

「二ヶ月半」

その日数は、私の計算とだいたい合っていた。空を飽くことなく見つめたことも、月の満ち欠けを暗記したことも、すべて無駄ではなかったのだ。

ヤノスがフードを脱いでから、あることが私の喉で燻《くすぶ》りつづけていた。私はそれを尋ねなくてはならない。

「ヴァレリアは見つかったの？」

ヤノスの顔に影が差し、ふたたび光の中へ薄れていった。それは、弱くなったり強くなったりするカンテラの炎の揺らぎのせいなのか、それとも何か他に原因があるのかわからなかった。

「彼女のことはぼくらもまだわかっていないんだ」

ヤノスが言った。

「申し訳ない」

ヤノスはゆっくりと慎重に言った。きっと私が尋ねるだろうと思っていたのだ。ヤノスの言葉の意味を、私は呑みこんだ。

「姉さんの行方がわからなくなった後、織の家の主《あるじ》と話をしたんだ。姉さんのメッセージをもらっていたからね」

ヤノスの声は落ち着いていた。私がそうあってほしいと思うよりも冷静だった。

「主は何も知らなかったと言った。姉さんはどこかに出かけただけだと」

「織り手が？」

怒りではらわたが煮えくりかえった。

「嘘よ。織り手があの道を教えたのよ。汚れた者たちの家へ通じている道だとわかっていながら。織り手はヴァレリアの失踪に絶対に関わっているわ」

ヤノスの眉間に二本の縦皺が寄った。

「信じてくれないの？」

「信じているさ。でもなぜ織り手はそんなことしたんだろう？」

「理事会に言われたに違いないわ。その理由はわからないけど」

私たちは途方に暮れて見つめあった。

「汚れた者たちの家にヴァレリアはいなかったってことだね？」

ヤノスが訊いた。

ガの言葉が蘇る。

彼女はここにいない。

しかし、ガは嘘を吐いたのかもしれない。

「あっちにいる間、ヴァレリアの姿は見ていないわ」

私はヴァレリアに逃げ道を作ってあげたい。百通りもある逃げ道を。ヴァレリアが、織の家から逃げて、廃屋に身を潜め、市場から食べ物を盗んでいる様子が目に浮かんだ。別人になりすまし、別名を名乗り、紡ぎ手として、もしくは織り手として仕事を始めている彼女を。商船の切符を買って、島を出発するヴァレリアの姿も見える。これらすべての可能性を、彼女が生き抜く他のどんな可能性をも、私は信じている。それでもどんな可能性をもってしても否めない可能性が一つあった。

「ヴァレリアは生きていると思う？」

私はこのことを幾度となく考えていたのに、言葉にすると胸が締めつけられた。

遠くで誰かが叫ぶ声がする。ヤノスは後ろを振り返って、窓のほうを見た。

「もう行こう。長居しすぎた。強盗が倒壊した建物を狙っている。町では今夜、騒ぎが起きるかもしれない」

「どこに行くの？」

「安全な場所だよ」

ヤノスはそう言うと、カンテラを床から持ちあげた。

ヤノスが私の質問に答えなかったことを忘れないようにした。

長く静かな水路と、密度を増してゆく闇の中で動く光を後にした私たちは、風雨から守られた暗い場所に立っていた。ヤノスがドアを開けると、そこは深い裂け目だった。裂け目は幅があり、人よりも何か大きなもののために作られていた。そこから鉄の踏み板が深い底に呑まれていくように下へおりている。

「ここをおりてもらうけど、行けそうかい？」

ヤノスが言った。

「大丈夫よ」

私はそんな元気はなかったが、そう言った。

底は深く、私たちは地下へ潜っていった。水のことが、洪水のことが頭から離れなかった。ここから出られなくなるのではないか。そんな考えが顔に出ていたのだろう。ヤノスが言った。

「洪水のことを考えているのだとしたら、この場所は大丈夫だよ。壁に手を置いてみて」

私は言われるとおりにした。曇った表面は、金属にしてはそれほど冷たくなく、木にしては温かみが足りなかった。それに石というには滑らかだ。どこかで触ったことがある。何だろう、これは……。

「ガラスだわ」

私は言った。

「どうして壁がガラスでできているの？」

「水を弾くからだよ。ここは二つある入り口の一つで、どちらもこれまでに洪水が到達したことがない高い場所にある。ぼくらが今向かっている場所は、厚いガラスで覆われているんだ。水が漏れるようなひびすらないよ」

私はヤノスを振り返って見た。

「誰が作ったの？」

「わからない。網を編む者たちじゃないかとぼくらは考えている」

ヤノスが踏み板に向かって頷いた。

「先に行きたいかい？」

私は何も言わなかったが、ヤノスは私の表情を見てとった。

「ぼくが先に行くよ」

カンテラの明かりがヤノスの動きにあわせてちらちらと明滅し、揺れている。ヤノスは私を置いてするすると下りていった。ヤノスのブーツが踏み板にあたる音が下のほうから聞こえる。私は梯子をぎゅっと握りしめた。喉に息が詰まって突き刺さったみたいに苦しい。ようやく足が床についた。私は跪いて、手で床をさっと触った。たしかにガラスでできている。ガラスには引っ掻き傷と埃がつき、かつてはあったはずの輝きを失っていた。だが、深い海の青と、それが滑らかに流れる石のような美しい色をしていた。私はガラスの木立のことを思った。網を編む者たちが残したわずかな印を。彼らは何から隠れるためにこれを作ったのだろうか？

ヤノスに案内されて、私は重厚な金属製のドアへ向かった。ドアには、どっしりとしたノッカーがついていた。その形を見て理事会の太陽の形だとてっきり思ったが、もっと近くに寄って見てみると、微妙に違っていることに気がついた。それは楕円の形をしていて、光線を囲んでいた。ヤノスは五回ノックした。ドアを挟んで同じ数だけノックが返ってきた。ヤノスはもう一度ノックを繰り返した。

「これから起こることにびっくりしないで」

ヤノスが言った。

「ここならもう大丈夫だから」

ドアの覗き穴が開いた。

「サインを示せ」

ドアの向こうの声が言った。ヤノスは手の平を覗き穴にかざした。少しの間を置いて、声が言った。

「承認。もう一人は？」

「保証します。ぼくの姉です」

ドアがおもむろに開いた。ヤノスは私を見ると、カンテラを掲げて中へ入っていく。私はヤノスについていった。

部屋は真っ暗といってもよかった。ぼんやりと青く点々と光っている藻灯を手にした青白い女性が見える。壁際でじっとしたままこちらを見つめている人たちの姿を感じとった。門番がガラスを前後に揺らす。その動きで藻が目覚め、光がゆっくりと零れるように広がっていった。闇の中で印がつぎつぎに白い光を放ちはじめ、一つなぎとなって空間を満たした。ヤノスは手の平を返した。彼の印も光っているのが見えた。

真ん中に太陽がある瞳。夢みる者たちの見えない入れ墨。

入れ墨は、私に向けられた視線のように輝いていた。部屋に明かりが灯され、松明の芯に移って燃えあがる。たくさんの手が動き、さらに火を点けていった。松明を掲げている長身で色黒の男性が、私たちに近寄ってきた。彼の後ろに背の低い女性がいて、まじろぎもせずにこちらを見ていることに気がついた。彼女の顔には生まれつきの大きなほくろがあった。

「こちらがつまり君のお姉さんなんだね？」

男性が訊いた。

「はい、エリアナです」

ヤノスが答えた。

男性は近づくと、私の顔のほうへ松明を寄せた。火の熱を感じる。私の体はずいぶん長い間冷えきっていたので、肌に感じる熱の揺らぎは、火傷しそうに熱くなるまでは心地よかった。

「ぼくはアスカリだ」

アスカリは額に向かって頷いた。

「そこは手当が必要だ」

私は額に手を当てた。痛みは激しく疼くまでになっていた。

「触らないほうがいいわ」

聞き覚えのある声がした。

「ここは専門家に任せて」

二本の松明の間で影たちが道を空け、アルヴァが私のほうに歩み寄ってきた。その上着は白から茶色に変わっていた。アルヴァが包みこむように手の指を曲げようとした時に、手の平の入れ墨が見えた。彼女は私の前で足を止めて、じっくりと私を見た。

「まずはお風呂ね」

アルヴァが言った。

「それから熱い飲み物。エイマル、スープはまだある？」

アルヴァは、たくましい体つきの赤いあご髭を蓄えた男性に肩越しに声をかけた。

「見てくるよ」

男性は答えると、おそらくスープのほうへ立ち去った。

アスカリは私をまじまじと見て、大きなほくろのある女性に向かって何か囁いている。この女性は私をじっと見つめたまま頷いた。アスカリは姿勢を正すと、ふたたび口を開いた
「君は汚れた者たちの家にいて、そこから逃げてきた、ということで合っているかい？」

「看守のうち一人だけが手を貸してくれました」

私は言った。

アスカリと女性はさっと顔を見あわせた。

「そんなことがあるのね」

女性が言った。

「もっと聞きたいわ」

アルヴァが私の肩に片手を下ろした。アスカリは、これからどうすべきか思いめぐらしているかのように、しばらく黙っていたが、こう言った。

「まずは食事と休息をとってもらおう。これまでの出来事を話してもらうのはそれからのほうがいい」

部屋はしんと静まり返り、皆は待っていた。女性は私を無言のまま見つめている。ついに彼女は頷いた。アルヴァは女性とアスカリに軽く会釈した。

「こっちよ」

アルヴァが言った。

「お風呂とスープを見てみましょう」

私はアルヴァについて、いくつもの狭いトンネルを進んだ。トンネルはところどころが丸い部屋に

なっており、どれも広さがまちまちだった。私たちが通り抜けたある部屋には、三人の夢みる者たちが机についていた。そのうちの一人は、煌々と光る藻灯の下で手を返しながら見ている。その手の平に入れ墨はなかった。もう一人はゼリー状の物質が入ったガラスのボウルにスポンジを浸している。三人目はゼリーを手の平にちょうど塗っているところだった。夢みる者たちの入れ墨は、ゼリーが塗られると薄れだした。私たちが通り過ぎようとすると、スポンジを持っている人が顔をあげた。その顔に見覚えがあった。記憶が鮮やかに蘇る。入れ墨の日に清らかな眠りの博物館で見かけた男性と消えた入れ墨。

彼は振り返ると、ゼリーが乾くのを待っているもう一人の男性に何か小声で言っている。そのもう一人も見たことがあったが、思い出すまでに少し時間がかかった。

彼は博物館で手に傷を負った男性を呼び止めた警備官だった。

いろいろな考えが、その時は見えていなかった光景の中の隠された穴を埋めた。手の平に傷のある男性は、その時すでに夢みる者たちとこっそり活動していた博物館の警備員に、何か緊急のメッセージを運んでいたのかもしれない。警備官は、男性が入れ墨を消し忘れていることに気づいたのだ。警備官はおそらく万一のためにゼリーを常備しており、男性は、つぎのグループが案内係について部屋に入ってくる前に、来館者の間で瞬時に手の平に塗って消したのだろう。

部屋から出る時、私はちらりと振り返った。手に傷を負った男性が私を見つめているのがわかった。彼もまた私のことがわかったのだろうか。アルヴァが私の視線に気づいてこう言った。

「手の平は面倒な場所なのよ。入れ墨を隠す溶剤がすぐにとれちゃうから。耐水性のものを作ろうと成分の改良にがんばっているんだけど、原料を手に入れるのが難しくて」

アルヴァがドアを開けると、薄暗い部屋が現れた。部屋の壁際には浴槽が並んでいた。

「お風呂を沸かすわ」

私は力が抜けたようにどさりと床に座りこんで、目を閉じた。


私は、ゆったりとしすぎてはいるが清潔な服に着替えて、背もたれのない椅子に座った。体は心地よい疲れを感じていた。湯船に手足を伸ばして長く入ったことで頭がぼうっとしている。ここは、本来の部屋というよりも、クローゼットを応急処置室代わりに使っているといったほうがよかった。天井まである壁の棚には布袋がぎっしりと並んでおり、ガラス瓶からハーブの匂いがかすかに漂っていた。アルヴァは、湯気の立っている鍋にタオルの端を浸した。鍋の中には強烈な匂いのする煎じ湯がくつくつ煮えている。アルヴァが、浸したタオルで私の額を軽く触れた。消毒液がしみて、私は飛びおきた。アルヴァはひるんで後ずさりし、肘を棚の縁にぶつけた。

「正直なところ、以前の仕事場が恋しいわ」

アルヴァは肘をさすりながら言った。

「こんなになるまでほったらかしにして。触っちゃダメ！」

アルヴァはタオルをもう一度、額に持ってきた。私は、ぎゅっと拳をつくった。手の平に爪が食いこむのがわかった。

「ここに来てどれくらい経つの？」

私は訊いた。

「織の家を出てひと月以上になるわ。私の代わりが見つかっていると思いたいわね」

「どうしてここに？」

私はアルヴァをじっと見つめた。彼女の目がさっと泳いで、口は言葉を探しあぐねていた。

「あなたがいなくなった後、弟さんが連絡をくれたのよ。彼に……説得されて。ここだとあたしはもっと力になれるって」

彼女の顔にうっすら赤味がさした。鍋から立ちのぼる湯気のせいかもしれないが、結論は急がないことにした。

「織の家で何が起こっているのか知らないってことね？」

「そこを出てからはね」

アルヴァはタオルの乾いた端で私の額を軽く押さえた。

「夢みる者たちは島中にいるんだけど、織の家にはいないのよ」

「すぐに捕まってしまうから？」

汚れた者たちの家の囚人の数がここ最近増えていたことを思い出した。

「というよりも、市警備隊が藻灯と夢みる者たちの入れ墨の関連に気づいたから。藻灯を置いている場所はどんどん増えてきているわ」

ここでまた一つ謎が解けた。ヤノスとヴァレリアと三人で扮装していくつもの食堂に入ったが、町で藻灯をたくさん目にして驚いたことを思い出した。

「捕まった人の誰かに告げ口されて、市警備隊にここがばれてしまう心配はないの？」

「心配しない日なんてないわ。基地はもう何度も変わったの。じきにまたそうなるわね」

ヴァレリアのことが私の中で燻りつづけていた。アルヴァはタオルを畳んで鍋の端にかけて、鍋を床に下ろした。アルヴァは上の棚に手を伸ばすと、ガラス瓶を一つ取った。

「ヤノスの話だと、ヴァレリアがどうなったのかまだわかっていないって」

私は言った。私は打ちひしがれたようにヴァレリアの名前を口にした。

アルヴァの手は休みなく動いてはいたものの、一瞬、背中が強ばった。彼女の表情は見えない。やがてまた動きだし、黒みがかったガラス瓶を持って私のほうを振り向いた。

「そのとおりよ。あたしたちは知らないの。ごめんなさい」

アルヴァは瓶の蓋を開けた。そこから立ち上がってくる匂いに覚えがあった。

「捜索は諦めたわけじゃないんでしょう？」

アルヴァは瓶の中に入れる自分の手に目を向けたまま、こう言った。

「もちろんよ」

腕がひりひりする。私は袖をまくり上げて腕を掻いた。

顔をあげたアルヴァの表情が固まった。

「もう一度袖をまくって」

私は言われたとおりにした。アルヴァはガラス瓶の縁で軟膏を拭って戻すと、瓶を手から下ろした。そしてぐっと近寄って私の腕を見た。アルヴァは藻灯の光が当たるように腕の向きを変えた。

「こんなふうになって長いの？」

アルヴァは肘の内側の発疹を指さした。

「汚れた者たちの家に行って二週間後くらいに出てきたわ」

アルヴァはポケットからルーペを取りだして、私の腕に近づけた。レンズの縁に映る発疹は歪んで膨らんだが、中央部分は細かいところまで映しだされ、小さな紫色の点が密集しているのがわかった。

「発疹が出ているのはここだけ？」

「脚と足首も」

「見てもいい？」

私は裾をまくり上げた。アルヴァは足首をルーペでじっくり見ている。

「汚れた者たちの家で発疹が出ている人は多かった？」

アルヴァが訊いた。

「みんな出ていたわ」

「どこの水で洗ってたの？」

「体はあまり洗えなかったの。でも、海に入っている時間は多かったわ。囚人たちは血赤サンゴ狩りに行かされたの」

アルヴァはルーペを下ろして、ふたたびポケットに突っこんだ。彼女が頭の中でメモを取っている様子が見てとれた。

「海の中で変わったものは見なかった？」

「泥と、魚の死骸が数匹ってとこかしら」

そこまで言って、私は思い出した。

「珊瑚礁の周辺に錆色の澱が漂っていたわ。あたり一帯というわけじゃなかったけど、とくに私たちが潜っていたところに」

アルヴァの表情が険しくなった。

「そこは島からどれくらい遠いの？」

「そこまで詳しくはわからないわ」

入り交じって見わけがつかなくなっていた記憶の中の日々を、私は見きわめようとした。

「数時間くらいかかったかしら。でも、どうして？」

アルヴァの表情が憂いを帯びて曇ったが、彼女はそれを押しのけた。アルヴァは軟膏の入った瓶をつかむと、私の額に軟膏を擦りこみはじめた。

「その話はまた後で。今あなたに必要なのは休養よ」

アルヴァの言うとおりだった。私の目はすでに眠気に優しく誘われ、私の考えは海上に立つ霧のように消え去っていた。

「夢みる者たちの中に汚れた者たちの家で働いている人はいる？」

アルヴァは目を丸くして私を見た。

「いるとは思わないわ。とにかく警備が厳重だから。そこで起きていることについて私たちが知っているのはほんのわずかだけ。だからアスカリとティッラはあなたと話をしたがったのよ」

アルヴァは私の額に軟膏を塗りはじめた。熱をもった患部の疼きが治まってきた。

「どうしてそんなこと訊くの？」

私は、私の手に鍵を押しつけて、逃げ道を教えてくれたガのことを思い出していた。ガは、汚れた者たちの家の囚人の中にヴァレリアはいないと言った。その目が真実を語っているかどうか私は自信がなかった。

「ちょっと思っただけ」

私は言った。

アルヴァは軟膏の入った瓶の蓋を閉めて、私に差しだした。

「数日間はこれを使って。他にも必要な人が出てくるでしょうけど、あなたの額の具合からして、今、これが必要なのは他でもなくあなたよ」

私はありがたく瓶を受けとって、大きすぎる上着のポケットに突っこんだ。私は背もたれのない椅子に座り、アルヴァは壁にもたれて床に座ったまま、しばらく黙っていた。私は静かに口を開いた。

「ヴァレリアのことはまだ探すつもりよ」

アルヴァの唇は何かを閉じこめるかのようにぎゅっと閉じて、ふたたび緩んだ。表情が変わったことを自分では気づいていないようだ。その顔は私の脳裏に亡霊のように焼きついた。

「あなたのために共同寝室からハンモックを用意したの。毛布も余分にあるわ。持ってくるわね」

私は枕に顔をうずめて、布団にくるまった。アルヴァたちが私に隠していることがないか考えたが、眠りが温かい水のように優しくやって来て、考えをすべてさらっていった。


藻灯のおぼろげな光が丸い部屋を照らしている。四つの入れ墨が、半円形に並べられた椅子に座って私をじっと見つめていた。それらの上のほうに顔が四つ見える。それぞれの動きを私は目で追った。アルヴァ、ヤノス、アスカリ、そしてティッラと名乗る大きなほくろのある女性。私は織の家を出発した日のことや織り手のこと、ラザロやバイロスのことを話した。だが、紡ぐ者のことや、紡ぐ者の古代の先祖が琥珀の中で眠っている地下の洞窟のことは何も言わなかった。それは眠りに落ちる前の空想のように遠く感じて、自分の胸の内にだけしまっておきたかったのだ。私は汚れた者たちの家について話した。入れ墨について、看守について、船について、サンゴについて。四人の様子から、私の話の一部だけが初めて聞く内容だったらしいことがわかった。話しているうちに、自分の言葉がガラスの壁にあたる雨のような気がしてきた。言葉は砕けて、跡を残すことなく床に流れた。

私が話し終えても、四人とも黙っていた。

ついにティッラが口を開いた。

「発疹を見せてもらってもいいかしら？」

私はアルヴァに目をやった。アルヴァがこの前の私たちのやりとりを彼らに伝えていることがわかった。私は袖をまくり上げて、腕にできた赤い斑点を見せた。ティッラは立ち上がって歩み寄り、発疹をまじまじと見た。

「汚れた者たちの家では全員に同じような発疹がでているのですね？」

「私が目にした人はみんなそうでした」

ティッラはアルヴァのほうを向いた。

「これであなたの仮説が裏づけされましたね」

「どういうことなのかぼくたちは説明したほうがいい」

アスカリはそう言うと、黙ったままティッラに目をやった。

「いくつかのことについて」

ティッラは頷いて、席に戻っていった。

「アルヴァ？」

「海の周辺の海底に雲のように広がる澱が溜まっているわ」

アルヴァが言った。

「漁網に尋常でない数の魚の死骸が引っかかるようになったことに漁師たちが気づいたのよ。私はこの澱が島で蔓延しつつある発疹の原因じゃないかと思ってるの。他の病気の症状の原因にもなっていると思う」

「あなたが話してくれたところにまで澱が海流で運ばれているとすれば、問題は私たちが思っているよりもさらに大きいですね。ことによると、その情報は重要です」

ティッラが言った。

私は訊いた。

「原因は何ですか？」

三人はティッラを見た。私に何を話して何を話さないのか最終的に決断を下す権限はティッラにあると、私は理解した。

「私たちは」

ティッラが言った。

「血赤サンゴで赤い染料を作っている染料工場から海へ流れこんでいるものが原因だとほぼ確信しています」

彼らの関心を引いている理由がわかってきた。

「汚れた者たちの家で写本の模写の紙片を見ました。それは手から手へ回され、いくつか手が加えられていました」

ティッラの眉がわずかにあがった。

「そうですね。私たちの仲間はよくやってくれています。あの紙は広く行き渡っているわけですね」

「彫り師街で働いている夢みる者たちは、アルヴァとイレナの指示に従って入れ墨のインクの配合を変えてきている」

アスカリが言った。

ヤノスがアルヴァを見たのがわかった。ヤノスが一瞬、顔を上げて、笑顔になったことを本人は気づいていないだろう。その笑顔には憧れと、それ以上のものがあった。

「だが、十分な数の人たちがまた夢を見るようになるまでには、まだ数ヶ月はかかるだろう」

アスカリが続けた。

「だからジョヴァンニ・ペトロスの運命についての情報が島で広まることが重要だった。そこにぼくたちはできる限り必要な新しい情報をすべて付け加えた」

私は、ヤノスとヴァレリアとイレナの四人で可能性について初めて話しあった時に立てた元の計画を思い出した。

「つぎの目標は言葬ですか？」

「そのつもりだった」

ヤノスが言った。

「でも、あとどれくらいぼくらは待っていられるか、心配になってきたんだ」

四人の表情は深刻で疲弊していた。私も同じことを考えていた。島はこれ以上の洪水には耐えられないだろう。

「昨日の洪水で島はかなり破壊されてしまった」

アスカリが言った。

「島を出るようみんなを説得するために、ぼくたちは予定していたよりも迅速に事を進めるべきだろう」

「島を出る?」

私は言った。

「全員を運ぶにはかなりの船が必要だわ。どうやって用意するんですか?」

「船は島に十分ある」

アスカリが言った。

「問題はみんなに船に乗ってもらうことと、ぼくたちのために働いてくれる船員を募ることだ。それもほぼ準備ができた。ずいぶん時間をかけてきたんだ。三ヶ月や一年の話じゃない」

ティッラがアスカリの手に自分の手を重ねると、アスカリは口を噤んだ。彼がもう何も言うつもりがないことを確信するまで私は待った。

そしてわかったのだ。私の中に何とも言えない己を恥じる気持ちがわずかにこみあげてきた。写本を見つけたのはヴァレリアとヤノスと私だが、私たちはこの果てなく広がる海岸の小石にすぎず、潮の流れを変える月ではない。私たちと写本がなくても、夢みる者たちは別の歩むべき道を見つけていただろう。私たちがまだ揺りかごの中の赤ん坊ですらない時に、彼らはすでに島の新しい未来を夢みていたのだろう。彼らは私のことを知るのに一日もかからなかった。彼らがもっとも重要な計画を私の手に委ねなくてはならない理由などないのだ。

「わかります」

私は言った。

「でも私はヴァレリアの捜索を続けたいんです。私にはあとどれくらい時間がありますか？」

彼らの沈黙の向こうに何か高くて広くて重たいものがあった。

「もう潮時でしょう」

ティッラが誰にともなくついに口を開いた。

アスカリがアルヴァとヤノスを振り向いた。アルヴァの目が動いた。ヤノスをちらりと見たわけでもなかったし、それにヤノスが答えたというわけでもなかった。アルヴァは深呼吸した。

「何が潮時だというの？」

私の中で固い結び目ができあがりつつあった。それは拳のように内側からずっしりとのしかかった。

「エリアナ、あなたたち二人の行方がわからなくなってから、あたしたちはあなたたちを探したの」

アルヴァが言った。

「夢みる者たちは島の至る所にいるのよ。市警備隊の中とか、何かニュースを聞けそうな場所とか。知っている人は誰もいなかったわ」

アルヴァはふたたび深呼吸するために言葉を切ると、彼女の腕に手を下ろしたヤノスに目をやった。

「そうして、三週間前に中つ水路で女性が発見されたの。水に沈んでしばらく経っていたわ」

私の中の握り拳がどんどん固くなっていく。拳の関節は割れたガラスのように尖っていた。私にはこの話を聞くことはできない。

ヤノスはアルヴァの腕に下ろしていた手に力を入れた。

「年も背格好もヴァレリアと同じだったわ。女性の髪は赤くて、肌は青白かった」

「島には他にもヴァレリアくらいの年で赤い髪をした女性はいるわ」

私は言った。私の声は虚ろに響いた。いつ砕けてもおかしくない欠片でできているみたいだった。

アルヴァは私を見た。その目に涙を溜めている。

「見にいってきたのよ。彼女だったわ」

「その証拠は?」

言葉は砕け、風に散り、あらゆる他のものと一緒に海へさらわれていった。

「彼女はずいぶん長いこと水に沈んでいた。でも彼女の入れ墨でわかったわ。手の平にあなたの名前があった。エリアナ、ヴァレリアは死んだのよ」

15

私の周りの世界はぴくりとも動かない。目の形をした入れ墨がまじろぎもせず見ている。外のどこか上のほうに水路と家があるが、人の気配はない。空に浮かんでいる雲は静止して、波頭は氷の彫刻でできているかのようにその場に固まっている。砂時計の砂は流れ落ちるのを止めた。私は、これが夢であるという確信を探した。失意に暮れて手探りした。わかったことは、私が目覚めているということだった。

私は立ちあがった。椅子が私の背後で床を引きずる。長く、むしり取るような音は鋭い悲鳴に似ていた。

アルヴァは席を立ち、机に沿って歩み寄り、私を抱き寄せた。私はまっすぐ立っていた。もしかしたら私はアルヴァに腕を回していたかもしれないし、そうでなかったかもしれない。アルヴァが何か言った。かわいそうに、本当に、本当に、そんなかすかな言葉がリズムを刻んで繰り返し落ちていく。鳥の翼が塞がれた空間に当たって擦れるように。

時間の外へ落ちたこの瞬間に、動いたり話したりなどできないはずなのに、ヤノスやアルヴァは話している。ティッラもアスカリもそうだ。彼らはどこか別の世界に属していた。そこで話される言語も、生きているものの形もよく知らないものだった。私は彼らに背を向けて、通路を歩き去っていく。通路ですれ違う白い目が、藻灯で浮かび上がる。いくつもの手に腕をつかまれるが、私は振りはらった。ついに自分のハンモックを見つけると、私はその中へよじ登って目を閉じた。

誰かが私の傍らに長いこと立っている。その息遣いが聞こえる。このまま振り向けば顔が見えるだろう。それはヴァレリアだ。この夢を部屋だと思おう。ここならその人をヴァレリアにすることができる。私は目を開けない。なぜなら、長く目を閉じていればいるほど、ヴァレリアが私の傍らにいてくれるからだ。

とうとう彼女が溜め息を吐いて、立ち去っていくのが聞こえた。

最後にヴァレリアを見たときのことを考えた。最初のときのことも、会うたびに目にしたヴァレリアのことも考えた。彼女の口もとが微笑みを作っては、またもとに戻る仕草を。光と影が彼女の顔に差していく様子を。私は彼女に話しかけた。話したい人は彼女の他に誰もいない。

ヴァレリア、そう私は呼びかけた。どこかにもう一つ島があって、私たちはその島を歩いている。砂が私たちの足もとで動き、私たちが一緒に登っている岩は陽に照らされて温かい。晩夏に燃える海岸で私たちは頭をもたげあって並んで座っている。光の色を宿した木の葉が水の宇宙に浮かんでいた。風で水面に漣《さざなみ》が立ち、水は私たちから遠ざかり、冬へと向かう。私たちの間には安らぎしかない。この瞬間に私たちは安らぎ、これからやって来る冬の兆しを私たちは肌に感じる。それは厳しいのではなく、宙に舞いあがるトンボの翅のように半透明の輝きを放っている。木々の枝の上に巡る季節が芽を結び、ふたたび成長するために萎えていく。それらの向こうにある空は平穏な静けさを保っている。私があなたの腕に手を置いても、あなたは受け入れてくれるだろう。そうしなかったからといって、完全さに欠けることは少しもない。水は何も言わず、動き、ふたたび静止した。

私は耳を澄ましている。だが、ヴァレリアは何も言わない。私も黙っている。

涙が満ちては引いていく。

足音がやって来ては去っていく。

食事の匂いが部屋に漂う。

夜か、もしくは昼だろう。

満月か、もしくは新月だろう。

ついに私は立ちあがった。骨から肉が離れ、埋められ、塵になり、ふたたび集められたように、手足は強ばっていた。喉の渇きは治まらない。ハンモックのそばの床の上にボウル一杯分の冷たいハーブティーを見つけた。私はあぐらをかいて、それをごくごく飲んだ。

中が空洞になっている何本もの長い金属棒が一度に打ち鳴らされているような騒音が部屋を貫いた。その音の原因が目の前に現れるのを待ちながら、私は空をひたすら見つめていたが、現れることはないと悟った。共同寝室には私しかいない。だが、走る足音や話し声が部屋の外から聞こえる。

騒音が止んだ。

しばらくしてドアが開き、アルヴァが顔をのぞかせた。

「起きてる?」

アルヴァが訊いた。

私は頷いた。

「あたしたちの仲間の一人が事前警告を発信したの。お客を何人か連れてくるわ」

アルヴァは、私を頭から爪先まで見た。心配そうな顔をしている。

「その人たちがあなたと話がしたいそうよ。急ぎの用らしいの。できそう?」

できそうにない。だが、私は頷いた。アルヴァは手を差しのべ、私はその手をつかんだ。彼女は私の手をそっと握った。

私たちは、隅に椅子がある丸い部屋へ入った。今回は前よりも部屋は明るかった。カンテラに閉じこめられた揺れる火が、藻灯の青い光の輪と混じっている。ティッラは椅子に座り、アスカリは彼女の傍らに立っていた。ヤノスも同席しており、他に三人が部屋にいた。そのうち二人はすぐに誰だかわかった。私たちが部屋の中へ入っていくと、イレナが振り向いた。イレナは悲しみに暮れた顔をしていた。彼女の隣にいたのはガだった。汚れた者たちの家から私を逃がしてくれた短髪の看守だ。三人目の人物はフードをかぶったまま、その場に黙って立っている。アルヴァに席に案内され、そこに私は腰かけた。

三人目の人物がこちらを向いて、フードを脱いだ。よく知っている浅黒い顔が露わになった。

私は席を立った。

「彼女の言いたいことなど、私はいっさい聞きません」

私は言った。

ティッラは私をじっと見つめていたが、やがて落ち着いた声で淀みなく話した。

「それはあなたの自由です。でも、立ち去る前に、織の家の主《あるじ》があなたと話す機会と引き換えに自ら人質になったことは知りたいでしょう」

織り手の黒くて真剣な眼差しが私をとらえた。

「エリアナ、あなたが生きていてくれてよかった」

織り手はそっと言った。

私は、動揺を示すような変化や忌まわしい気配が少しでもないかと見つめた。だが、見つからなかった。

「あなたは私を汚れた者たちの家へ送った」

すると変化があった。織り手の視線が逸れ、一瞬、ガのところで止まったが、ふたたび戻ってきた。

「私にはそうするしかなかったのです」

周りの目が私たちに注がれている。台所に行ってナイフを取ってくるのはわけないことだっただろう。そうしていればよかった、と思った。爪と歯を使えば、織り手を噛んで引っ掻いて血だらけにできる。織り手から引き離されるまでにどれくらい深く傷つけられるだろう。

「そうは思わないわ」

私は言った。

ガがおかしな行動をとった。織り手のほうへ近寄って、その手を握ったのだ。

「汚れた者たちの家で、あなたはある人物に会っていると思います」

織り手が言った。

「弟さんは、その人物からのメッセージがなければあなたを見つけられなかったでしょう」

私は並んで立つ二人をじっと見すえた。周囲の世界は、私には依然としてガラスに閉じこめられた未知の世界だった。その世界の生き物はなおも聞き慣れない言語を話す異邦人だった。

「母に代わって謝ります」

ガが言った。

「母がしたことは、受け入れられるものではありません」

その時になってわかった。見なれた顔の形と、体格こそ違うが同じ立ち姿。くせのある短髪に包まれた頭の曲線。私は織り手からガに視線を移し、ふたたび織り手を見た。

「彼女はあなたの娘さんですか？」

私は織り手に訊いた。

織り手の顔がビクッと動いたが、先に口を開いたのはガだった。

「娘ではありません」

ガが言った。

「私は彼女の息子です」

ガはいったん言葉を切って、こう続けた。

「私の名前はイラです」

私は納得した。もくしは納得したと思う。ガの声は低く、体つきは丸みがないわけではないが角張っていた。それでも何かが欠けているような気がしてならなかった。ぴたりと符号しない何かがあったのだ。

部屋はしんと静まり返っていた。ティッラが椅子に座ったまま身じろぎすると、衣擦れの音が部屋を満たした。

「でもあなたは女性の囚人たちや看守たちと暮らしていた」

私は言った。

織り手とガは見つめあった。織り手の口が開いた。ガは――イラ、と私は頭の中で言い直した――

わずかに首を振った。織り手はふたたび口を閉じた。

「私を見て、あなたはどう思いますか？」

イラが言った。

イラの額の入れ墨は見間違いようもない。だが、視線を下のほうへ移した時、イラの言葉の意味がわかった。そこを見た時、個人の領域に踏みこんだような違和感と羞恥心を覚えた。イラの腰は細く、肩幅は広い。上着を通して、ないも同然の胸の膨らみが見える。あごには髭の跡はなく、上唇の上にも私と同じように余計な毛は生えていない。

「わからないわ」

私は言った。

「私を取り上げた産婆ですらわかりませんでした。すぐに男とも女とも名づけられないこういった赤ん坊たちに島ではどんなことがされているか知っていますか？」

私は答えなかった。そういうことを考えたことがなかった。そんなことがあるとも知らなかったのだ。

「私のような者をまだ目にしたことがないとしたら、それは私たちがこの世界に生まれなかったからではなく、生かされなかったからです」

イラが言った。

「でもあなたは生きている」

私は言った。

「私の母の勇気のおかげでです」

イラは織り手のほうへ顔を向けると、頷くように顎を下げた。織り手は息子を見て、同じように頷き返した。二人の一瞬の動作があまりに似ていて、自分が今まで気がつかなかったことが不思議でならなかった。言いようのないものに対する優しい顔をした織り手を、私は初めて見た。

「息子が生まれた時、産婆は殺そうとしました。そのほうが情けがあると言われました。でも、私はそうさせなかった」

言葉は織り手の口から重々しくも、迷いなく放たれた。

「私はイラを島のある場所に匿いました。そこでなら息子が無事に暮らせると思ったのです」

私はようやく、織の家についてガが知りたがった理由がわかった。イラが汚れた者たちの家で過ごしてきた歳月を思い浮かべた。イラの幼少時代は私のそれよりも閉じられたものだっただろう。そこかしこへ広がっていく孤独と、母と名乗る見知らぬ人との数少ない密やかな瞬間を、私は想像した。いくつもの断片が動いて一つになり、すべてがついに像を結んだ。

「でも、理事会には知られている。そうでしょう？」

私は言った。

織り手の顔から優しさがすべて落ち、一瞬、ぱっくりと開いた傷口のように見えた。

「そうです」

織り手が言った。

「理事会は息子を虫けらのように潰すこともできるでしょう。それはまた私の終わりでもあります」

「あなたは、ヴァレリアと私の命と引き換えにイラの命を買ったのね」

私の声は冷たく虚ろに響いた。イレナは亡霊のように織り手の背後に立っている。オレンジと青い光がイレナの肌と服の上で揺らめいて、勢いよく二手に分かれた。

「私は知らなかったのです」

イラが言った。

「知っていたら、受け入れなかったでしょう」

「イラの言っている通りです」

織り手が言った。

「ついにそれがイラの知るところとなり、彼がのぞんだから私はここにいるのです」

私はイラのほうを向いた。

「あなたは私を助けてくれた。そのことには感謝しているわ。でも、織り手は私たちを騙したのよ」

私はほとんど叫ぶように言った。

部屋の隅から話しかける声があった。

「あなたも同じことをするのではありませんか?」

ティッラだった。私は振り返った。

「あなたに尋ねます。もしあなたが同じような選択を迫られたら、あなたは自分にとって一番大切な命を救いませんか?」

ティッラの言うとおりだった。もしヴァレリアが戻ってくるなら。私は織り手を一瞬で犠牲にするだろう。この部屋にいる人の誰でも犠牲にするかもしれない。それに気づいたとき、今までに感じたことのない身を切られるような冷たいものが私の中に流れた。私はそれを否定できなかった。

「わからないわ」

私は言った。

ティッラは部屋の奥から私のことをひとしきり見ていたが、やがて顔を織り手のほうへ向けた。織り手は手の平を表にし、言葉をさらに招き寄せるように指を曲げた。手の平の瞳はまじろがない。

「いずれにしてもあなたは勘違いしています」

織り手は言った。

「ヴァレリアは生きています」

希望が白熱の炎のように燃えあがった。その炎は痛くなるほど強く、一気に消えた。イレナは目をかっと開き、その表情は険しくなった。イレナはさらに居ずまいを正した。

「あなたの嘘は聞き飽きたわ」

私は言った。

「嘘ではありません」

イラが言った。

「ヴァレリアはどこだい？」

イレナが言った。

「織の家です。彼女はずっとそこにいました。市警備隊が彼女を連れていきたがったのですが、なんとか説き伏せて、誰にも知られずに織の家に監禁したのです。彼女を守ってやりたかった」

織り手が言った。

「でもあなたは私を罠にかけた」

「あなたと織の家を守れる方法がそれしかなかったのです」

織り手が言った。

「あなたがた二人を引き離さなければ、どちらも市警備隊に殺されていたでしょう」

アルヴァは私の後ろに立っていたが、一歩前へ出て、私の隣に並んだ。

「あたしたちはヴァレリアの死体を見たわ。同じ入れ墨があった。手の平の見えない入れ墨までも同じだった」

「この町で死体を発見することは難しいことではありません」

織り手が言った。

「入れ墨をまねることもそうです。私は、彼女が死んだように見せかけました。なぜなら、市警備隊にいつかは連れ去られてしまうとわかっていたからです」

私は考えた。それが本当だと信じたい。時がふたたび流れはじめた。雲は空を横切って移動し、形を変える。砂時計の砂粒が流れ落ち、海は自らの凍った魔法を打ち破った。

「もしそれが本当なら」

私は言った。

「なぜ彼女を織の家に置いてきたの？」

「織の家の者は皆、市警備隊の援助で避難しました。彼らに彼女を見られたかもしれません。彼女のことは後で連れてくるつもりでした」

「すぐに誰かが織の家へ行くべきだよ」

イレナが言った。

私は背筋が凍りついた。

「誰かじゃない」

私は言った。

「私よ。私が行かなきゃ」

「危険すぎるわ」

アルヴァが言った。

「姉さんを行かせることはできない」

私はヤノスを振り返った。

「これはあなたが決めることじゃない。糸の迷路を抜ける道を知っているのは私しかいない。他の道はすべて塞がってるのよ」

「織り手は道を知っている。彼女を遣ってもいい」

ヤノスが言った。

「織り手が本当にヴァレリアを連れてくると思うかい？」

イレナが言った。

部屋はしんと静まり返り、とうとうアルヴァが口を開いた。

「エリアナの言うとおりよ」

私はティッラとアスカリを見た。二人は小声で話し合っている。やがてアスカリが居ずまいを正してこう言った。

「決めるのは君だ。ぼくたちは幸運を祈っている」

私はティッラの言葉を待ったが、何もなかった。アルヴァがヤノスに何か言うと、ヤノスは頷いた。

ヤノスは私のところへ歩み寄り、こう言った。

「姉さんに話があるんだ」

ヤノスの口もとはきゅっと結ばれ、目は沈んでおり、顔は強ばっていた。私はティッラとアスカリに会釈すると、ヤノスについて丸い部屋を出た。

基地には一人になれるような場所が数えるほどしかない。ヤノスは私をアルヴァの仮の応急処置室へ連れていくと、中へ入ってドアを閉めた。

「あそこへ行くのは安全じゃない」

「ヤノスなら行かない？」

私は訊いた。

「もしあそこにいるのが私やアルヴァだったら？」

ヤノスは顔を背けてうつむいた。口は真一文字に結ばれている。

「行くと思う」

ヤノスは言った。

「でも姉さんはわかっていない。ティッラとアスカリは姉さんを引き止めるつもりはないけど、誰も一緒に行かせたりもしない」

「なぜ？」

ヤノスは深く息を吸いこんだ。

「彼らが――ぼくらが――これまでに力を注いできたすべての準備は整っている。計画の一つひとつの車輪がもうすぐ動きだすだろう。あとは時機が来るのを待つだけだ。それはもしかしたら明日かもしれないし、今日かもしれない。だから誰も行かせたくないんだ。ぼくら一人ひとりがこの計画の一部だからね」

「私を除いてね」

私は言った。

ヤノスは食い入るように私を見た。口もとは曲がり、何か不快なものを呑みこもうとしているようだった。

「姉さんは三ヶ月近くいなかった。姉さんにまた会えるかどうか、ぼくらにはわからなかったんだ」

「わかってるわ。これはあなたのせいじゃない。でも、それほど重要ではない存在なのは私だけということなのよね」

「それからヴァレリアも」

私の声には厚い繊維が引っかかっているような、刺々しく辛辣な響きがあった。

「それは違う」

ヤノスが言った。

「いいえ、そうなのよ。夢みる者たちは彼女をこのまま死なせるんだわ」

「ヴァレリアが生きているかどうかすら、姉さんは知らないのに」

ヤノスが小さく言った。

「織り手が嘘を吐いていることは十分にありえる」

「そうね」

私はヤノスの目を見て言った。

「でも真実を確かめずに背は向けられない」

ヤノスの眉間にふたたび二本の皺が寄った。一瞬、二十年か三十年後のヤノスの顔が目に浮かんだ。彼は一度頷き、さらに頷いた。

「気をつけて」

ヤノスが言った。

「もし、洪水の鐘が短く鳴って、いったん間が空いた後、長めに鳴ったら、こっちに戻ってくるんじゃなくて、貿易港に行くんだよ」

「わかったわ」

私はヤノスを抱きしめると、むりやり笑顔をつくった。

「アルヴァを大事にしてあげるのよ」

ヤノスはほほ笑み返したが、表情は暗かった。

丸い部屋を通り過ぎる時、まだそこにいる織り手の姿が見えた。イレナは織り手のそばにいた。織り手の足もとには赤々と燃えているカンテラがあった。

「待って」

織り手の声がした。

私は数歩、後戻った。織り手が床の上にあるカンテラを持ちあげると、私に差しだした。

「これを。必要でしょう」

私はカンテラを受けとった。

「彼女を見つけられるよう願っています」

私も願っているわ、と思ったが、黙っていた。私は踵を返して通路へ戻った。イレナが席を立ち、ドアを閉めるために歩み寄った。

私が最後に見たのは織り手の顔だったが、その表情からは、何も読みとれなかった。

私はミニボートを引きずりながらしばらく斜面を登って、糸の壁の迷路の入り口までやって来た。ミニボートは脇道に隠して、石柱に手早くくくりつけた。家々や通りの静けさが糸の壁に張りついている。糸は通り過ぎる風にゆっくりと揺れていた。織り手の言うとおり、カンテラは役に立った。まだ明るいうちから夕暮れが迫ってきているような気がする。糸の迷路の藻灯のほとんどが消えかかっていた。島の藻はすべて死に絶えようとしていた。

糸の壁は私を取り巻いて、あらゆるものから守るようで何からも守らない何層ものベールとなってまとわりついた。私は織の家へ向かって登った。これが最後かと思うと変な気がした。織の家は何年もの間、私のよく知るたった一つの家だった。それが今は、暗く静まり返った通りと、建物と、骨のように滑らかな床と、海と大地と空気の緩慢な動きだけが聞こえる墓穴のように冷たい部屋の塊となっていた。

自分の断続的な呼吸と石にあたる足音以外に何かが聞こえる。私は耳を澄ました。

コ、コツ。コ、コツ。コ、コツ。

誰かが糸の壁の迷路で動いている。私との距離は遠くはない。

私は立ち止まった。足音は私のものとほぼ寸分違わない速さで進んでいる。試しに数歩歩いてみた。自分の足音が響くように、その音も進んでいく。コ、コツ。コ、コツ。湿った石にあたる柔らかい靴底の音だ。それは、奇妙にも二段階を踏んでいて、心臓の鼓動のようだった。

私はもう一度立ち止まった。もう一つの足音も同じように立ち止まる。

動きは糸の壁の中で波のようにめぐりはじめた。最初は一つの壁をうねらせ、つぎに風や空気よりも緊密な何かをうねらせた。シーツの下で揺れる体。誰かが私を探し、手を伸ばそうとしている。

「ヴァレリア？」

私は言った。

あたりは水を打ったように静まり返り、糸の壁の揺れが止まった。少し先の糸の壁の層の向こうに小さな炎が見える。やがて走る足音が近づいてくるのが聞こえ、人の体の輪郭線が糸の壁に、激しく、荒々しくぶつかる様子が見えた。糸の壁はびくともしない。脆く緩く織られているように見えるが、下端から幾重もの糸で地中の石の輪に結びつけられているため、糸の壁は下からはくぐり抜けられない。かといって壁を乗り越えるのは難しい。なぜなら、織物にはしっかりとした足場がないからだ。

私がカンテラをかざすと、光る刃が糸の壁を貫き、糸を解いて表面に穴を空けようとしているのが見えた。

私はしくじったと思った。

織の家まではそれほど遠くはなかった。私はカンテラの火を吹き消した。糸の壁の迷路で簡単に見つかるように、織り手が私にカンテラを持たせたのかと、考えずにはいられなかった。底がいきなり深くなった水の中へ溺れたかのように、私はしばらく疑惑に囚われた。ヴァレリアは生きていないかもしれない。これは私に仕掛けられた新たな罠にすぎないのかもしれない。だが、引き返せる瞬間があったとしても、もう戻れない。私はカンテラを途中で捨てて、真っ暗でも手に取るようにわかっている斜面の道を駆け足で登った。引きちぎられる糸の壁の音を背後で聞きながら、私は速度を上げた。道は難なくわかった。足音以外の跡を残さないよう、私は糸の壁に触れないように気をつけた。糸は音を消し、方向感覚を狂わせるということを、私は経験から知っていた。もう一つのカンテラの明かりはまだ遠くにある。それは横に移動しており、こちらには近づいていない。追っ手は方角を見失ったのだ。少なくともそうあってほしい。糸の壁は鋭い刃を永遠には防いでくれない。

石の建物群が夕焼けを背に目の前に黒くそびえ立つ。織り手の書斎までの最短ルートは広場を突き抜ける道だが、追っ手が織の家の中まで入ってくるなら建物の中のほうが安全だ。その一方で、追っ手が広場へ続く道を見つけるかどうか、私にはわからない。

私は速いほうを選んだ。広場の中央にある池は、残光すらない死んだ黒い目だ。建物の輪郭は深くなってゆく薄闇に溶けつつあった。もうすぐ何も見えなくなる。

作業場の最も外側にある折り戸がわずかに開いていた。私は中に入って、後ろに目をやった。明かりもなく、動いている気配もない。私は後ろ手で静かにドアを閉めた。手織り機の間を手探りしながら進み、膝を木枠の角にぶつけた。何かがカタンと音を立てて床に落ち、一気に足に痛みが走った。私は立ち止まって耳を澄ました。あたりはしんと静まり返っている。

廊下へ続くドアへたどり着くと、さっと出た。織り手の書斎までほんの二十歩だ。天井まである高いドアは簡単に音もなく開いた。

部屋は真っ暗といってもよかった。細い上弦の月が角窓の向こうに空高く浮かんでいる。水報機は、さながらもの言わぬ彫像のようにきらきらとそびえ立っていた。

「ヴァレリア?」

私はがらんとした書斎に向かって囁いた。

かすかな波動が壁にかかっているタペストリーを伝わっていく。開いたドアから流れこむ空気がそうさせているだけかもしれないし、思いこみにすぎないのかもしれない。私は自分の呼吸に耳を澄ました。

「ヴァレリア?」

言葉は虚ろな部屋の中へ消えていく。

すると、言葉にならない短い声が聞こえた。私は慎重な足取りで声のするほうへ歩いていった。織り手が薬を備蓄している片隅の近くの、床まで届くタペストリーの前で足を止めた。何層もの糸で覆われた聖織女が私の目の前に立っている。顔と手足は半ば見えない。タペストリーの裏で、静寂の中へ押しこめられた、ゆっくりとした弱々しい息遣いを感じとった。私はタペストリーをつかんで、わずかにめくった。

暗闇の中で何かが動いた。ガラスの内部で水が跳ねる音がした。ウタクラゲの触手のように薄く、青みを帯びた弱い光が強くなりはじめる。そこは簡素な穴で、壁に埋めこまれた長椅子と、ずり落ちてくしゃくしゃになった毛布と、ピッチャーがあった。ヴァレリアが長椅子から立ち上がった。私に近づいて自分のほうへ私を引き寄せた時の彼女の大きな目は、闇で満ちていた。私はその場にしばらく佇んだ。私よりもいつだって速いヴァレリアの息遣いに耳を澄ます。彼女の温もりが私に沁みこんでくる。ヴァレリアの体のどの曲線も、膨らみも、くびれも、ぴたりと私に重なった。

「大丈夫?」

私は訊いた。

ヴァレリアは私から体を離すと頷いた。彼女の真剣な眼差しは私の額に向けられていた。ヴァレリアは手を私の顔に持ってくると、まだ疼く入れ墨を空気のように指先でそっと撫でた。それから私の手をつかむと、そのまま自分の胸元に置いた。私たちはここを逃げだして身を隠さなければならないのに、ヴァレリアの顔が間近にあり、彼女と触れあっていたい気持ちから逃れられない。夜はますます深くなっていく。殺人者の足音は近づいていた。世界は止まらず回りつづけ、海は島へ押し寄せてくるのを止めない。

「私たちは行かなきゃならないわ」

私はついに言った。

ヴァレリアは長椅子から何かを拾いあげた。彼女がそれで壁に書きはじめた時、木炭の欠片だとわかった。そのとき初めて壁は薄い字で埋めつくされていることに気がついた。その中からいくつか読みとれた文字があった。

父、母、織り手。理事会。エリアナ。

そして、ヴァレリアが書いた。

織り手に待つように言われた。

私の中で何かが零れ落ちるようにはっとした。ヴァレリアは監禁されている間、読み書きの練習をしていたのだ。彼女がこれまで言いたかったこと、言うことができなかったことすべてを私に書いてほしかった。しかし、時間は迫りつつあり、明かりも消えつつあった。私たちはここから逃げださなくてはならない。

「わかってるわ」

私は言った。

「でも、誰かに跡をつけられているの」

ヴァレリアの目が大きく見開かれ、口が歪んだ。彼女は頷いて私の手をつかむと、藻灯を持ちあげた。私は耳を澄ました。物音は聞こえない。私たちはタペストリーの後ろから出てくると、書斎を横切ってドアへ向かった。

「このまま糸の迷路へ出たほうがいいわ。他の道は塞がっているの」

私は言った。

作業場に向かって廊下を進むと、私たちの足音が反響した。手織り機は暗闇の中でひっそりと高くそびえている。私たちは手織り機に触れないように気をつけた。またも広場を渡りたくはなかったが、作業棟から共同寝室棟までの外の移動を短くしなければならない。共同寝室を通り過ぎたら、そこで曲がって糸の迷路に最も近いドアから外へ出ることができる。

私は折り戸をわずかに開けて広場をのぞき見た。闇が敷石の上にひっそりと広がっている。私は共同寝室棟の奥のドアを目指して広場の角を渡ろうとした。するとその時、ヴァレリアに腕をつかまれた。

「どうしたの？」

私は小さく言った。

ヴァレリアは共同寝室のほうを指さした。最初は何も見えなかった。広場側の窓の大部分に映るものはなく、黒く空しく静まり返っている。その上のほうにも数は少ないが窓がいくつか並んでいる。それらは共同寝室の間の凹みにはめこまれていて、廊下に明かりをもたらすためのものだ。最初は反射しているだけだと思っていたが、見つづけているうちにオレンジ色の光が窓から窓へ移動している様子がはっきりと見えた。

誰かが廊下を渡って私たちに向かってきている。

ヴァレリアは私を作業場へ引き戻し、音を立てずにドアを閉めた。私はヴァレリアにぐいと引き寄せられた。とはいえここに留まることはできない。ここには隠れる場所がどこにもない。殺人者は、部屋に入った途端、カンテラの明かりで私たちを見つけてしまうだろう。タペストリーの部屋側の突き当たりに出口はない。表で足音が聞こえた時、私たちは廊下まで行きついてもいなかった。その足音は以前と同じ、コ、コツ。コ、コツ。コ、コツと二段階のステップを踏んでいた。そして、ついさっき私たちが立っていた広場側の折り戸が開いた。

「織り手の書斎よ」

私はヴァレリアに耳うちした。

私たちは駆けだした。


見上げるように高い木のドアの鍵はなくなっていた。私は内側から鍵をかけることができず、ドアは閉めるだけにしておかなければならなかった。部屋には隠れる場所と逃げ道になりそうな出口が一か所ずつある。

「隅へ」

私は小さな声で言った。

私はタペストリーの裏に隠れたままヴァレリアの手を引き寄せた。聖織女はあらぬ方を見ている。

それが私たちを守っているのか、私たちの居場所を教えているのかわからない。廊下から足音が聞こえてきた。オレンジの光が、暗闇の中の鋭く尖った切れこみのようにドアの下へ輪郭を描いている。ドアが開きはじめた。私は磨り減った木の面を押して、祈った。

背の低いドアが私たちを闇の中へ導き、音もなく背後で閉じた。ヴァレリアは体を硬くしたまま私に寄り添っている。

「怖がらないで」

私は彼女の耳もとで囁いた。

「私は前にもここにいたことがあるの」

だが、本当は私自身も怖かった。怖いのはドアの向こうにいる殺人者だけではなく、この暗闇の中にいる生き物もそうだった。部屋の奥からは何も聞こえてこない。紡ぐ者は、家を、おそらく島を、もしかしたら世界をも見捨てたのかもしれないと考えた。紡ぐ者について私が知っていることといえば、紡ぐ者は、私が少なくとも把握している時間と世界よりも古い存在だということくらいだった。紡ぐ者は今まさに世界の網を伝って這いのぼっているのかもしれない。網をかけて紡ぐことができるような別の空と大地を探しているのかもしれない。私たちよりもっと賢い住人のいる別の宇宙を。

周囲をめぐらす半透明の糸の壁がねばねばと波打っている。

私たちはドアの近くから離れなければならない。

私は部屋の暗い奥へ向かって糸の壁を縫うように進んだ。ヴァレリアも私に続いた。網に自分も引っかかりそうになりながらも、彼女を導くことに私は力を尽くした。糸の壁が、獲物を引っ掻いて貪る手のように私に絡みつく。暗闇の中では距離の感覚が鈍くなる。最初に触れただけでは判断がつかないが、前に差しだしている自分の手が紡ぐ者の巨大な体の一部にあたることを半ば期待してもいた。その体が動いたほうがいいのか、それとも動かないほうがいいのか、どちらの考えのほうが怖いのか私にはわからなかった。

だが、目の前に立ちはだかるのは糸の壁ばかりだった。私たちは部屋の奥までたどり着いた。そこは何もなくひっそりと静まり返っていた。私は壁を触って確かめはじめた。指がドアの継ぎ目に当たったと感じたその瞬間、私たちの背後で一筋の光が部屋に差しこんだ。

私はドアをぐいと引くと、ドアはゆっくりと開いた。石で指先が擦れて、爪が割れた。ヴァレリアと一緒にドアを引く。私はトンネルの中へ彼女を先に押しやった。

「階段を下りて」

私は言った。

藻灯がヴァレリアの手から滑りおちた。藻灯は割れずに、階段を転がり落ちていく。遠くで石に当たったのが聞こえた。その木霊が壁を伝って這いのぼってくる。それから水が跳ねる音がした。私はヴァレリアの手をつかんだ。

わかっていたが、それでも願った。トンネルは冠水していた。

階段の上の入り口に、カンテラを手にした人物が現れた。その背後に、もう一人が影のようについてきている。

オレンジ色の光が、糸の壁の細い切れ端が絡みついているナイフの長い刃を照らしだした島でまだ語られている物語を。

それはこんな物語だ。

聖織女は空から始めた。

世界の網のいくつもの宝石が網を通して光り輝くまで、聖織女は手と足で宇宙を引き延ばした。

数々の宝石の光の中、星々の下、聖織女は大気に命を吹きこみ、はるか下のほうへ大地の黒い輪郭線を描いた。

空と大地の間に、太陽と雨で縦糸を作り、それは見上げる高さの細い世界の骨となった。

そして聖織女は夢を見るようになった。

聖織女の夢から、四本足で歩いていた者たちや、二本足で歩いていた者たちや、歩くことさえしなかった者たちが立ち上がった。聖織女は海と島と木を夢みた。聖織女が夢を見ていると、そのたくさんの指先から絹が生まれ、空と大地がお互いに結びつける縦糸のように織られていった。聖織女の夢は星々の下で行き来する思考と欲望を、彼らの眼差しと盲目を、彼らが従う意志を織った。そして聖織女の夢は、彼らが魂と名づけたものを織った。

これが、聖織女が作った世界だ。これが、聖織女が自らの手足で守っている世界だ。ある日、命を与えた者たちに疲れた聖織女は、糸をつかんで引いた。すると、すべてがその瞬間に解け、その時

――

16

バイロスの顔は光と影の風景のようだった。彼はカンテラを階段の最上段に下ろした。ラザロはバイロスの背後で微動だにせず立っている。バイロスが握っているナイフの刃はサーベルのように長くて厚い。屠殺者がヤギの喉を切り裂くナイフのようだった。バイロスが二段、下りた。

「困ったものです」

バイロスが言った。

「こんなことになって」

私はどんなサインも見逃さないようにした。彼をこの場から引き返させ、ナイフを持ち帰らせることができるような、ためらいや無関心を。もしくは同情を。もしかしたら、バイロスには、彼のもう一面を知っている妻や、子どもや、おそらくは年老いた両親といった家族がいるかもしれない。

バイロスの態度に隙はなかった。その表情に揺らぎはなかった。カンテラが彼の姿を浮かび上がらせるように燃えている。その目は、光の届かない二つの黒い井戸のようだった。

「島は混沌としているわ」

私は平静を保とうとしたが、声は震えていた。

「私たちをこのまま逃がしても、知る人は誰もいないわ」

バイロスは答えない。ラザロが最上段でわずかに動いた。赤い火がラザロの角張った姿を前にもましてくっきりと際立たせる。私は、子どもを抱いているラザロや、夜遅くに小ぶりの鼻眼鏡をかけてロウソクの明かりでメモを取るラザロを思い浮かべようとした。想像できなくはないことに気づいた。ラザロに話しかけようとした時、彼が最初に口火を切った。

「私たちは知っていますよ」

ラザロの低い声が階段の壁に響きわたった。

彼らの本当の顔をのぞくチャンスは私にはないのだとわかった。そこにあるものが何であれ、彼らはそれを別の時間と場所のために私の手の届かないところへ閉じこめているのだ。彼らの唯一の顔は今まさに見せている顔だ。その仮面のことはよくわかる。私自身もそうやって生きてきたからだ。もう二度とそんなふうに生きたくない。だが、彼らの気持ちは変えられそうにないことがわかった。

ヴァレリアは私にしがみついてきた。私たちは一歩も動かない。ヴァレリアの荒く不安げな息遣いと、私自身の鼓動が聞こえた。

「織り手があなたたちを寄こしたの？」

私の声は嵐の最中の囁きにすぎず、私の口から離れる前にはもう吹き荒れる風の中に消えてしまった。

「それは大事なことですか？」

バイロスが言った。

「どういうこと？」

私は訊いた。

バイロスは答えない。一瞬、動きが止まった。そしてラザロが手袋をはめた指を鳴らした。音は柔らかく、こもっており、響くことはなかった。バイロスはラザロを振り返らなかった。どちらも私たちのほうへ一歩近寄った。壁に映る彼らの影が長くなる。

私は後ずさった。ヴァレリアも後ずさりする。私たちのどちらのほうが震えているのか私にはわからなかった。彼らに試しに立ち向かってもいいが、二人は武装した兵士だ。私はハサミよりも大きな刃物をこれまでに手にしたことはなかった。

ヴァレリアのほうを見ずに、彼女の上着の裾をつかんでぐいと引いた。この動きはバイロスとラザロの死角に入っていて見えない。少なくともそう願った。ヴァレリアは、何気ない動きとしか見えかねないようにゆっくりと頷いた。私の意図を理解してくれたのか私は自信がなかったが、そうだと信じるしかなかった。私たちは立ち止まった。バイロスとラザロは距離を縮めてくる。

「私たちは最初からあなたの始末をつけておくべきでした」

バイロスは言った。

私に言ったのか、ヴァレリアに言ったのか、どちらともつかなかった。

「あなたの舌に何をしたか知りたいですか？」

ラザロが訊いた。

ヴァレリアの青白い顔が一瞬、忌々しそうに歪んだ。私は彼女の上着の裾をさらに強く握った。指をそっと動かしてヴァレリアの脇に這わす。

一、二、三。

上着の布を思いきり引いた。

今よ。

私たちは二人に向かって突進した。バイロスがすばやく身を交わし、攻撃に備えていたことがわかった。バイロスは前へ出ると、私の肩を激しく蹴り、その間にラザロがヴァレリアの腕をつかんだ。私は後ろへよろめき、バランスを崩した。ラザロがヴァレリアの両手を後ろにねじり、階段に跪かせると同時に、バイロスがヴァレリアの喉にナイフをあてるのを、私は目の端にとらえた。私は何段も落下し、壁に後頭部をぶつけた。目の前が真っ暗になった。

織の家はここにあるのに、ここにはない。水が池となり、湖となり、海となり、空と星にまで届かんばかりの霧の彫像となって私を取り巻いた。世界の網が私を運んでいる。私は水に放り投げられた石のようだ。私からあらゆる方向に水紋が広がってゆく。それはますます大きくなり、遥か彼方にある別の水紋と一つになりつつも、消えることはない。水紋はすべてを一緒に担っている。町には何もない。あるのは海と空だ。ここは寒々として、音一つない。

影が水を伝って近づいてきた。それはまだ遠くにいるのに、私をこの場にしっかりと結びつけている。私の両手は動かない。両足も動かない。息がしだいに弱く、浅くなっていく。

夢魔は黒く冷たい指を私の指に絡ませ、私の胸の上によじ登ってくる。夢魔の太腿は私をしっかりと挟み、その重みで胸が潰れそうだ。だが、夢魔に触れられて、私の中へふたたび灼けるような力が湧いてきた。その力は私の手の平や口や目から迸《ほとばし》り、私を世界の織物の中へ縫いつける輝く細糸のように流れ出た。

夢魔は灼熱の唇で私の耳にそっと触れ、長いこと語ろうとしていたことを私に話した。それまで私はまだ話を聞く覚悟ができていなかった。だが今は違う。ようやく言葉が一つひとつ聞きとれて、理解できた。私は抗うのをやめた。感情と赤々と輝く光と言葉のざわめきの流れの中へ自らを放った。しだいに恐怖は勢いを弱め、優しく滴り、通りにできた亀裂や町の石の孔の中へ消えた。私は息をした。自由にとはいかないが、夢魔が私の手に託したがっているものを今なら受けとれる。力が私に漲《みなぎ》ってくる。血管を流れる血の一部となって。すべての糸は一つに結ばれ、模様は目が細かくなりはっきりと見えてきた。それはずっと私の目の前にあった絵だ。私は生き物のメッセージに耳を澄ました。もう知らないことは何もない。

夢魔が言うべきことを言うと、私の額に自分の額を押しつけた。私の心は開かれ、大地にできた穴に渦を巻いて流れる水のように、生き物が私の中へ沁みこんでくるのを受け入れた。私の胸の重みが徐々に取れていく。生き物はベールのように薄くなり、煙よりも軽くなって、ついには夢魔の残片が境界線を越えて私の中へ消えていった。私の心にある穴は塞がれた。

私は深く息を吸いこんだ。手足はふたたび動いている。こうして私はついに完全になった。

石の階段が背中にずっしりとのしかかる。腕は自分の体の下敷きになり、後頭部が疼く。時間は止まっていた。ヴァレリアは階段に跪き、ラザロに腕を強く握られている。バイロスはナイフを彼女の喉に突きつけていた。私の視界の中で、光線か、空気よりも軽い糸の壁の切れ端のような何かが小刻みに震えた。私はそれを払いのけようとしたが、手をすり抜け、輝きだした。

私の胸のあたりで白い光を放つ細糸が空気を伝って私からヴァレリアへ進んでいく。彼女の喉にあてられたナイフのことや、バイロスのわずかな動きで彼女が私から奪われかねないということを考えた。私は胸をぐいと引かれたような感じを覚えた。その振動が光を放つ細糸をヴァレリアへ向けて放った。漣《さざなみ》が、夜を渡る流れ星のように彼女の胸の中へ沈んでいった。ヴァレリアはその場を動かなかったが、彼女を取り巻く空気が震えて、ふたたび収まった。

私はヴァレリアへ向かって階段を這いのぼっていった。膝と手の平がずきずきと痛む。石は私が残した黒い染みを吸いこんでいた。バイロスは私の中から出てくる声を聞いた。嗚咽、もしくは唸り声かもしれない。私自身にもわからない声だった。時間がゆっくりと動きだす。ラザロは止まったまま、バイロスは水に動きを制されたようにゆっくりと振り向いた。影がバイロスの頭蓋骨と黒い眼窩と頰の凹みと口を描きだす。口はあんぐりと開いて歯を見せ、その奥に無が見えた。

ナイフの柄をぎゅっと握りしめ、皮膚にあたる刃が動く。光を放つ細い糸は、私とヴァレリアの間でピンと張り、輝きを増していく。それは皮膚の下で火照《ほて》った塊となり、階段と隅々の闇を照らし、すべてを別物に見せた。私は現実を見ているのに、自分が夢を見ていることがわかっている夢のような、私の思いのままになる夢のような、何もかもがどこか夢の中のことのようだった。私を取り巻く石塀は夢の塀で、私が手をあげれば粉々にすることができる。下のほうにある暗い水は夢の水で、私がそっと呼びかければ敵に向かわせることができる。私の体が死んでも、ふたたび復活する。なぜなら、夢の死は目覚めている世界まで及ばないからだ。

私は、私を取り囲む夢を形づくって、従わせなければならない。私は命じた。

止めなさい。

私は言葉にすることなく言った。

ヴァレリアを解放しなさい。

バイロスの手はその場に固まった。彼は私のほうへ目を向け、ラザロも同じようにこちらを見た。

二人の顔に、今までに私が見たことのない何かが現れた。バイロスは必死で動かそうとしているのだろう、手が震えている。だが、ナイフは動かない。

手を離しなさい。ナイフからもヴァレリアからも。

私は言った。

ラザロの指が一本ずつヴァレリアから離れていく。ナイフはバイロスの手から石の上へ落ち、私のそばを横切って階段を転がり落ちていった。ナイフは落ちるにまかせた。私には必要ない。

バイロスが、ヴァレリアから手を引き、階段の上の入り口のほうへ後ずさる。彼は私をじっと見ている。ラザロはバイロスの後に続いた。

「何をした？」

バイロスは、喉から出られなくなった動物のような声を発した。

行きなさい。去りなさい。

私は言った。

バイロスはもう一度ヴァレリアのほうへ手を伸ばした。私は夢に命ずるように現実に命じた。空気が塀に変わる。そこをバイロスは通り抜けることはできない。バイロスは後ろの入り口のほうへ跳ね返された。力づくで腹を殴られたかのように、二つ折りになった。ラザロは私とヴァレリアからゆっくりと一歩後ずさった。

それからのことは一瞬のうちにして起こった。私はバイロスとラザロとヴァレリアとはまったく別の存在を感じていた。それが現実に亀裂を作った。亀裂の向こう側は無ではなく、人間とは別の未知の了解があった。それは近づいて、探していた。そして立ち止まって確かめると、前へ突進した。

バイロスの背後の空間が埋まる。触毛に覆われた黒い足が一本、そしてもう一本が飛びかかった。宇宙の後ろへ隠れた星のようにかすかに光る瞳の中に炎が映る。顎の彎曲した棘が剝きだしの肌に噛みついた。紡ぐ者にくわえられたバイロスはもがいたが、やがてぐったりとなった。体がびくんとしない、もう一度反り返った。ついに最後の痙攣が終わると、紡ぐ者は入り口から引き下がった。ラザロはその場に固まったまま、まじろぎもしなかったが、入り口を這うようにして出ていった。そしてラザロの足が視界から消えた。

小部屋から短い呻き声が聞こえたが、やがて静かになった。

ヴァレリアは青ざめた顔を向けて壁にもたれてしゃがみこんでいた。彼女の胸は私の鼓動よりも速く上下に動いている。私はヴァレリアに手を伸ばした。ヴァレリアは私の手をつかみ、私は彼女の指を握った。ヴァレリアの手は私の手の中で震えていた。そう思っていたが、震えているのは自分のほうだと気がついた。どちらとも言葉が出なかった。全身が震えている。自分の肉体にあったとは思えない筋肉を酷使したような、自分のものではないような激痛と疲労の波が押しよせた。

ヴァレリアの表情が安堵したようにやわらいだ。彼女は私を引き寄せて、私たちは額をくっつけあった。私の黒い入れ墨がヴァレリアの印のない青白い肌と重なる。ヴァレリアの唇は柔らかくてしょっぱかった。唇が離れてもなお、ヴァレリアの唇を感じた。彼女の頰に私は手を這わせた。彼女は生きている。私の隣で息をしている。これは私の夢、そして私の現実だ。

「行きましょう」

私はそう言うと、立ちあがった。ヴァレリアはつかんだ手を離さず、私に続いて立ちあがる。

震える足で私たちは階段を上りはじめた。ヴァレリアの首に一筋の細い血の跡が流れていることに気がついた。それを拭おうと考えて、自分を制した。彼女の中の何かを変えることはしたくない。何かが彼女に痕を残すなら、それも私は彼女の一部として感じたい。彼女が私の夢を、私の夢魔を、私の印を受け入れてくれたように。ヴァレリアは腕を私の背中に回し、ぴたりと寄り添って支えている。カンテラは、バイロスが置いていった最上段で燃えつづけていた。紡ぐ者は一ミリも外すことなく狙いを定めていたのだ。私はカンテラを手に取った。

小部屋は薄暗く物音一つしなかったが、上のほうで擦れるような、風が唸るような音がかすかに聞こえた。私は顔を上げた。カンテラの明かりが、私たちの頭上の天井を交差している輝く糸の壁を照らしだす。紡ぐ者が網の中でうずくまっていた。その二本の前足は人間の形をしたものを糸に包《くる》んでいた。拳を握った手と、びくんと動く膝が見てとれた。さらに上のほうにもう一つ見える。それは動かなかった。空気が床を伝って吹きぬけ、糸の壁を揺らした。私たちは、部屋の反対側のわずかに開いているドアへ向かって歩いた。糸の壁が私たちにそっと触れる。カンテラは壁にゆらゆらと漂う模様を描いた。ヴァレリアは歩を速めた。影の中から声がした時には、もう彼女の手はドアの取っ手をつかんでいた。

「夢みる者たちの力は死に絶えていなかったということだな」

紡ぐ者が言った。

私はその場に固まった。ヴァレリアはドアを開けて、ついてくるように私を急かす顔をした。だが、紡ぐ者の言葉に引き止められて、前へ進めない。

私は部屋のほうへくるりと振り向いた。

「どういう意味？」

私は言った。

静寂が広がっていく。その中へ彼方の風と宇宙の塵と、砂と大地となった骨がたてるざわめきがひそかに入りこんだ。

「世界の何を知っている？」

紡ぐ者が訊いた。

問いは、未知の小道を示すために私の足もとへ下ろされた敷石のようだった。これがどこへ導くのか見えてこない。だが、私は顔を背けることができなかった。

ヴァレリアは私の隣に歩み寄り、私の手を握った。

「水が多くて、大地が少ないわ。中には、船で渡れないほど広い海もある」

「知っているのはそれがすべてか？」

紡ぐ者は待った。静寂が紡ぐ者を取り囲んでいく。

「すべての場所が島と同じというわけじゃない。人間が自由に夢を見ることができる場所もあるわ」

静寂がかすかに揺れた。紡ぐ者の足の一本がわずかに動いた。その動きは人間で言うならいら立ちととれるだろう。

「過去については何を知っている？」

紡ぐ者が訊いた。

「島はつねに人間たちのものというわけではなかった。遠い昔は網を編む者たちのものだった。景色の中に彼らの痕跡はあるけれど、彼らはもういない」

紡ぐ者は息を切らしながらかすれた声を喉の奥から発した。それが笑い声だとわかるまでしばらくかかった。ヴァレリアの呼吸は乱れ、浅くなっている。

「かつては」

紡ぐ者が言った。

「島のいたるところに糸の壁が巡らされていた。それらは人間がつくるような模様が縫いこまれた色褪せしやすい織物ではなく、もっと大きくて丈夫なものだ。船の甲板の上には、何ヶ月も大地に上がったことのない人間たちが乗っていた。ある風のない朝に、島が水平線の先にぼんやりと見えてきた。彼らは海の煌めく水面に横たわる島を目にした。糸の壁のベールから放たれる輝く光が、梢から梢へ、丘から丘へ伸びていった。太陽の光線は糸をとらえ、夜露を伝って滴り、人間たちの目を焦がし、彼らの思考をさらうほど眩しく照り輝いた。彼らは輝きのほうへ手を伸ばさずにはいられなかった。おまえたち人間は、いつも遠くを見ていながら、近くしか見えていなかった」

紡ぐ者は言葉を切った。紡ぐ者の目は空を見つめながらも、私を見ていた。

私は覚えている。琥珀の壁とそこに凝固した生き物たちを。それらは紡ぐ者に似ていた。

「あなたは網を編む者なのね」

私は言った。

隣に立っているヴァレリアの体がびくっと震えるのがわかった。

「そうだ、おまえは彼らを見ただろう」

紡ぐ者は静かに言った。

「おまえたち人間が埋めた過去の欠片を。海の下で固まっているものたちは、誰にも知りえないほど長い間、そこにいる。われわれがこの島に棲みついた時には、彼らはすでに遠い過去となっていた。

彼らはわれわれと同じだとわかり、彼らを訪ねていけるようにトンネルを掘ったのだ」

「なぜ私をそこへ行かせたの？　あなたは罠だと知っていたのに」

カンテラの光が、ぐるりと囲む暗い壁に当たって弱々しく明滅した。紡ぐ者の声は小道に新たな一歩を導き、私を引き寄せた。

「闇の中へ一人で踏みだし、戻る道を探さなければならない時がある」

紡ぐ者が言った。

「他の場所では見つからないものを光の中へ運びこまなければならない時が」

地下の聖壇の壁画が鮮やかに蘇る。島では話されなくなった遠い昔に忘れ去られた言葉。太陽を表している聖織女が何本もの生命の糸を編みあわせていた。彼女の指先には小さな人間たちがいた。夢みる者たちが夢であるかのように現実を形づくっていた。

「おまえが通ってきた聖壇を建てたのは、おまえの血を引く者たちだ」

紡ぐ者が言った。

「聖壇の言葉も、織ることも、夢も、強引に引き離されることなく、まだ一つだった」

私は喉にこみあげてくるものを呑みこんだが、なくなることはなかった。ヴァレリアが身じろぎした。私は彼女の手を思いきり強く握りしめていたことに気がついた。

「夢も？」

私の声は囁きほどもなかった。

「網を編む者たちは、人間たちがやって来る前は夢を介して話しあっていた」

紡ぐ者が言った。

「彼らがやって来た後もしばらくはそうだったのだ。おまえたち人間のあいだで、夢を見ることにもっとも長けた者たちが、われわれとまず連絡を取った。われわれは彼らに自分たちの世界を見せた。なぜなら、われわれの話に彼らは耳を傾けたからだ。われわれが見せたかったものが彼らには見えた。彼らの協力を得てわれわれは人間たちに織物の技を教えたのだ。彼らにわれわれの絹を与えた。彼らはそれを使ってタペストリーを織ることを覚えた。まだ見たことのない世界をともに織った。そうして人間たちは夢の家を建てた。島にある家の中で一番古い家だ」

紡ぐ者はここでいったん言葉を切った。

「それがおまえも知っている汚れた者たちの家だ」

私は清らかな眠りの博物館の壁にある絵と、母の言葉を思った。

誰にも言ってはだめよ。

入れ墨の日に壇上に立ち、ゴブレットの中の木の棒を引いている夢みる者たちのことを思った。夢や夢魔の恐怖で眠れなかった夜のことを。

「何が起こったの?」

私は訊いた。

「網を編む者たちと通い合うことのできる夢みる者たちが、権力を握った。それを皆はこころよく思わなかった。彼らのうちの数人が、夢の中に潜んでいる核たる力を見つけた時、すべてが変わったのだ」

小道が伸びる。石が一つ、そしてもう一つ。私たちは、紡ぐ者が私を導こうとしている場所へ近づいた。

「夢みる者たちの力」

私は言った。

「それは何？」

私は問いながら、またも妙な疼きを手や思考や体の中で感じた。夢魔がやって来た後に目にした光り輝く細糸を、私はこの手につかめそうだった。

「おまえはわかっているだろう」

紡ぐ者が言った。

「おまえはその力をすでに使っている。おまえならもう一度できる」

私は紡ぐ者を、そしてヴァレリアをもっとしっかり見たかった。私たちがいる部屋はまだ夢の部屋で、私の思うままだ。上のほうで交差する糸を見上げて、こう念じた。

輝け。

念じることは、つらくもなく無理強いされたものでもなかった。

それは私の中を通り抜ける時にそっと私に触れて、しばらく漂っていたが消え去った。

糸の壁はほんのりと輝きだす。ヴァレリアはびくっと体を震わせた。

「どうやってできたの？」

私は訊いた。

紡ぐ者の形が、今、はっきりと見える。長い手足は丸みを帯びた体を支えており、複数の目は薄暗い鏡で、私にはまだ見えない場所を映しだしていた。

「古代の夢みる者たちのように、おまえは世界の網を動かしたのだ。彼らの中にあってもそれは稀有な技だ。力はごく限られた者たちしか使えず、だからこそ、多くの人々が恐れたのだ」

私は、物事を変えたくてもできなかったことが何度もあったことを思った。

「なぜ今、私にこれができるの？　なぜ以前はできなかったの？」

紡ぐ者はしばらくの間黙っていた。ふたたび口を開いた時、紡ぐ者の言葉は、古代の記憶の暗い片隅から光の中へ引きずりだそうとしているかのように訥々としていた。

「夢の力は何もないところからは生まれない。それは、おまえを作りあげたすべてから生まれるのだ。肌寒い朝の中、海の匂いを吸いこみ、疲れた手で杼《ひ》を縦糸に通してきた一日一日から。愛し、欲し、失った一瞬一瞬から。自分から目を背け、自分の中で何かが動きだし、もう後には戻れないと悟った一回一回から。おまえが見てきた一つひとつの夢から。おまえが歩んできた一歩一歩から」

紡ぐ者はしばらく口をつぐんだ。

「闇の中を通らなければならなかった理由がわかったか？」

私は答えなかった。世界は白く輝く溶けたガラスの一滴で、私が与えたいと思うどんな形にもなろうとしている。私は体中が疼いていた。私の体は光で満ちて、その光は皮膚を貫いて飛びだそうとしているみたいだった。そして必要なら現実を動かし、私の意のままになる別の現実を連れてきそうな勢いだった。私は別の痛みも感じていた。あまりに負担をかけすぎて痛んだ筋肉のような痛みを。それは酷使してくたびれはて、自分の手足でないような錯覚を覚えるほどだった。これは、私が夢の一つひとつを従わせたり、夢から目覚めるたびに感じていた感覚と同じだった。

ガラスが凝固し、私の手からすり抜けて、粉々に割れた。

「でも、力は無限じゃないわ」

私は言った。

紡ぐ者は何も言わない。思考が私の心にそっと触れ、探り、退いていくのを感じた。

「どんな力も無限ではない。現実の形を変えることができる力は、他の力に比べて代償が大きい。その力を使うごとに、おまえの中に裂け目ができる。存在の糸を動かすことは簡単ではなく、危険を伴う。肉体の限界がやって来ると、魂は離れて彷徨い、糸が手から離れることがある」

「もしこの力を私が望まなかったら？」

私の声は部屋を横切り、壁に突き当たって砕けた。ヴァレリアの手が私の手をさらに強く握りしめた。

「おまえが望もうが望むまいが、それはおまえの一部だ。誰もおまえに与えていないし、誰もおまえから奪うこともできない」

紡ぐ者が言い終えたその時、遠くのほうで鐘が鳴りはじめた。鐘は短く鳴って遠のいていった。しばらく間が空いた後、鐘はふたたび鳴りはじめた。今度はさっきよりも長く鳴って静かになった。

夢みる者たちの避難の合図だ。

私は振り向いてヴァレリアを見た。

「私たちは行かなきゃならないわ」

「そうだ」

紡ぐ者は複数の目の向こうにある暗がりに向かって言った。

「いよいよだ。船が出発の時を待っているぞ。夢みる者たちは夜明けに帆を孕む風を願っている」

紡ぐ者は黙った。ヴァレリアは一歩後ずさり、もう一歩下がった。彼女は、自分についてくるように私の手をぐいと引いた。

「だが、遠くまでは行けない」

その時、紡ぐ者が私を連れてこようとした場所に私たちはついに到着したのだとわかった。ここが終着点なのだ。それは紡ぐ者のすべての言葉の裏に隠された核心だった。それをまともに見るのが怖かった。それでも目を背けることはできなかった。

「なぜ？」

私は訊いた。私の言葉は、死んでしまった塵のように部屋に漂った。

「海面下の大地はいつ動いてもおかしくない。じきに島の礎を揺さぶり、おまえたち人間が積み降ろしてきたすべての石に亀裂が走って、落ちてゆくだろう。おまえたちの跡はじきに消え去り、壊れたものを直すおまえたちも、もはやいなくなるのだ」

ヴァレリアは身を震わせたが、私から離れずに立っていた。

「それは確かなの？」

私は紡ぐ者に訊いた。

「私は見た。私にはわかる」

私は返事を恐れながら訊いた。

「あなたはそれを止めることはできるの？」

紡ぐ者から歌のようなかすかな音が立ちあがって、消えていった。

「できる。だが、止めるつもりはない」

私は深く息を吸いこんだ。

「なぜ？」

「こっちに近寄れば」

紡ぐ者は言った。

「その理由を見せてやろう」

ヴァレリアはびくっと顔を引きつらせた。私は彼女を見て、手を離した。私は一歩、前へ踏みだした。

糸の壁の柔らかい光の中に私は立った。紡ぐ者の足の一本が私のほうへ伸びてきて、額の上に下りる。まだ完全には直っていないところに触れられて、刺すような軽い痛みを感じた。そして、

私は紡ぐ者の目で見て、紡ぐ者は私の目で見た。

平和な時代が戦争の時代に変わっていくのが見える。ある人間たちの中に不安が呼び覚まされた。彼ら自身にはできないことを夢みる者たちは成しているという不安が。人間たちは、「夢の力」は網を編む者たちからもたらされていると信じて、われわれを敵に回した。まず、彼らは網を編む者たちが棲みついていたところへ家を建て、網を編む者たちが食べ物を得ていた場所で自分たちの農作物のための畑を耕した。それでも彼らは網を編む者たちを追いだせなかった。島は船が到来する前から網を編む者たちのものであったにも関わらず、人間たちは松明や刃を手にとり、島の糸の壁の森の中へ持ちこんだ。火は燃えつづけ、痛みによる悲鳴はしばらく絶えなかった。

長い、長い時間。歳月は束ねられ、さらに遠くへ押し流された。星々がほとんど見えないほど遠くへ。それらの宝石は広がっていく世界の網の中でかすかな光を放ちつづけた。誰一人残っていない。誰一人物語を伝えていく者がいない。老いは、手足をゆっくりと抉《えぐ》り、蝕《むしば》み、砕いていった。一つ

ひとつの動きが重みを増していく。最も長い生命でも、すべての生命を取り巻く静寂という、最後は誰もが溺れる大いなる宇宙に対する弱い明滅にすぎない。物語をこの先も伝えていく誰かを見つけなくてはならない。刻一刻と忍び寄ってくる無の中へ物語を埋もれさせることはできない。失われた者たちを忘れてはいけないのだ。

闇の中で待っていたが、もはやそんな時間はなかった。呼び声の弱い響きでも聞こえる者なら誰でも呼ばなければならなかった。そしてやって来た。その者はあまりに怯えていた。隠れることに慣れすぎていた。だが他に誰もいない。聞こえる者もいない。「夢の力」を持つ者もいない。この者に私はこれを見せよう。物語を語り継ぐことができるように。私の目で見ることができるように。もしも、その者が生き残るのならば、

紡ぐ者は言葉なしに伝えた。

私の膝はがくんと折れて床にぶつかった。痛みが体を走りぬけ、歯はがちがちと鳴り、涙が顔を伝い流れた。

「知らなかった」

私は紡ぐ者に言った。夢魔よりも重たいものが私の胸の中で大きくなっていく。

「ごめんなさい。知らなかったの」

私の目の中で森は燃えつづけ、葬り去られた過去でありながら、けっして終わることのない瞬間の中で、網を編む者たちの手足という手足が引きちぎられている。彼らの叫びは決して止むことはなく、聞こえつづけるだろう。

「あなたの物語を一緒に持っていくわ。そして何度も何度も語っていくわ」

私は小さく言った。

「もしもあなたが私たちを行かせてくれるのなら」

「おまえたちの自由にしなさい。おまえ自身とおまえが愛しているこの少女を救いなさい」

ヴァレリアが私の腰に腕を回した。

「船を探すのだ。行きなさい。力を加減しながら使えば、大陸へ行けるかもしれない。残っている人間のためにおまえは何もできない。彼らのことは見放せ」

私の目に船と夢みる者たちが映った。私と同じように自分の夢を隠してきたすべての人々のことや、知らぬ間に夢を奪われた人々のことを考えた。毎朝、起きて、食べるために藻を集め、鶏を育て、子どもたちの髪を結い、雨漏りする天井を直す人たちのことを。額に印を持つ人々を目にした時の彼らの恐怖を。理事会の命令に背くよりは受け入れるほうが軽くなる彼らの疲労を。彼らの願いを。彼らの変わっていく力を。あるいは無力を。

「できないわ」

私は言った。

「なぜ彼らを助けたいのだ?」

紡ぐ者は訊いた。その声は、柔らかい蒸気のような、熱い金属にあたる水のようだった。

「おまえたち人間はこれまでに何度も世界を沈めてきた。それを忘れては、ふたたび繰り返してきたのだぞ」

「なぜなら人間は何度も世界を立て直してもきたから。何度も何度も、以前には見つからなかったところに望みを見いだしてきたから。これは大事なことじゃないかしら?」

私は夢を通してすべてを見ている。世界の網は、私の手が届くところにある。指先に触れている糸を私は感じる。それらの道が私には見える。宇宙を貫くように光り輝き、永遠に絡まりあい、途切れることのない道。島へ、この部屋へ、この瞬間へ、深い海の底へ続く糸をたどる。先へ進み、私たちの足もとから地殻を引きはがそうとする動きが見える。

私は大地の骨の上に手を押しつけて、動きを止めた。

「おまえの力では足りない。大地の憎しみはおまえの命よりも強いのだ。それはおまえに塞がることのない裂け目を作るだろう」

ヴァレリアが私のほうを向いた。その顔は憂いを湛えていた。

「汚れた者たちの家の一人が私のせいで死んでしまったの。島の住人たちの一部だけでも私が救えるなら、私はそうしなければならない」

紡ぐ者は私に向かって突進してきた。その手足がバタバタと床を打つ。そのうちの一本がこちらへ伸びてきた時、私は息を呑んだ。その手は私の手から燃えているカンテラを奪いとり、突進してきた時と同じ速さで数歩後ずさった。紡ぐ者からカンテラを取り戻そうと思うことはできなかった。私の力はすべて地下に向けられており、そこから突き破って出てこようとする諸々の力を抑えていたからだ。カンテラは紡ぐ者の足の先にぶら下がって揺れている。紡ぐ者は沈黙し、私たちは待った。大地のどこかが今にも崩れ、海は動こうとしていた。人間たちが船に乗る時が来た。

「よかろう。このままここに残って死ぬか、火の中を駆けぬけて生きるか」

紡ぐ者の足が勢いよく空を切った。カンテラはガシャンと割れて粉々になった。火は音を立てて燃えあがり、絹の糸の壁を貪った。炎は糸を伝って駆けてゆく。私たちの頭上の交差する糸は焼かれ、目の前で灰と化していった。

私はその場に固まって動けなかった。だが、ヴァレリアは一歩後ずさり、私を引っぱりよせた。ついに私も動いた。私たちは紡ぐ者の小部屋から、織り手の部屋をぬけて走りでた。

大地の深奥で石たちが崩れようとしている。それらを抑えるのは私の夢しかない。

17

糸の壁の迷路はぼろぼろに引き裂かれ、歩きづらく見なれないものへ変わっていた。道はまだわかる。だが、地面に崩れ落ちた糸の壁やちぎれた糸、切断された通りや建物が行く手を遮っていた。ヴァレリアはいつの間にか道の途中で弱々しく光る藻灯を拾っていた。しかし、藻灯は消え入る寸前で、立ちはだかる糸の山をくっきりと照らしだしてくれない。ヴァレリアはつまずいて、あやうく転びそうになった。

「待って」

私は言った。

私は立ち止まって、織の家のほうを振り返った。風はこちらに吹いており、煙の匂いを運んでいる。

建物群の上空には赤々と燃えている火が滲んでいた。残り少ない私たちの時間を推し量り、火の手が広がる様子を私は頭の中で思い描いてみた。織り手の部屋のタペストリーの糸は脆くて乾燥している。それが火に食らいつき、木製の家具が火に勢いをつけるだろう。火は織り手の部屋から作業場とタペストリーの部屋へ広がり、そこにある絹藻はあらゆる色の中で燃えあがるだろう。燃えた時の匂いは甘いのか塩辛いのか、私にはわからない。つぎに火は、もしもまだ残っているのなら、小部屋と共同寝室のシーツ類に到達し、台所と診療室の油やリキュールや医療器具へ燃えうつるだろう。堅牢な建物が音を立てて炎に包まれたら、今度は糸の壁の迷路だ。

火は夢の火だ。私は火に鎮まるように、止まるように命じた。

だが、何も起こらない。火はなおも赤々と燃えつづけている。

私はもう一度火に命じた。世界の網は手の届きそうなところでちらちら揺れている。その糸をつかもうとしてもするりと交わされ、掠めることしかできない。私はぐいと手を伸ばして、炎に向かって手をあげた。

大地の目覚めを束ねる結び目が動いた。

私の体がぐらっと揺れた。その揺れはふだんほど大きくはなかったが、ヴァレリアに目をやると、彼女も同じように感じていたのがわかった。

「私にはできないわ。火を鎮めようとすると、島の地盤まで支えていられない」

私は、もうすぐ崩れる建物を支えたいと思っていなかったのだと思う。

ヴァレリアは私のそばへ歩み寄ると、私の手を握り、そのまま走りだした。

もうもうとした煙が私たちに押し迫る。目と喉が痛くなりはじめた。私は糸の壁の迷路にあるすべての通路や曲がり角や分かれ道のことは考えずに、つぎに曲がる道のことだけを考えた。三つ目の細い道を右へ曲がり、五つ目を過ぎたら左へ、広場を横切って、反対側へ一気に曲がる。織の家の辺りのオレンジ色の光が大きくなっていく。熱も増してきた。織の家を出発した時は、空気はまだ冷たかった。今や、汗が頬を伝い、胸の谷間を流れ落ち、額や眉毛や上唇を湿らせた。あらゆるものの奥で、鈍い痛みが疼いたが、私はそれを押しのけた。

私たちはミニボートを見つけると、それを引きずりながら斜面を下った。ミニボートを水に下ろした時、最初の火の手が見えた。糸は焼け縮んで黒くなり、灰と化し、色を失って風に散っていく。私たちは縁に亀裂の入った水路を漕ぎはじめた。どの通りもほとんど人気《ひとけ》がない。ある家のドアに男性が立っていた。父が生きていたら同い年くらいだろう。私はヴァレリアを一瞥した。ミニボートはとても小さいが、もう一人くらいなら持ちこたえるかもしれない。ヴァレリアはこくんと頷いた。

「私たちは港に向かっているところなんです」

私は男性に叫んだ。

「島はもうつぎの洪水までもたないわ」

男性は私に目を凝らして、こう言った。

「オレは夢みる者と同船しないし、そういう話を信じないね」

私の中の結び目がきゅっと締まった。始めのうちは、結び目を抑えておくことは、体のどこかで筋肉を引き締めているのと同じような感覚だった。私はそれを感じながらも、感覚の向こうへ押しやって別のことができていた。私はそれが徐々にわかってきていた。

男性は私たちに向かって唾を吐いた。唾は黒い水に輪を作った。

悪寒のような震えがさっと走り、すぐに去った。それは私の中から起こったものだろう。しばらくの間すべてはぴたりと静まり返った。やがて遠くで、島の奥深いところで何か巨大なものがずれるような轟音が聞こえてきた。裂くような痛みが私の内部を断ちきった。それはすぐに消えたが、血の流れの勢いが弱まるような虚しい感じが後に残った。

ドアに立っている男性はびくっと体を震わせて、私を睨みすえると、バタンとドアを閉めた。

水と石を伝ってホラ貝の音が広がっていく。貿易港に行くんだよ、とヤノスは言っていた。彼はそれがより安全だと考えたのだろう。だが、もし理事会が市民会議を召集していたら、彼は広場にいる。

だとすると、私たちは夢みる者たちに、皆に気をつけるように言わなければならない。

「あまり時間はないわ」

私はヴァレリアに言った。

ヴァレリアは私の手からオールを取って、ミニボートを押し進めた。

塔は依然として滑らかで傷一つなく、空を切る刃のようにそびえ立っていた。だが、塔の周りは押し寄せる人でごった返していた。ホラ貝の音がふたたび空に響きわたった。あちらこちらから人々がなだれこむ。まるで同じ一つの中心へ追いこもうと狭まっていく網の中へ入っていくようだ。人々は通りまで水路に沿ってなんとか歩いてきたり、屋根の間を伝ってきたり、建物の壁に渡した吊り橋を通ってきたりしていた。私たちは、他のボートの合間を縫うようにミニボートを動かして、できる限り漕いでいった。とうとう人混みにぶつかり、これ以上はミニボートを進めることができなくなった。

私たちの後に続々とボートが集まって、引き返すこともできない。水路の水は、通りの石畳をうっすらと覆うほどまでに下がっていた。ヴァレリアはミニボートに乗ったまま立ちあがった。私も同じように立ちあがると、ミニボートは激しく揺れた。ヴァレリアは隣のボートへ乗りうつった。ボートに乗っていた家族が気後れしている間に、私たちは彼らをまたいで別のボートへ移っていた。背後で、家族の父親の非難する声が聞こえる。つぎのボートには二人の女性が乗っており、踏み板のように渡っていく私たちを、鬼のような形相で見すえた。

「ごめんなさい」

私は言った。

「若いおじょうさんには少しばかり行儀をよくしてもらいたいものね」

片方の女性がそう言って、睨みつけた。

皺の多いほうの、もう片方の女性は鼻をすすって足を崩して座り直すと、こう言った。

「彼女のことは気にしないで」

「理事会には私の手織り機を修繕してもらいたいわね。大陸の上等な木で作られているのよ。それが溺れた人の舌みたいに膨らんじゃったわ」

片方の女性が言うと、もう片方が繰り返した。

「彼女のことは気にしないで」

私が水路の縁に飛び移ると、水が四方へ飛び散って、足首の高さで落ち着いた。塔をちらりと見た。広場から、聞きとれない声や話や言葉が聞こえてくる。ヴァレリアは立ち止まって待っていた。私と目が合うと、広場へ向かって水浸しの通りを歩きはじめた。

ヴァレリアにようやく追いつくと、私は彼女の手をつかんだ。ここは人があまりにも多すぎる。私は彼女を見失いたくなかった。広場の声がしだいにはっきりと大きく聞こえてきて、言葉も聞きとれるまでになった。私たちは人混みを縫って、石のアーチ門をくぐった。塔の鋭い先端が雲をつんざいている。広場の反対側の端には、人の波の向こうで清らかな眠りの博物館の骨組みが以前よりも目立っていた。

その手前の観客席で、夢みる者たちの集団が立っていた。観客席は、巨大な動物の背中のように水の中にそびえている。そこにアスカリとイレナとヤノスの姿があった。イラもいる。アルヴァやティッラの姿は見えない。そこには、名前はわからないが他に五十人はいたと思う。とはいえ、群衆の中にあっては一握りほどもなく、黒い波の塊の中のまばらに散った日の光のようなものだった。彼らの一人が大きなホラ貝を口にあてて吹き鳴らす。音は石に反響し、昼の最後の輝きを閉じこめようとしている夕空へ消えていった。ヤノスが他の人たちと違う方向を向いたのが見えた。彼の凍りついた視線を追って、理解した。織の家は、丘の上でざわめいて踊る炎の森のように燃えあがり、赤々とした火の輪を作っていた。

私はヤノスのところへ行かなくてはならない。

観客席のすぐ手前には、市警備官たちが隙間なく輪になって並んでいた。危険な岩礁を乗りこえる術は私にはない。彼らは動かずに、塔に視線を向けたまま、未だ来ない命令を待っている。あるいは、彼らに群衆を攻撃するだけの理由を与える最初の一撃を待っているのかもしれない。警備官たちの槍《ランス》の尖端は、観客席を縁取る松明に反射して光っていた。塔の元にも警備官たちが二重に包囲しており、刃と金属と不穏な火の輪ができていた。人々は恐れをなして警備官たちと距離を置いていたが、広場のそれ以外の場所は波打ち、蠢き、裂け、ふたたび塞がっていく人の海で溢れ返っていた。

私はその中へ潜りこんだ。

ヴァレリアも後につづいた。彼女の手は私の手をしっかりと握っている。夢みる者たちが、巨大な布の巻き物のようなものを持ちあげているのが見えた。彼らは両端を持って高く掲げている。布がばさっと下に垂れた。そこに描かれた大きな絵に見覚えがあった。

彫り師がふたたび島を去る。彼は病を患い、入れ墨の日に戻ってこなかった。彫り師は夢をまた見るようになり、入れ墨のインクの成分を調べだす。理事会が彼に近づき、やがてその影にすっかり覆われ、彼が乗っているゴンドラを落とす。布は一巻ずつ開かれていく。物語はさらに補足されていた。マスクをつけた男たちが彫り師の娘を襲い、彼女の舌を切る。娘は織の家へ逃げこんで、そこで入れ墨が島の人々の夢を盗んでいることを語るタペストリーを織りはじめる。理事会は娘を連れ去り、織の家の織り子の一人が彼女を探しに家を出るが、汚れた者たちの家へ行き着く。そこでは囚人たちに海にある血赤サンゴを集めさせていた。彫り師街から海へ垂れ流された澱が、人々の病気の原因だった。海に浮かぶ島がますます小さくなり、水平線に高波が近づいていた。

ヴァレリアは隣で声を漏らした。ヴァレリアを振り返ると、彼女の顔を涙が流れ落ちていた。夢みる者たちの一人がホラ貝で作られた拡声器を口にあてて、群衆に向かって、偽りと真実と、そして救いについて話した。声は拡声器を通して何倍にも大きくなった。言葉は広場の境界線を越え、風の中で震えた。

「ヤノス！」

私は叫んだが、あまりに距離が離れすぎていた。私の声は彼に届かない。私の中の細糸同士が擦れあい、きつく締まって、ふたたび緩み、私の中へ跡を刻みつける。細糸はすべてを一つに束ねており、私は手を離すことができない。

ヤノス。

私は心の中で思った。

ヤノスは振り向いた。彼は群衆に目を向けて、探している。

夢みる者たちは話しつづけ、人々は聞いていた。何枚もの紙切れが手から手へ渡っていくのが見える。そこにも写本の絵が描かれているのがわかった。広場は夢の広場だ。世界の網の糸はまだ私の手の届くところにある。ヤノスが私に気づくよう念じた。彼が知るべきことを知るように、注意が聞こえるように、私は念じた。

ヤノス。

私は心の中で思った。

その時、眩しくて灼けるような痛みが私をつんざいた。

聞いて、私は無事よ。

私の皮膚を焦がす火のように露わで、
話しておきたいことがあるの。

火に囲まれ、ねじまげられた石壁のように熱く、
逃げて、今すぐ逃げて、もう時間がないの。

崩れつつある扉を越えてくる熱のように、思考が私の中へ飛びこんでくる。

彼らに姿を見せるように言うのよ。

そしてヤノスの目が私をとらえた。遠くから私に気づいたヤノスの顔に衝撃が走った。痛みは薄れ、私はふたたび広場に立った。私を囲んでいた燃えさかる炎はなくなっていた。空には、過ぎ去った今日の一条の光すらも消えつつある。目に見えないけれど、どこかで船が出発の時を待っているのがわかった。

「これで島の真実が明らかになりました」

アスカリが言った。

「ここに残っていてもみなさんに未来はありません」

「夢みる者たちの嘘だ！」

群衆の中から声があがった。それに賛同するざわめきが起こる。

「夢みる者たちを島から永久に追放すべきだ！」

ヴァレリアは涙を拭い、私は彼女の腕をつかんだ。観客席にいるヤノスは私をじっと見つめている。やがてくるりと背を向けて、アスカリのところへ急ぐと、何か言っていた。アスカリは耳を傾け、群衆に目をやった。ヤノスはなおも話しつづけている。アスカリが頷くのが見えた。彼はふたたび広場のほうを振り向いた。

「もしこのすべてが偽りなら」

アスカリが拡声器に向かって言った。

「もし理事会がみなさんの最善を望むなら、なぜ理事会はここにいないのでしょうか？　なぜ彼らは姿を現さないのでしょうか？　島民が助けを求めている時になぜ救いの手を差しのべないのでしょうか？」

言葉が広場を漂い、しばらくの間あたりは静まり返った。やがて揺らぎつづけた静けさの奥底からふたたび低いざわめきが起こりはじめた。ざわめきは大きくなってどよめきとなり、やがて向きを変え、塔に向かっていった。私は塔を振り向いた。

塔の下のほうのバルコニーの扉は開いていた。松明は扉の両側で赤々と燃えあがっている。扉の向こうには闇のカーテンが降りていた。塔の黒い口の中から太陽のシンボルマークをつけたゆったりとした上衣を纏った法官が進みでる。法官はバルコニーの手すりまで歩いてくると、拡声器を口にあてた。松明の火に照らされて、拡声器を飾る真珠層が反射した。

「理事会の名の下に」

法官が言った。

た。


「理事会の名の下に」

群衆は答えたが、いつもよりも弱々しかった。私の周りにいる人々の多くが口を動かしていなかった。


法官は咳払いをした。法官との距離があまりに離れており、私は表情をはっきりと読みとることができない。塔の背後の空は夜の青を湛えている。世界の網の結び目に星々が現れはじめていた。私の内臓は圧迫され、限界にきていた。私の体はその圧迫に集中し、今にも崩壊してしまいそうだった。


「大いなる智の下に、理事会より待機の要請が出ている」

法官はバルコニーから言った。

拡声器を通して言葉がさらに大きくなった。町の人々は耳を傾けた。

「理事会は今、島を救う最善策を塔で話しあっているところだ。明日の正午にこちらに集まるようにというのが理事会の命令だ」

広場が騒然となりはじめた。背後でアスカリの声が聞こえたが、私には振り向く力はなかった。

「ここにいる人たちは」

アスカリが言った。

「今、助けを必要としている。この中でどれくらいの人たちが家を失ったことか」

群衆からそれを支持するざわめきが聞こえてきた。私の隣にいる男性は女性に何か言っており、女性が頷いているのが見えた。

法官は広場に目を据え、額をさっと拭うと、小さく一歩、後ずさった。そして、拡声器をふたたび持ちあげた。

「この集会は法に触れている。理事会は召集していない」

「理事会は呼びかけるべきだった」

アスカリの声が観客席から聞こえた。

その時、群衆から女性が抜けでてきた。彼女は、塔の元に隊列を組んでいる警備官たちと群衆との間にできた空間に一人立った。女性は若くもなく老いてもいない。腰に肉がつき、髪をスカーフで巻いている。松明に照らされて、黒髪にまじる白髪が見えた。片足を引きずりながら、ゆっくりと慎重に群衆と警備官たちを隔てている空間を渡っていく。彼女は一人の警備官の前で立ち止まった。女性の声は太く、歌のようによく通った。

「もし理事会が少しでも町の運命を気にかけているのなら、なぜ姿を現さないの？　表に出てくるように言ってください」

警備官の顔はヘルメットの下に隠れていた。警備官は槍《ランス》をあげたまま、振り向こうともしない。

「理事会は市民の命令に応じない」

警備官が言った。

女性はしばらく黙ったまま警備官をじろじろと見ていたが、ふたたび口を開いた。

「だめよ。理事会は私たちを守ると言ったわ。未知の攻撃や洪水や病や」

女性はここでいったん言葉を切って、こう言った。

「夢から」

群衆は静まり返った。法官はバルコニーから様子をうかがっている。法官の手が拡声器に伸びたが、つかむのをやめてだらりと手を垂らした。空気が私にのしかかる。自分の血が私にのしかかる。足は力が抜けたように弱々しく感じる。私は、私の中の結び目をしっかりと持ちつづけた。立っていられるようにヴァレリアの腕から私は手を離さなかった。

女性は群衆に黒い顔を向けた。

「だから私は理事会に尋ねたい」

女性が言った。

「なぜこの洪水が私の家を壊したのか」

女性は深く息を吸いこんだ。

「そしてなぜ夢が、ここ最近、私の安眠を悩ますようになったのか」

夢みる者たちが病気を移さないように、彼らを捕らえなければならないことは皆が知っていた。それでも動きだそうとする者は誰もいなかった。市警備隊すらもまだ待機していた。私の体は地面に押し潰されそうだった。私の皮膚は重く、石でできている。結び目は解ける寸前だ。ヴァレリアは私を抱えるように支えていた。

二人目の女性が群衆を縫って前にでてきた。誰も彼女を止めない。女性は空間を横切って、最初の女性の隣に並んだ。二人目の女性は最初の女性の肩に手をのせた。

「私も夢を見るようになったわ」

二人目の女性が言った。

群衆が動いた。他の多くの女性や数人の男性が塔の元にいる二人の女性のところへ歩み寄った。彼らは隣りあう人の腕に手を下ろし、やがて鎖のように繋がった。

「理事会をこの目で見たい人は？」

群衆を最初に離れた女性が叫んだ。

「理事会を出せ！」

アスカリが叫び返した。

「理事会を出せ！」

広場から叫ぶ声が聞こえた。

この叫び声に、別の声がつぎつぎに加わり、一つの塊となった。それは、海の波のように共通のリズムをつかむと、合唱へと膨らんで、同じ要求を繰り返した。夢みる者たちも復唱した。

「理事会を出せ！　理事会を出せ！　理事会を出せ！」

バルコニーにいる法官は集団をじっと見下ろしていたが、くるりと扉のほうへ背を向けて、立ち止まった。法官は急いで手すりまで戻ってくると、拡声器を口にあてた。

その言葉を聞くよりも早く、言葉が私の心に浮かんだ。そしてこう念じた。

ヤノス。

ヤノスは私のほうへ顔を向けた。ヤノスと私は目が合った、
ヤノス、早く逃げて、みんなを連れていって。

島は灰に埋もれつつあった。私は灰になろうとしている。もうすぐ私はいなくなる、船に乗って、そうしないと人間たちは松明や刃を手にとってしまう。

「警備官たちよ！」

法官が声をあげた。

「夢みる者たちを皆殺せ！」

火は燃えつづけ、私にはそれを阻止する力はない。命令は下され、私はそれを見ることしかできない、痛みによる悲鳴はしばらく絶えなかった。

警備官たちは槍《ランス》を構えて攻撃態勢をとると、一歩前へ、人々の柔らかく無防備な肉体に向かって、短い瞬間に向かって、脆い日々に向かって踏みだした。そして、

おまえたち人間はこれまでに何度も世界を沈めてきた。それを忘れては、ふたたび繰り返してきたのだぞ。

足の力が抜け、膝ががくんと折れて広場の石に激しくぶつかった。水がズボンの生地を通して沁みこんでくるのがわかる。すぐそこで市警備官が若い男性の背中に槍《ランス》を振りおろしているのが見える。ヴァレリアの目は沈んでおり、肩で息をしていた。ぐるりと見渡すと、広場は声と動きと血だらけの魔女の大釜へ変わっていた。

私は自分の中の結び目をつかんでいようとした。だが、結び目は勢いよくぐいと動いてすり抜け、糸は私の手から離れた。何度念じても力が入らなかった。結び目は解けはじめた。海と岩と塵の内部で大地の心臓が目を覚ます。

「来るわ」

私は言った。

大地が足もとで揺れた。

まるで石がすばやい動きで一つの方向へ引っぱられるようだ。ヴァレリアは私のほうへ倒れてきた。私は彼女を受けとめて、隣にうつ伏せにさせ、ヴァレリアに腕を回した。大地の揺れは収まらない。

私たちの隣にいる男性と女性は三人の小さな子どもを守るようにしゃがんだ。人々の視線が塔に向かっていることに気づき、私も見あげた。法官はバルコニーから姿を消していた。塔は、木が風に揺れるように揺れはじめた。塔のてっぺんにある石の太陽はぐらぐらと揺れ、崩れ落ちた。石の太陽はそのまま転がって、しばらく宙づりになっていたが、やがて塔の側面を転がりつづけ、地面に当たって粉々に砕けた。警備官たちに避ける暇などほとんどなかった。

大きすぎる圧力がかかって屈したガラスのように、塔にいくつもの亀裂が走った。亀裂は広がって黒い虚ろな裂け目となり、塔は広場へ死んだ歯のような石を吐きだした。石塊は後から後から落ちてきて、地面に当たるたびに水が宙に弧を描いて弾け飛んだ。人々は石塊を避けて四方八方へ散っていく。背後で大きな破裂音が聞こえた。振り返ると、アーチ門がまっぷたつになっているのが見えた。私は織の家の丘へ目をやった。霧に包まれた熾火のように赤々と燻っている。炎の糸は全方向へ走り、さらにつかむものを探していた。屋根の藁、木造の骨組み、彫り師街の水槽、さらには言の葉の家へ火花が運ばれるまでに、突風は何度も吹く必要はない。そこには燃えあがりやすい紙が蓄えられている。

私はふたたび世界の網を探し求め、島の下で動いているものをつかもうとした。だが、糸は私の手から逃れ、手にすることのできた数本も滑りぬけていった。

塔のまだ残っている部分が振り子のように揺れている。何枚もの大きな敷石は宙にぶら下がり、空しい内部をさらけだした。中つ水路の黒い水は噴きだし、崩れ落ちた石を呑みこんでいる。私たちの目の前で建物は崩れ、後に残ったのは中身を抉られた基部と、彎曲した壁の欠片と、がれきの山だけだった。群衆は押し寄せ、渦巻き、縁から溢れだす。夢みる者たちが叫ぶ声が聞こえた。

港へ！　港へ向かって！

だが、まだつかんでいる糸の先はどれも、尖って冴えた刃のように私を内側から切りつける。

誰かがこちらに走ってくる。ヤノスの声が聞こえたが、言葉は周囲の轟音に呑みこまれていた。両手にぐいと引っぱりあげられた。広場のあちこちへ散った市警備官たちの姿が見える。群衆を規制しようとする警備官もいれば、槍《ランス》を手放して引き下がり、よりどころとなる命令を求めようとする警備官もいた。しかし、すがるものを見つけられない警備官は人の流れに乗って、逃げ道を探していた。

私にはもう見る力もなかったが、私たちは動いた。私たちの周りで、島が終わっていった。

船は軋んで、傾いた。海の下は荒れてはいない、今はまだ。町は半ば灰と化しつつあった。海と空の継ぎ目は闇に包まれていた。燃えさしの色をした消えてゆく島の瞳が赤々と輝いている。島の中で残っている部分が。ずっと前方に陸が見えてきた。未知で困難で避けられない陸が。
私は後ろを振り返り、ついに私は振り切った。島の輪郭がもう一度引き裂かれ、崩れ落ちていく。つかんでいた世界の網の最後の糸を手放した時、自分の中に亀裂が入るのを感じた。私の肉体の境線は屈し、魂が外へ彷徨いでた。遠くにありながら、自分の中で燻《くすぶ》っている思いを感じた。それは長いこと燃えつづけた火の最後の閃きのようだった。
私が知っているよりもそれは強い。なぜなら、それはなお生きているからだ。
私が知っているよりもそれは強い。なぜなら、それはなお生きているからだ、
その夢からすべての糸が真実へ伸びて、さらに糸を越え、
星で埋めつくされた夜空が、私を上へ引き揚げる。やがて私は風と光になり、夜空は、私を引き留

めるもののいない世界を明らかにするために裂けていく。

目の前にもう一つの風景が広がっていく。このまま崩れるか、変わっていこうとする世界が。

18

世界の重みという石を投げつけられ、私は今も膝に傷を抱えている。額の印は端から薄れてきたが、消えることはない。

私は気にしない。死者の傷だけは跡に残らない。

何年もの間、人々が島について話すのを私は耳にしてきた。船乗りや、商人や、物語を探す者たちの話を。彼らは、崩壊した輪郭線について語っていた。遠い昔に島の輪郭線は変わり、わからなくなってしまっていた。それから、海岸に沿って、半分沈んだ状態で漂流している捨てられたゴンドラについて語っていた。だが、たまに水に網をかける漁師がいたり、斜面の小さな家々の周りをヤギがうろついていたりする話も聞く。船が島を出た時、島に残る者もいた。いつも誰かが残るのだ。

眠りがじわじわと訪れる夜ごとに、私は自分が思い描く姿になって自分を町へ連れだして散歩する。ガラスの木立を歩く人は誰もいない。海は彫り師街を呑みこんでしまった。かつて糸の壁がかかっていた汚れた石に、カモメが降りたって、風化した石柱や失われた通りに巣を作るかもしれない。

雑草や苔が壁に生え、ツタが割れた窓から入りこんでいる織の家のことを、考えるのが好きだ。そこには一本の木が生えているだろう。昔、鶏が地面から穀物を啄《ついば》んで、豆の蔓が竿伝いに這いのぼっていた台所の棟の裏に。冬の日々が過ぎ、風が暖かくなると、木の枝に小さな白い花が咲き、蝶や蜜蜂がやって来るだろう。あるいはきらきらと緑がかった黒い翅を持つ甲虫が、動くたびに羽音を立てる。甲虫にも私の心は弾む。

作業場は跡形もなくなり、灰しか残っていないことを私は知っている。それでも私の頭の中では、作業場は当時のままだ。時間と季節がもたらした廃墟は床に鏤《ちりば》められているが、糸の壁はずっと触れられることなく、永遠に未完成のまま、形になることなく時が止まったまま手織り機にかけられている。廊下の端にある直管藻灯は生気がなく、血が涸れてしまった血管のように虚しい。廊下の奥にはタペストリーの部屋へ通じる黒いドアが開いている。その部屋は今、空っぽだ。タペストリーが火の手を免れていたとしても、風と熱と湿気に蝕まれているだろう。あるいは、家と島を滅ぼした強大な呪われた夢についての怪談話をものともしない誰かが、残ったものを盗んだかもしれない。

私は幽霊を信じない。島に幽霊がいたとしても、それは私の夢であり、私の記憶なのだ。

塔は今もなお立っていたが、もはや欠けた牙にすぎなかった。その尖端は、ずいぶん前に風と水によって磨り減っていた。広間の天井は崩れ、床には深い裂け目ができていた。裂け目の底の黒い水は溢れ、倒壊した何本もの木の柱に打ち寄せていた。緩んだ網のように隙間の空いた屋根の骨組みを通して、眩しい剝きだしの空が見える。

これらの映像の中で彼らの姿が初めてはっきりと見えた。

彼らのうちの四人は、広間の奥の壁を背にして椅子に身を投げだしている。石は傾いた濡れた床を滑り、部屋の半分は捩じれた舞台に様変わりしていた。まるで劇的な場面のために一方向に傾きすぎたまま、装置が動かなくなり、上演が中断させられたようだ。彼らは奇妙な姿勢で横たわり、目は虚ろで輝きがない。彼らのマスクははがれ落ち、洪水に流されていた。

私は彼らには近寄らない。その代わりにまだ席についている四人のほうへ歩み寄った。テーブルは、裂け目から溢れでてくる水の流れの上に突きでるように半ば宙に浮いていた。私は一番手前に座っている者の隣まで来ると立ち止まった。

顔の形は、何世紀もの歳月を経て風化していた。時間の痕跡の中に、突きでた額や尖った頬骨や細く曲がった鼻が見てとれた。落ち窪んだ目は私を見ていない。彼らは私がここにいることを知らない。節くれだった指は椅子の肘かけに生気なく置かれている。マントの背を藻がのたうつように這い、石化した首には長くて細い亀裂が走っていた。席についている他の三人の彫像は、黒ずんだ灰色の石の皮膚が病にじわじわと冒されたかのように、地衣類で覆われていた。

日が真上に来れば、しばらくは彼らの皮膚を暖めるのだろう。生きている者の顔が輝いているように、幸せを感じる何かを目にした時のように、彼らの顔に赤みが差すのだろう。だが、それは、島にゆっくりと照りつけて、海に浮かぶ岩島へ変える一筋の光にすぎない。

私は、理事会を時間と変化の手に触れさせたまま、後にした。

それでも私の中にはもう一つの町がつねにある。時が止まった過去の殻に閉じこめられている町が。眠りがやって来て、私の体が軽くなると、島がかつてあったような姿で現れてくる。島を守り、島を歪める半透明の輝きの中に。

夢の中で、水へ変わった大気を通って私は町に近づく。塔はふたたびそびえ立ち、石の太陽は尖った光の指を広げている。窓の光はしだいに消えて、私は下へ下へと沈む。塔のてっぺんがはるか頭上でぼんやりとかすむまで。家々や通りの下へ、海の底に向かって深く深く私は下りていく。煙のように柔らかい光が斜めに差す場所に、血のように赤いサンゴの森がどんな塔よりも高く伸びている。その森は遠くまで鬱蒼と茂り、水が動くと、まるで風に揺れる枝のように見える。しかし、そこに手をかければわかる。その枝先は固く、びくともせず、折ろうとすれば自分の指が折れてしまうほどの痛みを伴うだろう。

血赤サンゴの上の、水の宇宙に浮いている人の姿が見える。海だけがその手足を動かしている。私は泳いで近づくと、その動きのせいで私のほうに頭が向いた。それは、私の顔をもつ若い女性だった。彼女の目は、眠っているかのように閉じていた。海藻が、守るように、繋ぎとめるかのように彼女の体にまとわりついていた。もしかしたらまだ生きているのかもしれない。彼女の心を貫く最後の一瞬の閃きがすうっと滑っていく。その閃きの中で、彼女は自分の未来を見て、それを本当だと思う。あとに残るのは海と静寂と、夢が棲んでいた空白の空間だけだ。

光が、あるいは闇が、襞を開いていく。現実の糸は私に触れられて動こうとしている。私は、夢みることができない者にかわって夢を見る。私は、もう二度と目を覚ますことができない者にかわって目を覚ます。それ以上のこともそれ以下のことも、私にはできない。

なぜなら、私たちの瞬間《とき》は短く、日々は脆く、世界に残した手の跡は私たちのものでありながらも、私たちを越えた向こう側にあるのだから。

訳者あとがき

私の朝はいつも庭からはじまります。庭は好きなのに虫が苦手で、葉っぱの間から這いだしてくるあれやこれやに小さな悲鳴がでます。でも、雨上がりの秋の朝、植えこみや軒にかかった蜘蛛の巣に輝く露は、まるで絹糸に貫かれた白玉のようで、とても美しくて息をのみます。この蜘蛛の巣は、清少納言が書き留めた、夜一夜降り明かした雨後の世界のようでもあり、空海の言う、一つひとつの結び目に宝石がついた重々帝網《じゅうじゅうたいもう》のようだと思いました。蜘蛛の巣の水滴も、重々帝網の結び目の宝石も、互いに映しあって光を反射させています。露も宝石もとても小さいのですが、一つでも欠けると輝き方が変わってしまいます。

紡ぐ者、あるいは聖織女の世界の網もこのようなものだと思いました。その紡がれた糸は生命そのもので、結び目には木々や建物や雲や海の生物たちや人間たちがいました。大きさも、形も、住んでいる場所も、生き方も、すべて違います。でも、どれも世界を織りあげている大事な一部です。そのうちの一つが緩みすぎたり、締まりすぎたりすると、世界は歪んでしまうでしょう。

イタランタの前作『水の継承者ノリア』に引き続き、『織られた町の罠』でも専制的な権力によって多くのものが奪われます。本作の主人公のエリアナは絶海の孤島に住んでおり、この島の人々は「理事会」という組織に支配されています。理事会は島民にさまざまな圧制を敷き、階級を把握するために島民に入れ墨を入れさせ、女性に文字の読み書きを許さず、全員に夢を見ることを禁止します。

「夢みる者」は、死に至らしめる伝染病の患者と見なされ、「汚れた者たちの家」へ連れていかれます。そこで強制的に働かされ、人間性を奪われたのです。

何もかも不当に奪われる不安と恐怖を、イタランタは恐ろしい異形の夢魔として明るみにだしました。この夢魔の場面を読むたびに、フュースリーというイギリスで活躍したドイツ系スイス人画家の『夢魔』が目の前にちらつきました。この夢魔は、上半身をのけぞらせてベッドに仰向けになる女性の胸の上にうずくまる不気味な怪物です。エリアナは、自分が正しいと思うことを強く信じて、最後は怪物のような不安を勇気と希望へ変えました。

イタランタは、二〇一六年の東京国際ブックフェアのトークイベントで、多様な声をもっと表に出したい、と言っていました。『水の継承者ノリア』が、若手作家に贈られるカレヴィ・ヤンッティ賞を受賞し、フィリップ・K・ディック賞などにもノミネートされたのは、そういった多様な声の解放と、それらの声への理解を深めた一冊だったからだと思います。

世界は、あるいは物語は多様な声でできている。その声の一つひとつに恵みの雨が降りかかり、お互いに映しあうことで輝いている。一つでは世界は輝くことができず、一人では物語は回らない。誰かがいるから物語は回り、それは受け継がれ、世界は豊かに開かれていくのだと思います。

私は、イタランタの物語を伝えることができて幸せです。なぜなら、彼女の物語を伝えることは私たちの未来にとって意味があると思うからです。

二〇一八年冬　　　　　　　　　　末延弘子

エンミ・イタランタ　(Emmi Itäranta)
1976年生まれ。英国・カンタベリー在住のフィンランド人作家。2012年のデビュー作『水の継承者ノリア』(西村書店)は世界的ベストセラーとなり、若手作家に贈られるカレヴィ・ヤンッティ賞およびフィンランド国語教師会賞を受賞した。版権は21ヶ国に売れ、フィリップ・K・ディック賞、アーサー・C・クラーク賞、フィンランドSF賞などにもノミネートされた。2作目となる本作は、タンペレ市文学賞、鏡の湖賞を受賞。デビュー作同様、フィンランド語と英語で執筆している。

末延 弘子　(すえのぶ・ひろこ)
1975年生まれ。東海大学北欧文学科卒業、国立タンペレ大学フィンランド文学専攻修士課程修了。フィンランド文学情報センター(FILI)勤務。白百合女子大学非常勤講師。フィンランド文学協会、カレワラ協会会員。『水の継承者ノリア』(西村書店)、レーナ・クルーン、ノポラ姉妹などフィンランド現代文学の訳書多数。著書に絵本『とりのうた』。2007年度フィンランド政府外国人翻訳家賞受賞。

織られた町の罠
2018年2月3日　初版第1刷発行

著　者＊エンミ・イタランタ
訳　者＊末延 弘子
発行者＊西村正徳
発行所＊西村書店 東京出版編集部
〒102-0071 東京都千代田区富士見2-4-6
TEL 03-3239-7671　FAX 03-3239-7622
www.nishimurashoten.co.jp

印刷・製本＊中央精版印刷株式会社

ISBN978-4-89013-785-5　C0097　NDC993